I0642806

LA POESÍA DE LAS DOS ORILLAS
CUBA (1959-1993)

LEÓN DE LA HOZ

LA POESÍA DE LAS DOS ORILLAS CUBA (1959-1993)

ANTOLOGÍA

2ª Edición

Selección, Introducción y Prólogo del autor

editorial **BETANIA**
Colección ANTOLOGÍAS

Colección ANTOLOGÍAS

Portada e interiores: Fotos de Ramsés León

Editorial Betania
Apartado de Correos 50.767
28080 Madrid, España
E-mail: editorialbetania@gmail.com
Blog EBETANIA: http://ebetania.wordpress.com
I.S.B.N. : 978-84-8017-406-0

Para Ramsés,
que creció y maduró viendo pasar el agua entre las orillas.

ÍNDICE

VEINTICINCO AÑOS DESPUÉS

Hace 25 años yo estaba trabajando en el final de un libro que saldría en pocos meses en la editorial Libertarias/Prodhufi. Se trataba de *La poesía de las dos orillas*, ese libro, este que ahora vuelve a aparecer bajo el sello de Betania, formaba parte del deseo compartido de muchos por ver desaparecer la división de la nación en dos islas, Cuba y el exilio, o al menos estar en dos orillas juntas y complementarias, o sea, que los cubanos de cualquier lugar del mundo pudieran convivir al margen de las diferencias políticas, ideológicas y geográficas. En aquel contexto esta antología tenía dos intenciones: reconocer la existencia necesaria de la poesía y los poetas que vivían fuera sin que importara otra cosa que su obra, y hacer una muesca en el muro de la Isla, aunque fuera ligera. Desde 1959, la maldita circunstancia de la política y la intolerancia, como el agua en el poema de Piñera, había aislado y partido aún más al país de una manera ficticia, con un desdoble de la moral hasta nuestros días de incalculables consecuencias para el país. Entonces yo también pensaba que era hora de que ese abismo se pudiera franquear, aunque fuera de manera inmaterial mediante los lazos que mejor identificaban al cubano. Si Cuba lograba reencontrarse en la familia y su cultura, entonces todo no estaba perdido. Hoy pienso de otra manera.

Aunque ahora cualquier relación entre las Cubas de dentro y de afuera se caracteriza por la cordialidad, incluso con permisividad más que con tolerancia, y si me permiten la licencia, con consentida promiscuidad de todo tipo, hace 25 años no era así, y antes de 1994 había sido todavía peor. Fuentes de la cultura oficial se esfuerzan en decir otra cosa, queriéndonos hacer ver la supuesta disposición al diálogo desinteresado por parte de ellos, cuando realmente en esos años había una enorme resistencia, reticencia y suspicacia que no tenía su origen necesariamente en las instituciones culturales ni en los escritores y artistas, sino en el poder político, sobre todo el sector más conservador, dogmático y reacio a cualquier concesión. Se viven otros tiempos, hoy día, de hecho, el *estatus quo* de las dos orillas que dio lugar al título de este libro casi ha desaparecido y hay mucha gente que está pescando en ese mar revuelto del Estre-

cho de la Florida, el cementerio más grande que los cubanos heredamos de la guerra fría, gracias a las políticas de descongelación
de Barak Obama y Raúl Castro. Con objetivos diferentes, ambos
gobiernos han creado una realidad anómala de dos ideologías y un
solo objetivo: cambiar el país creando otro país que le dé cabida al
primero ya obsoleto. Dicha situación ha dado lugar a un escenario
nuevo, viciado por la doble moral, dirigido por una oligarquía más
política que ideológica, y más económica que patriótica, que intenta hacer sobrevivir el país que están creando para ellos, más como
tramoyistas que como dramaturgos.

Quizás sea lamentable que al hablar de poesía haya que referirse a la política, pero cuando se trata de poesía cubana es inevitable, por lo menos hasta los años que enmarca la antología. Si no
contextualizamos el momento en que se hace este libro de poetas
de las dos orillas, difícilmente se pueda comprender el carácter y
las limitaciones de un proyecto de este tipo hace 25 años. Es imposible separar el desarrollo de la literatura cubana del contexto
político e ideológico que ha caracterizado las relaciones de todo
tipo entre los cubanos de dentro y de fuera. Cuando gestaba esta
antología, la posición oficial del Gobierno era contraria, o ambi-
gua en el mejor de los casos, al reconocimiento de aquella parte de
la cultura que se hallaba exiliada, no es menos cierto que también
otra parte de ese exilio se oponía a cualquier relación que pudiera
suponer la aceptación de la otra orilla. Yo mismo durante el proceso de elaboración sufrí más de una amenaza y la acusación de
algún ilustre exiliado, respondida por Gastón Baquero que veía
en este tipo de obra una necesidad del país futuro, él mismo en la
dedicatoria de su libro *Poemas invisibles* (1991),[1] abría su corazón
a la integración de todos los cubanos en una sola patria diversa.
Aún más, véase en el Apéndice de esta edición la carta de Gastón
a Jesús Munarriz, de Hiperión. La literatura y los escritores vivían
y escribían al vaivén de la política y los políticos que imponían
la suspicacia a cualquier tipo de relación, no obstante detrás de
bambalinas casi todos se daban la lengua a la espera de que las
cosas cambiaran como ha sucedido más tarde. Entonces solía lla-
márseles "dialogueros" de forma despectiva a quienes promovían
un diálogo de dos orillas ya fuera de izquierda o de derecha, lo que
sucede hoy no sabemos todavía si es un triunfo de la idea de dejar

que la Revolución se autodestruyera o una victoria de la misma que sobrevive gracias al nuevo exilio dominante.

La cultura cubana vivía bajo la espada de la intolerancia de las dos partes de un todo cubano, y también de los Estados Unidos y la Unión Soviética que fungían como árbitros interesados. Sin embargo entonces, a pesar de la dureza del discurso del Gobierno contra el exilio político y viceversa, alentados por viejas vivencias de enemigos políticos de las generaciones primeras del cambio del 59, había una relación de baja intensidad, al margen de las intransigencias mutuas, propiciada por universidades y galeristas de los Estados Unidos y Latinoamérica, fundamentalmente, que relacionaban a las dos Cubas. En la misma fecha en que salía esta antología, el Gobierno sueco mediante la coordinación del escritor cubano René Vázquez Díaz[2], residente en Suecia, desde el Centro Internacional Olof Palme había organizado un encuentro entre escritores de dentro y del exilio que dio lugar a la Declaración de Estocolmo (1994),[3] que sería manipulada por el Gobierno cubano. Y al año siguiente en Madrid se celebran exitosamente las *Jornadas de Poesía Cubana: La Isla Entera* (1995),[4] patrocinadas por el Gobierno español, pero sin embargo un año después se organiza un evento similar dedicado a la narrativa que fue boicoteado desde La Habana sin ninguna justificación. El Gobierno cubano nunca ha dejado de actuar bajo la lógica de la paranoia, el oportunismo y la manipulación a pesar de las buenas intenciones de quienes han creído en el diálogo y la colaboración entre las dos Cubas. La distensión y el acercamiento han sido una quimera que en los últimos años parecen haberse empezado a resolver con la disminución del poder de los protagonistas y antagonistas de las generaciones históricas de la Revolución y del exilio, acogidos a la idea de crear un nuevo país de las ruinas de la Revolución, a la medida de las conveniencias de grupos de poder dentro y fuera.

De cualquier manera, antes y ahora, el Gobierno cubano ha sabido jugar a mover una pieza con una mano y devolverla a su lugar con la otra, de modo que nunca se ha sabido si estaba negociando con el pasado o con el futuro. Sin dudas es uno de los problemas al que nos enfrentamos a la hora de analizar los nodos políticos del sistema, que no se rigen por leyes que determinan esas relaciones, sino por voluntades políticas, improvisaciones y coyunturas, que hacen difícil prever cómo evolucionarán los procesos que se dan dentro del país. Hoy mismo, pese a quien le pese, el ajedrez de las relaciones entre los cubanos de dentro y de fuera se está haciendo en el tablero del Gobierno cubano y con la adaptación del juego a sus posibilidades en un contexto nuevo. Lo que es lo mismo, de alguna manera se está jugando el juego que ellos han visto más acorde a la situación actual y la cultura es parte de este juego de intereses. Juegan con la habilidad del ajedrecista que sabe la debilidad de su oponente, y así lo harán hasta que una de las partes quede fuera del juego. La nueva política de relajación de las relaciones entre la isla y el exilio está marcada por las propias necesidades de la supervivencia y el establecimiento de nuevas bases que permitan la conservación del poder. El exilio, demonizado anteriormente, se ha convertido en uno de los remos que la isla requiere para no hundirse, y ambas orillas se entrenan en una relación diferente más de tipo contractual: yo te doy porque tú me das. Hay una parte de quienes han luchado por la Revolución que ven cómo los principios adoptan la racionalidad marxista de Groucho. Sin embargo estaría bien que hiciéramos una nueva caracterización de eso que llamamos exilio y que el Gobierno llamó "comunidad cubana en el exterior" para robarle el contenido político a la misma. El exilio ya no es lo que fue y también ha dejado de ser el actor de un largometraje cuando la política era el sentido del mismo, ahora es un actor a la medida, adaptable a un guión que se altera según la audiencia como en las series televisivas.

Acorde a este contexto actualmente hay a tres tipos de artista o escritor cubanos fuera de Cuba: el exiliado político con una motivación clara de oposición, el exiliado económico que sin motivo político expreso ha puesto sus dos pies fuera de la isla y alimenta a su familia, y el "otro", una nueva especie, que vive en un limbo y como si fuera sueco va y viene viviendo donde mejor puede aprovechando las ventajas que le da poder estar con un pie dentro y otro fuera. Tres posiciones legítimas que enriquecen a la sociedad cubana, las dos últimas con el beneplácito oficial a cambio de un impuesto anual ayudan a ventilar el viciado y comprimido aire de la isla. Las consecuencias de esta etapa que viven las relaciones entre lo de dentro y lo de fuera son diversas y no siempre positivas. La cultura cubana y la poesía en particular nunca antes estuvieron más desgajadas de su tronco, la dispersión a que ha dado lugar el surgimiento de nuevas generaciones y la política de "liberalización" migratoria del Gobierno está configurando una atomización aún más profunda que la que ya se apuntaba en la última parte del análisis del "movimiento" poético del exilio en mi estudio preliminar en este libro. Las autoridades no tienen una política –como debiera ser su obligación— dirigida a preservar la memoria de la creación dispersa ni a crear mecanismos de integración, intercambio y conocimiento que fomenten una relación entre la producción artística y literaria fuera de la isla con el lector de esas obras de cualquier tipo, aún menos de la poesía que tradicionalmente ha sido el género literario más representativo. Nunca les ha importado a menos que esa política formara parte de la actitud del jugador de ajedrez. No es casualidad que el mayor esfuerzo de representación de la poesía en un todo no venga del Gobierno cubano, sino de antólogos, críticos y editores del exilio. Es sintomática la tesis de quien fuera ministro de Cultura, Abel Prieto, que en 1994 dividía a los cubanos en *plattistas* y *no plattistas*,[5] dando forma, coherencia y actualización ideológica a un viejo argumento político de la contingencia. Dicha manipulación intenta racionalizar una postura oficial decadente y contradictoria hoy día que pone el acento en la diferencia, se arroga el derecho de decidir sobre la forma en que los cubanos tienen que relacionarse con su patria, determina el concepto de la misma y además cómo se le debe amar. Dicha ideologización de la idea de la patria y la caracterización en un binomio excluyente (*plattistas/no plattistas*, malos cubanos/buenos cubanos) no resuelve el problema de una Cuba para todos y tampoco el de un exilio heterogéneo cada vez menos prescindible. Nada ha cambiado que no sea el teórico y el discurso, el fin sigue siendo el mismo.

Con riesgo a equivocarme por una información insuficiente de la actualidad lietraria cubana pero sin temor de repetirme, me gustaría dejar claro que es imposible separar el contexto político donde se generó *La poesía de las dos orillas* del producto final que el lector tiene otra vez en sus manos. Como también trato de demostrar en el estudio de la primera edición que el desarrollo de la poesía cubana del 59 al 93 no se puede separar del atrezo de la Revolución, tampoco la poesía que viene después puede hacerlo. Si Cuba fuera un país normal seguramente la antología habría tenido una motivación diferente, estrictamente literaria. Se dice pronto, pero entonces, al cabo de 34 años de Revolución en 1993, la única antología conocida que mostraba a poetas de dentro y fuera de Cuba era la de Orlando Rodríguez Sardiñas, *La última poesía cubana* (Madrid, 1973). Veintiún años después saldría *La poesía de las dos orillas* (Madrid, 1994). Eso creíamos, hoy sabemos que el primer intento de juntar a los poetas con una visión más honesta y sin anteojeras políticas lo hizo el académico y profesor Humberto López Morales desde el exilio en 1967.[6] Luego de la de "las dos orillas" en 1994, inmediatamente después saldría *La isla entera* (1995),[7] de Felipe Lázaro/Bladimir Zamora, y más tarde, sucesivamente, las de Jorge Luis Arcos (1999)[8], Francisco Morán (2000)[9], Manuel Díaz Martínez (2002),[10] Ángel Esteban/Álvaro Salvador (2002),[11] Jesús Barquet y Norberto Codina (2002),[12] Mark Weiss (2009)[13], Milena Rodríguez Gutiérrez (2011)[14] y Arístides Vega Chapú (2013)[15]. Seguramente hay otras, ya a nadie se le ocurriría nunca más hacer una antología sin tener en cuenta a los escritores que desde cualquiera de los exilios viven y trabajan, hoy sería un disparate. El año 1994 marcó un antes y un después en las relaciones entre las dos Cubas. Además de la reunión de Estocolmo, las *Jornadas de Poesía Cubana: La Isla Entera*, junto con la imprescindible labor de la *Revista Encuentro de la Cultura Cubana,* supuso un paso definitivo para la desmantelación de prejuicios, prevenciones, suspicacias y temores que se habían alimentado mutuamente desde las dos orillas con la colaboración interesada de las políticas del miedo. Poetas de todas las generaciones vivas, desde *Orígenes* a los 80, pensaron juntos, se conocieron o reencontraron después de muchos años de aislamiento que alimentaron prejuicios, mentiras y desamores.

La libertad es el bien mayor a que puede aspirar un ciudadano, no obstante entraña una serie de riesgos, compromisos y responsabilidades totalmente diferentes a los que conforman las no democracias. Uno de los riesgos que comportan las nuevas condiciones del desarrollo de la poesía cubana en la actualidad del exilio es la dispersión de la cual devendrá una poesía diferente a la que conocemos, seguramente más rica y sin ataduras a la tradición que obliga por la cercanía a las fuentes, y sin la aceptación o el rechazo tan palmario como ha sido de los cánones estilísticos y de autor. No digo mejor, necesariamente no tiene porqué serlo, pero sí más rica y diferente. Todavía la escritura, incluso de los más jóvenes, está arrastrada como una coda de la enajenación política que se ha vivido, igual que aquella a la que se bautizó como de "marfil". Quizá sea la primera vez en la historia que la insularidad va a ser cuestionada no sólo por un exilio distinto sino más nutrido, y también porque la poesía ha movido su centro de la isla a las periferias. El contacto con las nuevas tecnologías, una de las herramientas más al uso de la libertad, a las que muchos llegan tardíamente es uno de los elementos que más contribuyen a la dispersión, paradójicamente cuanto mayor es el uso de los recursos y las facilidades de edición, "impresión" y distribución facilitadas por la libertad y las tecnologías digitales, mayor es la capacidad de diseminación. A veces damos por hecho, por ejemplo, que en internet lo vamos a encontrar todo pero no es así, sólo está lo que es colocado donde se vea. La cultura cubana y la poesía, que es el objeto que nos ocupa, está frente a un reto que no es si es más cubana o más española o filipina, no es un problema de identidad lo que la amenaza, sino de construcción de un imaginario colectivo nuevo, atípico con el que nos identificamos o nos queremos identificar. A ese propósito seguramente contribuyen las antologías.

Toda antología es un error, aún más si no es temática como esta. La pretensión de seleccionar lo mejor sobre la base de criterios estéticos y de calidad no deja de ser un disparate, aunque se haga con criterios imparciales y rigor. No siempre están todos los que son y tampoco son todos los que están. Las antologías no pueden ser perfectas ni satisfacer a todos, tampoco los libros ni los autores, por eso al final del estudio introductorio tuve a bien mencionar a aquellos que podían estar, aunque hubiera decidido dejarlos fuera a favor de otros para así poder ofrecer una visión más completa de los poetas elegidos y del período. Me vi obligado a decidir entre dar un poema por poeta u ofrecer algo más y tomé la decisión a favor de los poemas, no obstante el libro tiene 440 páginas. Ante la opinión que han dado algunos sobre los motivos de que mis poemas no aparezcan, me veo obligado a decir que no fue la modestia lo que hizo que me excluyera, sino la solidaridad con aquellos que merecían estar y no pude incluir por problemas de espacio. Justicia poética. Lo único que lamento es no haber seleccionado a algún poeta que después me ha parecido indispensable en la poesía del exilio y sobre el que no tuve información. Seguramente esta antología sería diferente si tuviera que prepararla ahora, pero fue concebida en otro momento cubano y no me arrepiento de la misma a los 25 años, cada época tiene lo que se merece. Los poetas y los poemas aún se sostienen y esa es la mejor prueba que puede tener una obra. Con esta segunda edición no sólo se reivindica la idea de la poesía de una sola nación, además es un homenaje a aquellos que han desaparecido físicamente y ojalá contribuya a la buena memoria que también debiera tener todo país.

Hace 25 años el autor de esta antología sabía muy poco de la poesía del exilio, conocía solo a los poetas más relevantes. Fundamentalmente con las antologías del poeta Felipe Lázaro, editor de Betania, pude encontrar una guía para orientarme en un mundo editorial que se nos había negado en Cuba. Sin el esfuerzo del exilio en momentos en que la publicación y la difusión por medios tradicionales agravaba la supervivencia de la poesía del exilio, jamás podríamos haber juntado y mostrado a estos autores. En lo adelante las antologías posiblemente seguirán teniendo el mismo papel de muestrario y orientación para lectores y estudiosos de nuestra poesía. Finalmente, quiero recordar a Gastón Baquero por su apoyo personal, la defensa del libro y de la idea de la antología. También mi recuerdo entrañable al poeta Andrés García Madrid por su apoyo incondicional y decisivo, asistiéndome en el proceso editorial cuando yo no podía. La edición primera de *La poesía de las dos orillas* está dedicada a dos niños que hace 25 años vivían separados en las dos orillas, hoy esos niños son adultos y viven en una de ellas. Deseo que las próximas antologías nunca más dejen de ser incluyentes y puedan ser la imagen de la nación como una familia, donde todos importen y nadie tenga que hacer nada si no es por voluntad y en concordia. Esa puede que sea una familia ideal, pero es la que deberíamos tener.

Notas

1. *Poemas invisibles*. Ed. Verbum. Madrid, 1991. "A los poetas que llegan y seguirán llegando. A los muchachos y muchachas nacidos con pasión por la poesía en cualquier sitio de la plural geografía de Cuba, la de adentro de la Isla y la de fuera de ella".

2. *Bipolaridad de la cultura cubana* (Suecia: The Olof Palme International Center, 1994; 128 pp.). Prólogo de René Vázquez Díaz. Incluye textos (ensayos) de: Miguel Barnet, Manuel Díaz Martínez, Pablo Armando Fernández, Heberto Padilla, Antón Arrufat, Reina María Rodríguez, Jesús Díaz, Lourdes Gil, Senel Paz, José Triana, René Vázquez Díaz.

3. Ver toda la información sobre este *affair* en "Reunión de escritores cubanos en Estocolmo", de Manuel Díaz Martínez en su blog. https://diazmartinez.wordpress.com/2010/01/10/de-mi-archivo-reunion-de-escritores-cubanos-en-estocolmo/

4. Las *Jornadas de Poesía Cubana: La Isla Entera* se celebraron del 21 al 25 de noviembre de 1994 en Madrid y fueron organizadas por la Secretaría de Estado para la Cooperación Internacional y para Iberoamérica del Ministerio de Asuntos Exteriores español. Se celebraron por la mañana en la Facultad de Filosofía y Letras de la Universidad Complutense de Madrid y, por la tarde, en el anfiteatro de la Casa de América. Participaron 24 poetas e intelectuales cubanos. Desde Cuba: Rafael Alcides, Guillermo Rodríguez Rivera, José Prats Sariol, Cleva Solís, Jorge Luis Arcos, Efraín Rodríguez Santana, César López, Delfín Prats, Reina María Rodríguez, Enrique Saínz, Pablo Armando Fernández y Bladimir Zamora. Desde el exilio: Manuel Díaz Martínez, Albero Lauro, Mario Parajón, Gastón Baquero, Orlando Rossardi, Heberto Padilla, Pío E. Serrano, José Kozer, José Triana, Nivaria Tejera, León de la Hoz y Felipe Lázaro. (Algunos de los que viajaron en esas fechas, desde la Isla, hoy residen en alguno de los exilios actuales).

5. Conferencia de Abel Prieto: "La nación y la emigración". Días 22, 23 y 24 de abril de 1994. http://revolucioncubana.cip.cu/logros/cuba-en-el-mundo/nacion-y-emigracion/1290-2/. Además, en 2016: https://culturayresistenciablog.wordpress.com/2016/09/05/cultura-cubanidad-cubania-por-abel-prieto/

6. Hoy sabemos que en la temprana fecha de 1967 Humberto López Morales había publicado la primera antología de una poesía cubana sin fronteras. *Poesía cubana contemporánea. Un ensayo de antología*, de Humberto López Morales (Nueva York: Las Americas Publishing Co.,

1967; 154 pp.). Incluye a: Mariano Brull, Eugenio Florit, Emilio Ballagas, Nicolás Guillén, José Lezama Lima, Cintio Vitier, Gastón Baquero,
Eliseo Diego, Carilda Oliver Labra, Roberto Fernández Retamar y Orlando Rossardi. (En esa fecha, solo estaban exiliados Florit, Baquero y
Rossardi). También existe la selección "La casi novísima poesía cubana",
Selección de José Mario en la revista *Poesía Setenta*, N° 2 y 3. (Grana-
da, 1970; 48 pp.). Revista de poesía dirigida por el poeta español Juan
de Loxa. Incluye (por orden aparición) a: Heberto Padilla, José Lezama
Lima, Nancy Morejón, Delfín Prats, Julio E. Miranda, Dolores Prida, Bel-
kis Cuza-Malé, Mercedes Cortázar, José Mario, Nicolás Guillén, Isel Ri-
vero, Miguel Barnet, Rolando Campins, Fayad Jamís, Georgina Herrera,
Mauricio Fernández, Joaquín G. Santana y Roberto Fernández Retamar.
(En ese entonces, 1970, solo estaban exiliados: Julio E. Miranda, Dolores
Prida, Mercedes Cortázar, José Mario, Isel Rivero, Rolando Campins, y
Mauricio Fernández). Como puede verse en lo sucesivo la lista de poetas
en el exilio, vivos y fallecidos, se ha incrementado a tal punto que podría
decirse que la cultura cubana no puede prescindir de ellos.

7. *Poesía cubana: La Isla Entera (Antología)*, de Felipe Lázaro y
Bladimir Zamora (Madrid: Betania, 1995; 392 pp.). Incluye a 54 poe-
tas cubanos: Miguel Barnet, José Mario, José Kozer, Isel Rivero, Pío E.
Serrano, Rafael Catalá, Belkis Cuza-Malé, Guillermo Rodríguez Rivera,
Reinaldo García Ramos, Nancy Morejón. Magali Alabau, Lina de Feria,
Julio E. Miranda, Delfín Prats, Raúl Rivero, Lilliam Moro, Maya Islas,
Felipe Lázaro, Luis Lorente, Gustavo Pérez Firmat, Rolando Estévez Jor-
dán, Alina Galliano, Lourdes Gil, David Lago González, Rafael Bordao,
Orlando González Esteva, Mercedes Limón, Reina María Rodríguez,
René Vázquez Díaz, Bladimir Zamora, Jesús J. Barquet, Carlota Caul-
field, Iraida Iturralde, Elías Miguel Muñoz, Víctor Rodriguez Núñez, Ro-
berto Valero, Daína Chaviano, Ángel Escobar, León de la Hoz, Ramón
Fernández Larrea, Alberto Lauro, Teresa Melo, Sigfredo Ariel, Reinaldo
García Blanco, Emilio García Montiel, Arístides Vega Chapú, Sonia Díaz
Corrales, Omar Pérez López, Antonio José Ponte, Nelson Simón, Laura
Ruiz, Damaris Calderón, Camilo Venegas y Norge Espinosa.

De los antologados 27 son del exilio y 27 (entonces) residentes en
Cuba, aunque con posterioridad se han exiliado algunos más.

8. *Las palabras son islas. Panorama de la poesía cubana, Siglo XX*
(La Habana: Editorial Letras Cubanas, 1999; 648 pp.) de Jorge Luis Ar-
cos. Incluye a: Bonifacio Byrne, Regino E. Boti, René López, Fernando
Lles, Agustín Acosta, José Manuel Poveda, Mariano Brull, Felipe Pichardo
Moya, José Z. Tallet, Manuel Navarro Luna, Regino Pedroso, Juan Mari-
nello, María Villar Buceta, Rubén Martínez Villena, Nicolás Guillén, Dul-

ce María Loynaz, Eugenio Florit, Emilio Ballagas, Félix Pita Rodríguez, José Ángel Buesa, Ángel Augier, José Lezama Lima, Virgilio Piñera, Mirta Aguirre, Serafina Núñez, Samuel Feijóo, Ángel Gaztelu, Alcides Iznaga, Justo Rodríguez Santos, Gastón Baquero, Eliseo Diego, Octavio Smith, Cintio Vitier, Jesús Orta Ruiz, Fina García Marruz, Carilda Oliver Labra, Rolando Escardó, Lorenzo García Vega, Rafaela Chacón Nardi, Cleva Solís, Roberto Friol, Carlos Galindo Lena, Francisco de Oraá, Luis Marré, Roberto Branly, Pablo Armando Fernández, Roberto Fernández Retamar; Fayad Jamís, Mario Martínez Sobrino, Pedro de Oraá, Heberto Padilla, José Álvarez Baragaño, Rafael Alcides, César López, Raúl Luis, Alberto Rocasolano, Antón Arrufat, Domingo Alfonso, Luis Suardíaz, Manuel Díaz Martínez, Georgina Herrera, Severo Sarduy, Sigifredo Álvarez Conesa, Armando Álvarez Bravo, Lourdes Casal, José Kozer, Miguel Barnet, Basilia Papastamatíu, Isel Rivero, Belkis Cuza Malé, Guillermo Rodríguez Rivera, Waldo Leyva Portal, Nancy Morejón, Víctor Casaus, Luis Rogelio Nogueras, Reinaldo García Ramos, Lina de Feria, Raúl Rivero, Delfín Prats, Magali Alabau, Excilia Saldaña, Emilio de Armas, Virgilio López Lemus, Mirta Yáñez, Maya Islas, Raúl Hernández Novás, Aramís Quintero, Luis Lorente, José Pérez Olivares, Amando Fernández, Soleida Ríos, Carlos Martí, Alex Pausides, Lourdes Gil, Norberto Codina, Raquel Carrió, Jorge Yglesias, Reina María Rodríguez, Jesús J. Barquet, Efraín Rodríguez Santana, Abilio Estévez, Iraida Iturralde, Alex Fleites, Alejandro Fonseca, Marilyn Bobes, Roberto Valero, Ruth Behar, Ángel Escobar, León de la Hoz, Alberto Acosta-Pérez, Ramón Fernández Larrea, Roberto Méndez, Rolando Sánchez Mejías, Víctor Fowler, Ismael González Castañer, Juan Carlos Flores, Pedro Llanes, Sigfredo Ariel, Emilio García Montiel, Alberto Rodríguez Tosca, Reinaldo García Blanco, Carlos Augusto Alfonso, Omar Pérez López, Antonio José Ponte, Heriberto Hernández, Pedro L. Marqués de Armas, Damaris Calderón, María Elena Hernández, Alessandra Molina y Norge Espinosa.

9. *La isla en su tinta. Antología de la poesía cubana.* Selección y presentación. Francisco Morán. Ed. Verbum, Madrid, 2000. 296 pp. Incluye: Silvestre de Balboa, Manuel de Zequeira y Arango, Manuel Justo Rubalcava, Ignacio Valdés Machuca, Francisco Poveda y Almenteros, José Silverio Jorrín, Joaquín Lorenzo Luaces, Juan Cristóbal Nápoles Fajardo (El Cucalambé), José Martí, Nieves Xenes, Nicolás Guillén, Dulce María Loynaz, Emilio Ballagas, José Lezama Lima, Fina García Marruz, José Rodríguez Ucres, José María Heredia, Domingo del Monte, Gabriel de la Concepción Valdés (Plácido), José Victoriano Betancourt, Gertrudis Gómez de Avellaneda, Miguel Teurbe Tolón, Juan Clemente Zenea, Tristán de Jesús Medina, Julián del Casal, René López, Agustín Acosta, José

Manuel Poveda, Eugenio Florit, Félix Pita Rodríguez, Gastón Baquero, Octavio Smith, Orlando Rossardi, Pío E. Serrano, Luis Rogelio Nogueras, Lina de Feria, Maya Islas, Felipe Lázaro, Gustavo Pérez Firmat, Enrico Mario Santí, Rafael Bordao, Orlando González Esteva, Abilio Estévez, Francisco Morán, Miguel Elías Muñoz,Víctor Fowler, Ismael González Castañer, Ángel Augier, Oscar Hurtado, Eliseo Diego, Cintio Vitier, Rolando Escardó, Roberto Fernández Retamar, Pablo Armando Fernández, Fayad Jamís, Antón Arrufat, Luis Suardíaz, Miguel Barnet, Raúl Hernández Novás, Reina María Rodríguez, Marilyn Bobes, Osvaldo Sánchez, Francisco Muñoz del Monte, Federico Milanés, Julián del Casal, Regino Boti, Mariano Brull, Regino Pedroso, Virgilio Piñera, Carilda Oliver Labra, Heberto Padilla, César López, Nivaria Tejera, Manuel Díaz Martínez, Severo Sarduy, Armando Álvarez Bravo, José Kozer, Reinaldo Arenas, Reinaldo García Ramos, Magali Alabau, Julio Miranda, Raúl Rivero, Gustavo Pérez Firmat, Alina Galliano, Efraín Rodríguez Santana, Jesús Barquet, María Elena Cruz Varela, Roberto Valero, León de la Hoz, Ángel Escobar, Ramón Fernández Larrea, Félix Lizárraga, Rolando Sánchez Mejías, Teresa Melo, Juan Carlos Pérez Flores, Carlos Augusto Alfonso, Rita Martín, Antonio José Ponte, Omar Pérez, Pedro Luis Márquez de Armas, Nelson Simón González, Almelio Calderón González, Damaris Calderón, Norge Espinosa.

10. *Poemas cubanos del siglo XX* (Madrid: Hiperión, 2002; 280 pp.) de Manuel Díaz Martínez. Incluye a: Bonifacio Byrne, Regino E. Boti, René López, Fernando Lles, Agustín Acosta. José Manuel Poveda, Mariano Brull, Felipe Pichardo Moya, Gustavo Sánchez Galarraga, José Z. Tallet, Manuel Navarro Luna, Regino Pedroso, Juan Marinello, Rubén Martínez Villena, Marina Villar Buceta, Nicolás Guillén, Eugenio Florit, Dulce María Loynaz, Enrique Loynaz, Emilio Ballagas, Félix Pita Rodríguez, José Ángel Buesa, José Lezama Lima, Ernesto García Alzola, Samuel Feijóo, Virgilio Piñera, Ángel Gaztelu, Justo Rodríguez Santos, Gastón Baquero, Oscar Hurtado, Eliseo Diego, Octavio Smith; Jesús Orta Ruiz, Cintio Vitier, Fina García Marruz, Carilda Oliver Labra, Rolando Escardó, Lorenzo García Vega, Rafaela Chacón Nardi, Luis Marré, Francisco de Oraá, Nivaria Tejera, Pablo Armando Fernández, Roberto Fernández Retamar, Fayad Jamís, Roberto Branly, José Triana, Heberto Padilla, José A. Baragaño,Rafael Alcides, César López, Raúl Luis, Anton Arrufat, Domingo Alfonso, Manuel Díaz Martínez, Luis Suardíaz, Severo Sarduy, Armando Álvarez Bravo, Miguel Barnet, David Chericián, José Kozer, José Mario, Pío E. Serrano, Jesús Díaz, Belkis Cuza Malé, Orlando Fondevila, Reinaldo Arenas, Antonio Conte, Nancy Morejón, Luis Rogelio Nogueras, Raúl Rivero, Delfín Prats, Lina de Feria, Virgi-

lio López Lemus, Emilio de Armas, Alejandro Querejeta Barceló, Raúl Hernández Novás, Felipe Lázaro, Lourdes Gil, Reina María Rodríguez, Orlando González Esteva, Francisco Morán, Efraín Rodríguez Santana, María Elena Cruz Varela, Ángel Escobar, León de la Hoz, Daína Chaviano, Ramón Fernández Larrea, Rodolfo Hasler, Alberto Lauro, Rolando Sánchez Mejías, Zoé Valdés, Emilio García Montiel, Alberto Rodríguez Tosca, Agustín Labrada, Odette Alonso, Antonio José Ponte, Alexis Díaz Pimienta, Camilo Venegas, Norge Espinosa, Ronel González, Liet Lee López y José Félix León.

11. *Antología de la poesía cubana. Tomo IV. Siglo XX.* Ángel Esteban y Ángel Salvador. Ed. Verbum, Madrid, 2002. 482 pp. Incluye: Regino E. Boti, Agustín Acosta, José Manuel Poveda, Mariano Brull, José Zacarías Tallet, Manuel Navarro Luna, Regino Pedroso, Rubén Martínez Villena, Nicolás Guillén, Dulce María Loynaz, Eugenio Florit, Emilio Ballagas, Ramón Guirao, Félix Pita Rodríguez, José Lezama Lima, José Ángel Buesa, Ángel Augier, Virgilio Piñera, Mirta Aguirre, Samuel Feijóo, Ángel Gaztelu, Justo Rodríguez Santos, Gastón Baquero, Oscar Hurtado, Eliseo Diego, Octavio Smith, Cintio Vitier, Jesús Orta Ruiz, Fina García Marruz, Carilda Oliver Labra, Rolando Escardó, Lorenzo García Vega, Cleva Solís, Rafaela Chacón Nardi, Roberto Friol, Luis Marré, Francisco de Oraá, Roberto Branly, Pablo Armando Fernández, Roberto Fernández Retamar; Fayad Jamís, Ángel Cuadra, José Triana, Heberto Padilla, José Álvarez Baragaño, César López, Jorge Valls Arango, Nivaria Tejera, Rafael Alcides Pérez, Rita Geada, Antón Arrufat, Edith Llerena, Georgina Herrera, Manuel Díaz Martínez, Luis Suardíaz, Severo Sarduy, Armando Álvarez Bravo, Orlando Rossardi, Juana Rosa Pita, José Kozer, José Mario Rodríguez, Miguel Barnet, Félix Contreras, Isel Rivero, Pío E. Serrano, Belkis Cuza Malé, Guillermo Rodríguez Rivera, Pedro Pérez Sarduy, Waldo Leyva, Reinaldo Arenas, Víctor Casaus, Luis Rogelio Nogueras, Reinaldo García Ramos, Nancy Morejón, Raúl Rivero, Lina de Feria, Wifredo Fernández, Magali Alabau, Delfín Prats, Julio Miranda, Esteban Luis Cárdenas, Lilliam Moro, Emilio de Armas, Virgilio López Lemus, Octavio Armand, Mirta Yáñez, José Abreu Felipe, María Elena Blanco, Felipe Lázaro, Jorge Oliva, Raúl Hernández Novás, Gustavo Pérez Firmat, Amando Fernández, José Pérez Olivares, Lourdes Gil, Carlos A. Díaz, Reina María Rodríguez, Orlando González Esteva, Francisco Morán, Efraín Rodríguez Santana, Carlota Caulfield, María Elena Cruz Varela, Jesús J. Barquet, Andrés Reynaldo, Iraida Iturralde, Roberto Valero, Jorge Luis Arcos, León de la Hoz, Alberto Acosta Pérez, Ángel Escobar, Rodolfo Häsler, Roberto Méndez, Ramón Fernández Larrea, Rolando Sánchez Mejías, Zoe Valdés, Víctor Fowler, Emilio García Montiel, Alberto Rodríguez Tosca, Sigfredo Ariel,

Antonio José Ponte, Laura Ruiz, Alexis Díaz Pimienta, Damaris Calderón, Camilo Venegas, Norge Espinosa, Milena Rodríguez.

12. *Poesía cubana del siglo XX.* Selección y notas de Jesús Barquet y Norberto Codina. Prólogo de Jesús Barquet. Fondo de Cultura Económica. Colección Tierra Firme. México, 2002.

13. *The Whole Island. Six Decades of Cuban Poetry.* A bilingual anthology, Mark Weiss. University of California Press, Berkely, 2009.

14 *Otra Cuba secreta. Antología de poetas cubanas del XIX y del XX.* Ed. Verbum. Madrid, 2011; 563 pp.) de Milena Rodríguez Gutiérrez. En el siglo XX, incluye a: Mercedes Matamoros, Emilia Bernal, María Luisa Milanés, María Villar Buceta, Dulce María Loynaz, Mercedes García Tudurí, Mirta Aguirre, Serafina Núñez, Julia Rodríguez Tomeu, Carilda Oliver Labra, Fina García Marruz, Cleva Solís, Rafaela Chacón Nardi, Nivaria Tejera, Pura del Prado, Rita Geada, Georgina Herrera, Edith Llerena, Lourdes Casal, Rosario Hiriart, Juana Rosa Pita, Isel Rivero, Belkis Cuza Malé, Nancy Morejón, Lina de Feria, Magali Alabau, Lilliam Moro, Maya Islas, Mirta Yáñez, María Elena Blanco, Alina Galliano, Lourdes Gil, Soleida Ríos, Reina María Rodríguez, María Elena Cruz Varela, Zoé Valdés, Teresa Melo, Odette Alonso, Damaris Calderón, María Elena Hernández Caballero, Alessandra Molina y Wendy Guerra.

15. *Bojeo a la isla infinita. Antología de 6 poetas cubanos.* Betania. Madrid. 2013; 94 pp. Incluye a poetas de dentro y del exilio: Sergio García Zamora, Ihosvany Hernández González, Sonia Díaz Corrales, Juan Carlos Recio Martínez, Arístides Vega Chapú y Félix Anesio.

GENERACIONES, DEGENERACIONES, REGENERACIONES

Los enfoques que se han hecho sobre la poesía cubana, como parte de ciertos conflictos determinados por la radicalización de la Revolución, no son muchos, y menos los que abordan la polémica existencia del género dentro de uno de los conflictos de mayor envergadura: Cuba y el exilio. *La poesía de las dos orillas* es un intento de abordar con otro criterio a la trayectoria de la poesía durante más de treinta años, dividida ficticiamente por interpretaciones acerca de cuál debe ser el destino del país, en correspondencia con nuestra tradición histórica cultural y el sitio que ocupamos en una orilla y otra.

Creo que, de forma inevitable, en el origen de esta cultura bifurcada y en cualesquiera de sus vertientes, está el entremetimiento excesivo y desafortunado de la ideologización de los intereses políticos en la creación, la evaluación, la difusión y el consumo de diferentes expresiones culturales. No se puede soslayar este problema de un análisis del desarrollo de la poesía a lo largo de estas tres décadas. No sólo es posible, sino lógico y necesario, pensar en una tradición común. De lo que se trata es de hacer visibles los valores transustancializados por la lírica nacional, al margen de consideraciones que históricamente transplantaron juicios y valores de otras esferas del conocimiento y la práctica sociopolítica al terreno de la cultura, con efímeros éxitos que el tiempo se ocupa de decantar.

Hasta el momento, el libro de Orlando Rodríguez Sardiñas es el antecedente más completo en ofrecer una visión de conjunto de la poesía de las dos orillas. Sin embargo, aunque ha pasado mucha agua entre ellas desde su publicación, tiene todavía vigencia cuando analiza las causas que oscurecen la correcta comprensión del acontecer poético cubano contemporáneo:

> Las antologías y los estudios de poesía cubana que desde 1960 se han publicado, padecen de partidarismos de uno y otro color, y amparados por políticas de estrechas miras

tratan de ignorar la producción de la "otra orilla" en un afán de reducir al olvido lo imposible de olvidar.*(1)*

Es obvio en todos estos años una arbitraria sinécdoque de negaciones y mutilaciones, tanto de un lado como del otro, sin que haya terciado un análisis de los requerimientos específicos literarios. La indiscriminada politización de las esferas de la vida y las relaciones sociales del cubano, a causa de la agónica y constante búsqueda de una racionalidad para sus aspiraciones de vario signo, y el carácter radical del proceso revolucionario más el enfrentamiento a opositores externos e internos que divide la realidad en dos, dificultan un examen realista de formas del espíritu nacional, implícitas en la dinámica de la historia pasada, presente y futura.

La muestra que contiene este libro es un esfuerzo por contribuir al discernimiento de esta cultura cismática, que independientemente de las contingencias de la trama política actual, necesita otras definiciones y una actitud más flexible de sus participantes que pueda integrarla a la memoria de la nación. Emprender este empeño no está exento de sinsabores, quizás más que las naturales derivaciones literarias y extraliterarias de cualquier estudio y antología, ya que no son pocas las razones y prejuicios que se han ido acumulando en las márgenes del estrecho de la Florida.

Atento a la relatividad del método generacional, preferí dividir el proceso en etapas señalizadas por diferentes corrientes poéticas o apogeos creativos predominantes, a los cuales llamaré "movimientos". Para tal denominación tuve en cuenta que estos se distinguen por una visión peculiar del mundo y de la actividad creadora, y, además, porque con independencia de los límites biológicos generacionales, son capaces de aglutinar los elementos estilísticos que demarcan las etapas y fijan el ritmo de la evolución del género.

No obstante, no soy ajeno a que los movimientos ya sean sociales, políticos o culturales, tienen a sus protagonistas condicionados por intereses comunes y contradictorios, típicos de su quehacer epocal, mientras las generaciones existen fuera de la voluntad de los hombres. Sin dudas, esta manera de vislumbrar el desarrollo de la poesía cubana puede ser tan discutible como el método generacional, ahora bien, me permite centrar la atención en los rasgos más sobresalientes de la poesía en su relación con la circunstancia y su consecuente desarrollo. Al mismo tiempo que me facilita hacer uso de las connotaciones del término generacional, sin caer en la discusión parásita de los controversiales términos en uso, tanto para la poesía de dentro como de fuera.*(2)*

René Wellek al ripostar las tendencias contenidistas y formalistas que quieren explicar el desarrollo literario, ha dicho aleccionadoramente que lo primero que se impone es una descripción del sistema de normas y convenciones literarias que domina las distintas etapas históricas, pero que este sistema nunca llegará a ser realizado íntegramente por ninguna obra, o sea, que será necesario un conjunto del cual es posible inferir la naturaleza heterogénea con sus coincidencias en general y contradicciones en particular. De ahí la polivalencia de los movimientos literarios y la irreductibilidad de los mismos a un esquema cualquiera que sea. Finalmente, veamos la conclusión de Wellek:

> En conjunto, el simple cambio de generaciones o de clases sociales no basta para explicar el cambio literario. Es un complejo proceso que varía de una ocasión a otra; en parte es interno, producido por el agotamiento y el deseo de cambio, pero en parte también es externo, provocado por cambios sociales, intelectuales, y todos los demás de orden cultural.*(3)*

Es conveniente consultar lo que dice Agnes Heller respecto de los movimientos y las generaciones:

> "Oleadas" y "generaciones" son términos más precisos que movimientos. Aunque las oleadas están formadas por movimientos culturales y sociales, ciertos movimientos continúan a través de las generaciones en una línea directa en vez de aparecer en forma de oleadas (...) Como regla general, los movimientos encuentran resistencia, provocan contramovimientos, pero incluso los contramovimientos muestran características de las oleadas que les han llevado a la superficie.*(4)*

Es paradójico que el principal inconveniente del método generacional se base en el afán de delimitar lo imprecisable del tiempo; mientras que en el enfoque de los movimientos lo que más importa no es eso, sino caracterizar y seguir la evolución de su existencia, tal como se infiere del brillante ensayo de esta autora. Es útil resaltar la distinción expresiva no determinista que hace de movimiento como parte de las oleadas generacionales, pero también cierta independencia y la interpelación entre ambos. Donde las generaciones implican un corte de mayor o menor regularidad, los movimientos son imposibles de ajustar en el curso histórico, en ellos hay un sistema de signos de fuerte vínculo con la circunstancia, que pueden estar orientados por hombres y mujeres de distintas generaciones.

He segmentado el periodo de la Revolución en tres etapas: en la primera (1959-1968) tiene lugar el movimiento de los 60 que devela "lo conversacional"; en la segunda (1969-1980) otro movimiento, el de los 70, que agota lo conversacional; y la tercera etapa (1981-hasta la fecha) con un movimiento de los 80 caracterizado por la síntesis, que aún no parece haber llegado a su coda definitiva. Se sabe que estas corrientes interpretadas sobre la base de las generaciones, con criterios deterministas o sociologístas, a veces hablan más de los autores que del verdadero fenómeno poético y su causalidad.

Una pregunta que es necesario hacerse es por qué concentro el trabajo en la llamada poesía conversacional, como si no merecieran cuidado otros modelos que hicieron coexistir en el periodo poetas como los de *Orígenes*, o Nicolás Guillén, Agustín Acosta, Félix Pita Rodríguez, Manuel Navarro Luna y Regino Pedroso, entre otros. La respuesta es que en mi criterio esas poéticas y poetas, sin los cuales es imposible escribir una historia literaria, sirvieron como elemento referencial al rechazo y la asimilación para decantar el movimiento de los 60, relacionado con una nueva generación, a la cual el proceso social revolucionario le significó una visión del mundo y una postura vital y literaria que modificó el destino de sus integrantes, además del panorama poético caracterizado por una corriente predominante que atraviesa todos estos años y que en su diversidad se le puede llamar "conversacional", continente del desarrollo del género y que permeó no sólo a poetas de los 60 distanciados de la misma en un principio, sino también a voces establecidas antes del 59. En realidad, en ese momento la tendencia más fuerte era la de *Orígenes*, aunque ya la revista había cerrado *(5)* y algunos poetas jóvenes de entonces se refugiaban en *Ciclón (6)*. Otros poetas figuraban como modelos aislados y publicaron pocos libros entre 1959-68 y 1969-80.

Está por ver, y se echa de menos, un estudio que ofrezca una visión total del curso de la poesía de todas las generaciones coetáneas del proceso iniciado en 1959, con vistas a mejorar nuestro conocimiento de las mismas dentro de ese tejido de estilos, que ha tenido de fondo la compleja situación de la sociedad. Ya que si bien las etapas están dominadas por un sistema de normas, pautas, convenciones que se difunden, diversifican, integran y desaparecen aparentemente, también en estas coinciden normas y valores del sistema anterior y anticipaciones del siguiente, que tienen una función fundamental en el desarrollo de la literatura, tal como lo ha estudiado Mikulas Bakos:

> En una determinada etapa del desarrollo de la literatura coexisten unas cuantas líneas estilísticas, pero la importancia determinante la tiene el estilo literario (el movimiento o corriente) que en el periodo histórico dado ocupa la posición dominante. El es la estructura literaria epocal (un sistema históricamente condicionado de elementos ideoestéticos), que es la portadora de las tendencias objetivas del desarrollo literario.*(7)*

Es así como veo la evolución de la poesía que tuvo como eje central la fundación, difusión, diversificación, integración y desaparición*(8)* de la poética llamada conversacional como el modo predominante, condicionada por la conciencia literaria epocal, los valores ideológicos de la política y la circunstancia histórico-social. Antes de continuar quiero remarcar esa idea de los contextos, porque si bien es cierto que el desarrollo literario tiene sus propias leyes, tampoco hay que desestimar el criterio de que en determinados momentos el resultado de la evolución literaria pueda reflejar, con mayor o menor énfasis, la naturaleza de esa interdependencia con la realidad lingüística y sociocultural. En las condiciones especiales de la sociedad cubana, debe verse que en la transformación de la poesía y la cultura artística en general, quiérase o no, el proceso sociopolítico ha ejercido una influencia que está por esclarecer.

En estas páginas me limito a hacer un recuento crítico de la evolución del género, en el que no puede faltar una descripción de las relaciones que se fueron estableciendo entre el acto creador y el discurso social, así como su incidencia en la estructura ideoestética, a riesgo de parecer esquemático ya que se impone un estudio más abarcador que rebase los marcos de este espacio, donde se incluya un cuadro analítico de lo distintivo literario que muestre las coincidencias, diferencias e influencias del desarrollo de la poesía de las dos orillas.

Ojalá este modesto acercamiento a un problema mucho más complejo nos incite a indagar otras respuestas.

MOVIMIENTO POÉTICO DE LOS 60
(1959-1968)

Hay un punto en cual todos estamos de acuerdo: la poesía cubana hay que contarla antes y después del 59, ese es el ángulo de giro de valores de todo tipo: políticos, sociales, morales, estéticos, así como de las perspectivas de la creación; a pesar de que se continúan publicando libros ajenos ideoestéticamente al movimiento que empieza a conformarse y del cual sus gérmenes irían modificándose hasta que en la segunda mitad de la etapa ofrecerían un núcleo consolidado. Este es el momento del cambio y donde empiezan a crearse las condiciones para que se junten, mezclen y separen las aguas generacionales. Es la hora fundacional, del caos y el orden nuevo, la tristeza y la alegría, el fracaso y la esperanza, que dan lugar a una encarnizada, abierta y a veces sutil lucha por la consolidación del poder y su reparto en las estructuras de la sociedad. Desde entonces la Isla ya no será la misma; la línea radical, casi inmediata del proceso provoca una colisión en las relaciones sociales establecidas. Surge una ética, un discurso social y un lenguaje inéditos.

En el mismo umbral de la Revolución se inician las definiciones, las contradicciones y desacuerdos que paulatinamente conducirían al exilio a algunos escritores y artistas, entre ellos a uno de los poetas más destacados del llamado grupo Orígenes, Gastón Baquero.*(9)* Al mismo tiempo aparecen dos textos claves de la poética que marcará los derroteros de la creación de la mayoría y el principio del movimiento de los 60. Son el poema "El otro", firmado el primero de enero de 1959 y el prólogo a la antología *Poesía joven de Cuba*,*(10)* ambos de Roberto Fernández Retamar.

En el primero es notable una actitud diferente al sujeto lírico de antes del 59; se trata de una interpretación de la conciencia colectiva del presente y un distanciamiento ético con el pasado en el homenaje a los que murieron en la lucha por el triunfo revolucionario, refrendando literariamente lo que ya era una realidad. En las palabras presentadoras del libro anuncia el inicio de un nuevo periodo y el tránsito generacional que harían sitio a otro lenguaje, bendecido por las circunstancias que inaugura la Revolución, aunque todavía gran parte de los textos seleccionados no sean representativos de lo que más tarde sería el modo poético predominante:

> El lector observará que se reúnen en esta colección **poetas de tono conversacional** (...) En todos, sin embargo, **es dable percibir el intento de una nueva poesía**.*(11)*

Más adelante habla del alejamiento de los antologados de los moldes anteriores, y del nuevo contexto en que se ejerce la creación condicionado por las exigencias de los días que les ha tocado vivir. Fijémonos, además, en la aguda previsión que hace de algunos de los rasgos característicos de esta etapa y la próxima:

> La poesía, de vuelta de esas aventuras, penetra en la vida cotidiana, a alimentarse de ella —y a alimentarla. No se eluden el prosaísmo, el tono conversacional, la violencia, la efusión sentimental, la preocupación social y política (aunque no de modo mecánico o demagógico), el desdibujo, la impureza. ¿Habrá que añadir que esta generación, en privilegiada situación histórica, halla en la historia misma lo que a todas las otras durante la República les fue negado? Si vivió años de separación, desconcierto y espanto, años que son, al menos en parte, causantes de la desparramada actitud de la generación, en cambio le ha correspondido en plena juventud un esplendor histórico que viene a reconciliarla con su circunstancia, a la que hurañamente se ha ido acercando la poesía (...) El menos zahorí sabe que ello habrá de repercutir profundamente en la poesía de los años que se avecinan. Estos poetas —y otros, muchos de los cuales no han comenzado quizás a dar sus signos— sentirán ese vuelco, que en algunos no se ha hecho esperar.*(12)*

El mismo Retamar, y otros autores, han señalado las consecuencias del proceso social para la realización personal y colectiva de esta generación. César López, uno de los poetas más representativos, en relación con esa incipiente identificación ideoestética y vital que se destaca en este movimiento de los 60, ha dicho al rebatir los argumentos de excepción generacional expuestos por un integrante de *El Caimán Barbudo:(13)*

> La generación nuestra tuvo que ir elaborando su obra en otro tono hasta llegar **no a la adecuación**, sino hasta la autentificación histórica.

Y más adelante:

> Si la situación del ser cubano ya no es la misma la expresión poética de ese ser, obligadamente, tampoco puede ser la misma. La tarea de poetizar se ha vuelto histórica, en "comercio" con el tiempo. (...) No se trata de una solución formal en la que algunas hayan sido sustituidas por otras siguiendo el último alarido de lo coloquial o lo antipoético (sin negar la utilización de dichos procedimientos, pero recordando que en ese afán de estar al día, aparte de que generalmente **ya** se está atrasado, hay un riesgo de retoricismo **otro** e inauténtico).*(14)*

Posiblemente la más elocuente síntesis de lo que llamo el movimiento de los 60, tal y como lo concibo en su amplitud estilística, la hizo Armando Álvarez Bravo, pasados ya los enfebrecimientos generacionales que motivaron tantas definiciones y clasificaciones, a veces injustificadas:

> Puede decirse que la significan: el empleo de un lenguaje más llano y un tono directo en el tratamiento de los temas; una voluntad de enfrentarse de modo rasante con lo histórico y la realidad; un replanteo de sus concepciones vitales a partir de la profunda y progresiva conmoción que engendra el proceso revolucionario; la urgencia por definir un pasado desde el presente para encarar el futuro; la búsqueda de una semántica paralela en todos los niveles al tiempo que viven; la formulación de una escritura funcional pero trascendente. *(15)*

Podemos comenzar a inferir algunas cuestiones para la etapa relacionando los poemas publicados en esos años con los textos de Retamar en la alborada generacional, el de López en la curva más alta del movimiento y el de Álvarez Bravo en el año del Congreso de Educación y Cultura.

Primero, desde los balbuceos del movimiento se manifiesta una voluntad de lenguaje distinta de la heredada, aunque sabemos que en poetas como Eugenio Florit, Rubén Martínez Villena, Agustín Acosta, José Zacarías Tallet, Eliseo Diego, María Villar Buceta y Nicolás Guillén, entre otros, se encuentran los antecedentes inmediatos de "lo conversacional"*(16)*. Esto que llamo "lo conversacional", para salvar ciertos preciosismos terminológicos y distinguirlo de otras corrientes que tienen entre ellas más parentescos que diferencias, también es un modo que tiene precedencia y progresión contemporánea en toda la poesía de habla hispana. Es el lenguaje de una época, de un movimiento internacional de la postguerra que decanta todos los **post**, o más bien es el resultado de la crisis de los últimos lenguajes sobrevivientes postmodernistas, postneorománticos y postvanguardistas de este siglo.

Algunos de los poetas que abren esta etapa, junto a otros que conforman una segunda oleada, asumen este lenguaje en su diversidad y lo desarrollan con éxito hasta sus últimas consecuencias en un tiempo relativamente breve. Más tarde, los poetas "caimanes"*(17)* lo retoman en su momento climático, desarrollándolo en algunas de sus vertientes durante la aparición de las distintas oleadas del movimiento de los 70, cuando ya sus antecesores, los del 60, andan enriqueciendo este modelo o buscando otros caminos, sobre todo al despojarlo de la carga presentista, ideologizante y anecdótica con que se les identificó en gran medida; estos cambios expresivos de poetas de los 60 pueden notarse en libros publicados más tarde.*(18)* Sin embargo, lo conversacional no fue patrimonio exclusivo de este movimiento, voces que se habían consagrado antes del 59 se aventuran en ese lenguaje de modernidad y producen obras importantes, que sin ortodoxia pueden inscribirse dentro de las influencias de la poesía conversacional.*(19)*

Segundo, El movimiento poético inicial toma conciencia inmediata del momento histórico en que viven, de su lenguaje y de sus diferencias con el de los poetas anteriores, aunque siempre con una marcada admiración por sus obras. En gran parte de ellos existe una clara actitud de comprometimiento —aunque no todos lo interpreten de igual manera— con el cambio que augura el proyecto social. Desde los primeros instantes se reflexiona sobre el tema del compromiso, aparecen textos llenos de efusividad, homenaje y respaldo. Se sienten historia y en la misma entienden una parte de su realización como poetas y seres humanos.

Ahora bien, las contradicciones emanadas de la lucha por el poder durante el cambio de régimen, y más tarde por su consolidación y distribución que asegurase la continuidad, influyó significativamente en el proceso literario de esta etapa y a largo plazo hasta nuestros días. Es sospechosamente extraño que los análisis de esos años, aunque han tenido en cuenta el evidente carácter condicionado de la expresión poética a las circunstancias, no hayan incluido en esa misma dinámica a la crisis que provocó la Revolución en las relaciones sociales de todo tipo incluyendo las familiares, acentuada por la propia sobrevivencia y el discurso emanado de la misma que influyó, conmocionó y alteró la expresión poética y su difusión.

Esta crisis se reflejó de varias formas tanto para los autores que asumieron el cambio, como para los que adoptaron una postura de distanciamiento estilístico o político dentro y fuera del país, en definitiva todos son parte de los frutos de esa crisis. Un proceso de esa naturaleza, además del saldo positivo que pudo tener en cuanto al cambio en el desarrollo de la evolución literaria, también tuvo un sentido negativo, en el caso de que produjo una expresión literaria marginal, opositora o no, ligada en muchos casos a cierto tipo de conciencia social, que no se descontó por mecanismos literarios, sino políticos. El discurso social y político se impuso a ese desarrollo alterando el carácter estético de la expresión. Su resultado más extravagante es una vertiente de la cultura nacional en el exterior, sujeta a un desarrollo atípico.

José Antonio Portuondo y José Juan Arrom coinciden(20) en que a pesar de la unidad de sentido de una generación, caracterizada por un quehacer y un lenguaje, entre otros factores —como lo fue el movimiento poético de los 60, por ejemplo— existe la vivencia antagónica y la discrepancia hacia lo dominante en cada momento histórico. Es más, Arrom refiere las diferentes direcciones que toma la generación y las corrientes sumergidas que se distancian de la tendencia principal.*(21)* En Cuba algunas de esas vertientes fueron a parar al exilio, esta vez apremiadas por la disonancia política y la represión de ideas e incluso de las formas literarias y sociales.

Si nos atenemos a esa lógica elemental de lo heterogéneo, no costará trabajo comprender que desde el principio de la Revolución se suscitara la discrepancia con el lenguaje que nacía para la poesía, y, por qué no, con el proceso al cual gran parte asistía jubiloso, sobre todo cuando ese lenguaje se identificó después con el de la política oficial, vinculado al realismo socialista.

Lo cierto es que los rasgos estilísticos y temáticos comunes, la simpatía o identificación con el cambio revolucionario —no siempre cordial, más la interdependencia de la creación poética con la circunstancia, de un lado dieron sentido a ese movimiento, pero también produjeron una escisión con otros poetas, que por sensibilidad artística o social no estuvieron cómodos dentro del cauce que tomaban las cosas. Poco a poco y antes del año climático del 68, se profundizaron las contradicciones que hacia esa fecha dieron lugar a problemas y polémicas de fuerte tinte político, que enrarecieron la libertad de expresión en manos de los nuevos administradores de la misma, y de hecho las relaciones casi idílicas entre el poeta y la sociedad, entre la poesía y el poder político. El romance del movimiento intelectual progresista cubano e internacional empezaba a malograrse.

A la ofensiva revolucionaria en el plano político y militar, le sigue la ofensiva cultural e ideológica, no excepta de errores que incluyen la represión de la diferencia, de la ideología y algunas prácticas religiosas. Girón, declaración del carácter socialista, Crisis de octubre, nacionalizaciones, lucha contra sabotajes y guerrillas internas, el embargo económico y político, Primera y Segunda Declaración de la Habana, apoyo a los movimientos revolucionarios del Tercer Mundo, microfracción; Campaña de Alfabetización, Palabras a los intelectuales, UMAP, Casa de las Américas, ICAIC, *El Caimán Barbudo*, *El socialismo y el hombre en Cuba*, entre otros muchos eventos que harían demasiado larga la lista de hitos nuevos que marcarían el acontecer. Los senderos se bifurcan y en la cima de las confluencias generacionales se desatan los alborotos, las polémicas, los compromisos, las disidencias, los oportunismos, los extremismos y las represiones.

Es una década brutal y maravillosa en el sentido carpentereano. El país va saliendo de los peores momentos apoyado y financiado por el campo socialista, mientras la cultura crece y se le da errónea-mente un lugar destacado en la lucha ideológica. Paradójicamente, las *Palabras a los intelectuales (22)* que contienen los principios rectores de la política cultural y que debieron haber atemperado los contradictorios signos del convulso panorama ideológico de la cultura, se convirtieron en el instrumento para medir la cantidad de compromiso de los escritores, fisgoneando la semántica y la forma de las palabras. **Dentro de la Revolución: todo; contra la Revolución ningún derecho.***(23)* Esta conocida, polémica y mutiladora frase, por arte de "magia revolucionaria" se convirtió en una hoja con filo que calibraba las obras, la "hombría" de los escritores, y todo aquello ambiguo, abstracto o experimental. Fue el comodín y la milagrería del pensamiento oficialista de quienes escudaron su incompetencia política tras las *Palabras...* Un día habrá que hacer un análisis serio sobre la cultura de entonces y tomar en su justa medida aquel texto de contingencia política, que fue manipulado ideológicamente por los instrumentalizadores de coyunturas con la anuencia del propio autor, convirtiéndolo en principio rector de la política cultural. También habrá que hacerlo con el *El socialismo y el hombre en Cuba*, de Ernesto Guevara.*(24),* que sirvió de manual a la burocracia política al servicio de la represión y la fabricación de un ethos social ajeno a la identidad del cubano.

Cuando se radicaliza la Revolución con su consecuente po-laridad política, y el movimiento de los 60 comienza a situarse en la palestra pública con una visión ideológica y literaria que le da organicidad, se organiza un nuevo grupo reunido alrededor de las ediciones El Puente,*(25)* con libros mayoritariamente incapaces de equipararse a los que entonces daban a conocer los integrantes de ese movimiento, de los cuales se esforzaron en distinguirse. Estos jóvenes que a partir de *Novísima poesía cubana* en 1962 *(26)* se conocerán como los "novísimos" (más tarde así también se les diría a los de *El Caimán Barbudo*), lanzan en ese libro antologador un prólogo manifiesto lamentablemente ingenuo, donde se quejan de "un vacío temático que ya dura dos años" y que esa situación los "está llevando a dos extremos igualmente estériles: 1.una poesía vuelta hacia sí misma que renuncia a toda comunicación, a la más leve objetividad, produciendo como reacción 2. una poesía propagandística, de ocasión." *(27)*

Ninguna novedad, parece ser que los "novísimos" en su calentura juvenil no fueron capaces de ver la calidad que existía en esa "poesía vuelta hacia sí misma"; por otro lado tampoco se percataron que se estaban moviendo peligrosamente al margen de lo que demandaba el poder y por lo cual fueron emplazados y remplazados por los "caimanes" que eran el brazo ejecutor del nuevo orden que saldría de la lucha de las tendencias dentro de la burocracia política. Incluso no comprendieron que una poética recién surgida se perfilaba de entre esos dos polos y de la que ellos mismos participarían con calidad literaria pero sin la calidad política que se exigía.

Es curioso que sus reclamos, con menos argumentos coincidieran tanto con los que esgrimieron los "caimanes". No hay duda de que a estos últimos los diferenció una confesada identificación con la Revolución. Creo que las respuestas futuras que dieron los integrantes de ambos grupos juveniles a las exigencias sociales y a los errores cometidos, es la mejor prueba de qué esencia los mantuvo frente a frente y de quienes iban a ser los sobrevivientes de aquel proceso donde se fraguaba una generación obediente al pensamiento oficial.

Quizás una de las mejores conclusiones sobre los "novísimos" fue la dio Julio E. Miranda en su libro *Nueva literatura cubana*:

> Lo que había era más bien un intento de comenzar una poesía cortada del pasado, no demasiado comprometida con el presente, flotante por tanto, y cuyo resultado no podía, pues, llegar muy lejos. *(28)*

Al final El Puente se cayó agitado por los aires tumultuosos de la Isla, la gestión de este grupo pasó de ser un estimulante espacio para los escritores noveles a un molesto puentecillo para las distintas generaciones, en las que no contó con los aliados suficientes para soplarles al oído la dura verdad de tiempos de unidad, supervivencia, entusiasmo y compromiso reclamados por el poder político, y de fallas e injusticias cometidas por el mismo. Lamentablemente, los poetas de este grupo acabaron casi todos en el exilio o han desaparecido como poetas. *(29)*

Con ellos terminó una experiencia de ingenuidad y anecdóticas polémicas, que prepararon el terreno para la llegada de *El Caimán Barbudo* en 1966, y con él un nuevo movimiento poético, el del 70, que hizo una entrada estrepitosa con el manifiesto "Nos pronunciamos", publicado en el primer número del mensuario. No olvidemos que en ese mismo año se produce la polémica generacional, que tiene como nota destacada la oposición a Jesús Díaz, entonces director de *El Caimán*, por parte de Ana María Simo que representaba a los "novísimos".*(30)*

Veamos este manifiesto, del cual se habla tanto todavía y que no muchos se ocupan de consultar, cuando se analiza el discutido papel desempeñado por el *El Caimán,* incluso podría estar siendo el fundamento de los poetas más jóvenes en la actualidad:

> No pretendemos hacer poesía a la Revolución. Queremos hacer poesía de, desde, por la Revolución.
> Una literatura revolucionaria no puede ser apologética. Existen, existirán siempre, conflictos sociales: una literatura revolucionaria tiene que enfrentar esos conflictos.
> No renunciamos a los llamados temas sociales porque no creemos en temas sociales(...)
> Nos pronunciamos por la integración del habla a la poesía. Consideramos que en los textos de nuestra música popular y folklórica hay posibilidades poéticas.
> Consideramos que toda palabra cabe en la poesía, sea carajo o corazón.
> Consideramos que todo tema cabe en la poesía.
> Rechazamos la mala poesía que trata de justificarse con denotaciones revolucionarias, repetidora de fórmulas pobres y gastadas: el poeta es un creador o no es nada.*(31)*

Más adelante, en ese mismo año, *El Caimán* publicó los poemas de los firmantes del manifiesto, y en la revista *Unión*, Victor Casaus, uno de los líderes, escribió "La más joven poesía: seis comentarios y un prólogo"*(32)* que suscitó la respuesta generacional de César López en las páginas de la misma revista,*(33)* quien acompañó su réplica de una muestra de poetas del movimiento al que pertenece. En resumen, los "caimanes" se defendían de imputaciones como ser poetas de consignas, populistas y parristas, atacando la metafísica, el escapismo, lo errático y deficiente de El Puente; también criticaba a los de *Orígenes* por escapistas. Asumía Casaus en nombre de sus compañeros las influencias de Parra (contradictorios, ¿no?), de Vallejo, Neruda, Cardenal, Gelman, Linh, Dalton, Retamar, Jamis y Tallet. Sin olvidar definir las características de la joven poesía cubana, o más propio, supongo yo, la del grupo que representaba si tenemos en cuenta que ellos no eran ni los únicos jóvenes, ni los únicos poetas, ni los únicos cubanos, leamos:

> Visión --**desde la Revolución**--de los problemas en el socialismo.
> Mirada a la niñez y la cercana adolescencia.
> Problemas de la época del mundo.
> Temas llamados tradicionales: el amor, la muerte, etc *(34)*

Cuando los "caimanes" lanzan su apotegma, sin darse cuenta estaban accionando la válvula que sofocaría una etapa brillante de la poesía, no sólo de Cuba, sino de la lengua; además, serían tanto víctimas como victimarios al final del juego en nombre del realismo dogmático. La actitud de entonces, franca y apasionadamente revolucionaria, se volvió un boumerang reaccionario, al arremeter en bloque contra casi todo el movimiento de los 60, sus padres naturales en definitiva, que ya en el año de *El Caimán...*, 1966, ofrecen algunos de los mejores libros de la literatura de la Revolución.

Veo en el grupo de *El Caimán...* el iniciador de un movimiento que comenzó a fraguarse en torno a él y que continuó atado al espíritu que dio lugar al mismo, como una rémora. Él egocentrismo generacional alentado desde algunas poltronas de la burocracia, la sincera inquietud del compromiso revolucionario y la autocomplacencia virginal, no les permitió ver con claridad que las diferencias en su mayoría eran de poetas y no de poéticas, por mucho que intentaron distinguirse --quizás este fue el error generacional de mayor envergadura. Mirándose los ombligos no se dieron cuenta que lo importante era diferenciarse por la calidad y que se estaban situando en la cola, el tiempo se ha encargado de demostrarlo con creces. La sola y bienvenida vigencia de sus mejores poetas --Luis Rogelio Nogueras (1945-1985) y Raúl Rivero (1945)--, más algunos libros prometedores de autores que no cubrieron con una obra sólida la expectativa de sus valores parciales,*(35)* prueba su naturaleza epígona, que trajo mucho ruido, pero poca poesía.

Al respecto es útil consultar el trabajo publicado por Guillermo Rodríguez Rivera, donde hace una revalorización crítica de algunos aspectos. Coincido con Rodríguez Rivera en que aquella poesía reafirmó la personalidad de ellos, aunque eso no quiera decir mucho. Yo agregaría mejor, que por primera vez apareció una voz coral joven que habló no **a** o **de** la Revolución, sino en nombre de ella haciéndose lugar en el panorama del país. Sin embargo, fue errático reivindicar la visión **desde la Revolución** como un don y un privilegio concedido por el sólo hecho de haber nacido a partir de una fecha determinada. Dice el autor en dicho texto:

> Este fatalismo generacional --que era, en fin de cuentas, una falta de madurez ideológica--, hizo que no se advirtiera lo que había que avanzar todavía, contribuyó a crear cierto espíritu autocomplaciente y a olvidar la constante exigencia que supone la conformación de una actitud revolucionaria; para mal, porque toda programación en literatura corre el riesgo de convertirse en rétorica, generar su propia caricatura.*(36)*

Los "caimanes" y sus seguidores de la década del 70 fueron víctimas de los problemas entre política y cultura, no resueltos en el seno de la sociedad cubana de entonces ni de ahora. Casi todos ellos, formados ideológicamente durante la contingencia del cambio, participantes de tareas históricas propias de su edad y comprometidos auténtica y fervorosamente con el papel de relevos, fueron lanzados al ruedo en un momento en que era difícil sustraerse del lenguaje dominante en latinoamérica, que los integrantes del movimiento poético de los 60 contribuyeron a enriquecer condicionados emocionalmente y conscientes de la situación sin precedentes que vivían. No obstante, creo —con fe en el desarrollo dialéctico de la historia y no en los bandazos pendulares, aunque a veces pueda tomar esa forma— que los "caimanes" fueron importantes, en el sentido de que se convirtieron en resistencia de las próximas oleadas de poetas.

En 1968, durante pleno forcejeo de tendencias estéticas, errores conceptuales, y de procedimientos de la burocracia que vio expresiones enemigas en actitudes como la crítica y el homosexualismo, ensimismada en dar jaque mate a la disidencia y la discrepancia —en muchas ocasiones confundidas ambas como factores de una misma ecuación—, se publica *Fuera del juego*, un libro insólito para Cuba, de Heberto Padilla, premio Julián del Casal de ese año. Entonces tiene lugar el polémico caso, a pesar de que el premio de teatro de ese mismo concurso había sido para un libro igualmente discutido y también castigado, *Los siete contra Tebas*, de Antón Arrufat.

En medio de las rivalidades entre oficialistas y no oficialistas, entre moderados e inmoderados, siempre teñidas por el oportunismo, la ambición, el egocentrismo, el revanchismo, y el coqueteo con la política, Padilla, antes de recibir el premio, había provocado una dura polémica en un especial de *El Caimán...* dedicado a *Pasión de Urbino*, de Otero, al introducir una argumentación política a favor de Guillermo Cabrera Infante (ya éste residía en Londres) que junto a Lisandro Otero —vicepresidente del Consejo Nacional de Cultura— era finalista del premio Biblioteca Breve de Seix Barral, ganado por Caín finalmente. Así empieza una cadena de hechos vinculados a Padilla que involucrarían directa e indirectamente a una parte de la intelectualidad*(37)*, con graves consecuencias negativas para la creación y la difusión de la poesía hasta nuestros días. Se le había pisado la cola al león y ya nada sería igual.

Se desata la *hibris*, las acusaciones y contracusaciones de la mano invisible de un tal Leopoldo Ávila en la revista *Verde Olivo*, hasta que en marzo y abril de 1971 se produce la detención de Padilla y empiezan las críticas, autocríticas y confesiones. Se dividen las aguas definitivamente y el libro y el autor son tirados al fuego, con ellos las expectativas de polemizar. Se había reeditado una versión caribeña de las relaciones entre literatura y política en la Unión Soviética muy en boga en aquellos años marcados por la muerte de Stalin y el fin de la Primavera de Praga. Fue el punto de inflexión de las relaciones de la Revolución con la intelectualidad progresista occidental que había puesto sus esperanzas en Cuba. Se iban afianzando los criterios del realismo socialista importado de la antigua Unión Soviética entre funcionarios e intelectuales asalariados dóciles al pensamiento oficial.*(38)* Entonces ya no había otra forma de ser asalariado, intelectual o funcionario o simplemente ciudadano.

Desde el mismo 68 se hace política el silencio. Si ya lo había para los autores que abandonaron el país,*(39)* ahora también se establecerá para una serie de autores que por diversos motivos pasarán varios años acumulando papeles después de haber escrito libros representativos de la poesía de la Revolución *(40)* o de escribir obras promisorias *(41)*. También poetas ya consagrados con anterioridad a esa etapa dejan de publicar *(42)*. Todos por diferentes motivos y periodos de duración, incluso sin que tuvieran nada que ver directamente con el tema Padilla.

El "caso Padilla", noveleta, prefacio o epílogo, síntoma de un síndrome mayor entre literatura y política, y prólogo de una próxima etapa de mediocridad poética, de irresponsabilidad, errores y censura, transformó el desarrollo de la poesía cubana de la Revolución. Y *Fuera del juego*, que por cierto no es la mejor obra del autor, aunque si un buen libro, se convirtió en un chivo expiatorio de una polémica ajena al acto creador y en un argumento de izquierda y de derecha para distintos fines, imponiendo un maniqueísmo en la poesía y el protagonismo de una generación inmadura del *Caimán*. La burocracia se instala definitivamente sobre los hombros de los creadores, dirigiendo con criterios absolutistas, políticos e ideológicos los destinos de la cultura y la literatura, y restringiendo la libertad hasta límites dolorosos.

Antes de dar paso al recuento de la etapa 1969-1980, donde reina el movimiento de los 70, iniciado por el grupo de *El Caimán Barbudo*, a manera de ilustración trataré de esbozar una síntesis de las características del movimiento de los 60 que acabamos de ver, a partir de los rasgos expuestos por Virgilio López Lemus en su excelentemente documentado libro *Palabras del trasfondo (43*. De esta forma quizás ayude a comprender la naturaleza epígona de la próxima etapa, veamos:

—Tono conversacional, realismo, reflejo de las circunstancias históricas: historicismo, testimonio, inmediatez. Ideologización, reforzamiento del valor cognoscitivo, empleo de la crítica y la autocrítica, empleo de la primera persona del plural y de un yo pluralizado. Humor e ironía. Carácter anecdótico y empleo de elementos narrativos. Influjo del periodismo. Violencia expresiva y expresión de la violencia social. Empleo de la intertextualidad: diálogos, citas, referencias a libros, fechas históricas, imitación o uso de documentos legales. Variedad formal en el uso de la prosa y el verso libre: versolibrismo, prosaísmo, versículos, métrica tradicional, "frases hechas", expresiones lexicalizadas. Sencillez gramatical. Relativo uso de la tropología. Vocabulario próximo al de la conversación.

—Interpretan temas propias de la injusta situación prerevolucionaria, de la acción emancipadora y de la lucha entre lo nuevo social y lo viejo sobreviviente. Reflejan acontecimientos nacionales y extranjeros. La ética revolucionaria. La imagen de los héroes y mártires. El antimperialismo. Exaltación de los elementos de la cubanía ya sean formales o temáticos. La vida cotidiana en todo su espectro, sobre todo aquello relacionado con la construcción de la sociedad, la vida citadina, la infancia como nostalgia o sirviendo como elemento comparativo, la familia y el contorno doméstico. La naturaleza y la transformación de su paisaje por la mano del hombre. El amor, la muerte, la mitología popular, la existencia humana y su relación con la transformación ética del individuo.

MOVIMIENTO POÉTICO DE LOS 70
(1969-1980)

Desde 1970, año de la zafra de los 10 millones, se dan a conocer otros nuevos poetas, fundamentalmente a través de las antologías *Punto de partida* (1970), de Germán Piniella y Raúl Rivero;*(44)* y *Nuevos poetas*(1974), de Roberto Díaz Muñoz.*(45)* Tal y como sucediera con *Poesía joven de Cuba*, de Roberto Fernández Retamar, estas antologías marcan el comienzo de un nuevo movimiento de la poesía, también con sus respectivas oleadas generacionales, que continuarían girando alrededor de *El Caimán Barbudo* renovado. Puede decirse que esta publicación rige los futuros derroteros ideoestéticos y da cohesión al movimiento poético de los 70, aunque ya el mismo se extenderá a lo largo y ancho del país.

Podría parecer que el silencio que poco a poco se impondría sobre algunas voces de las generaciones anteriores y la evanescente tendencia de los "novísimos" hallarían relevo en los poetas jóvenes, llamados también segundos "caimanes". Sin embargo, no fue así, el conflicto literario-político del 68 había sentenciado con el castigo determinadas zonas de la realidad y formas de entender el lenguaje. Si al cabo de todos estos años miramos sin sectarismo hacia atrás la poesía de los 60, quizás veamos los contactos de algunos de sus rasgos estilísticos y temáticos con los enunciados del grupo forjador de *El Caimán*..., incluso aquella actitud crítica que más suspicacia creo entre los instrumentalizadores de la política cultural y que acabó con la problematización de la realidad. Recordemos por un momento lo que decía en una de sus partes aquel manifiesto.*(46)*

Si analizamos la poesía después del 68 podremos percatarnos que esa vertiente social tan enriquecedora de la tradición poética cubana, condicionada felizmente por la propia Revolución que exigía no sólo el cambio de régimen, sino remplazar el ethos social y con ello abolir las contradicciones dadas por las relaciones sociales residuales, con el objetivo final de alcanzar una revolución del ser como diría el poeta Baragaño, se quedó en gran parte en la mente y las gavetas de los creadores del movimiento del 60 y del 70.

La llamada poesía social, tan cara a la poesía cubana de siempre debido a la vocación de los poetas por los asuntos públicos, en el momento en que se produjo determinado concierto con sus aspiraciones vio limitado su desarrollo cualitativo, al ceñírsele una mordaza a la capacidad analítica. Lo social abandonó la condición crítica para convertirse en un apéndice decorativo del discurso ideológico, que tuvo su sustendador teórico en la estética del realismo socialista y las riendas en manos del Gobierno y el Estado.

En el trabajo "La más reciente poesía cubana", el crítico José Prats Sariol*(47)* hace una delimitación estilística y temática de estos años. Y señala como rasgos de estilo la plena identificación revolucionaria, la apertura a cualquier aspecto de la realidad, la humildad del yo poético y la sencillez expresiva. También reseña en lo temático varias zonas en las que el autor es personaje de una acción relacionada con el quehacer revolucionario, en los que es testigo de ella o poemas sobre héroes, mártires y efemérides, y aquellos en los que otra temática lleva implícito o hace referencia al acontecer revolucionario. En su ensayo, además apunta aciertos y deficiencias relacionados con los rasgos estilísticos enumerados. Sin embargo, cabría preguntarse si en definitiva estas caracterizaciones no pudieran también, de alguna manera, situarse dentro del canon ideoestético desarrollado desde 1959; si muy a pesar de los poetas de los 70, no por gusto llamados segundos "caimanes", la poesía que viene desde la primera oleada con la fundación de *El Caimán...* no es una variante del movimiento de los 60, una tendencia que agotaron. Por otro lado, de lo que no se habla es de un aspecto que sí aparece en algunos poetas de los 60 y luego en los 80 sería retomado después de ser cancelado con el "caso Padilla" y el Congreso de Educación y Cultura, el punto de vista marginado del discurso oficial como rasgo de estilo. Parecería que esa "reciente poesía cubana" tendría su propia muerte por exceso de realismo revolucionario, obediencia y escasez de talento.

En mi opinión se trata de que el movimiento de los 70 descontó en un principio determinados aportes que enriquecieron el modelo conversacional e hiperbolizó otros sin mesura, equilibrio y talento necesarios en una prueba aparentemente fácil, y tal vez por ello, tan permisible de la poetización de cualquier circunstancia. Además desechó logros de los poetas ya establecidos aunque ajenos a esa estética,*(48)* para, condicionados por experiencias político-literarias y sobre todo por lineamientos con indistinta base estética e ideológica, sumirse en una realización esquemática de los vínculos entre literatura y política.

En el empeño por dotar a la Revolución de una poesía revolucionaria se dogmatizó la función cognoscitiva hacia objetivos políticos e ideológicos, en detrimento de otras funciones.*(49)* De ahí la marcada tendencia panfletaria y la preponderancia de temas y asuntos relativos a héroes, mártires, efemérides y otros que hacían referencia explícita o implícita al acontecer revolucionario de Cuba y el mundo. No quiere decir que estos no debieran existir, todo lo contrario, formaban parte de una de las lógicas de la sensibilidad nueva; lo que nunca se debió hacer fue parcelar una realidad social inédita y legitimizar la pobreza expresiva que muy pronto condujo a su banalización. El esquematismo mediatizó el nuevo sentido de lo social, adquirido por la producción de valores nuevos en detrimento, inclusive, de temas y asuntos de carácter ontológico propios de esa realidad.

No hay que pasar por alto que el auge de esta poesía tuvo como caldo de cultivo el desarrollo arbitrario de concursos y publicaciones auspiciados por instituciones sociales, políticas y militares que condicionaron los temas y asuntos. Se podrían recordar los concursos de pies forzados con temáticas de obreros, campesinos, mártires, etc, que dieron equívoco fundamento al oportunismo, al triunfalismo a ultranza y la unilateralidad, sin que se reflejara la verdadera esencia del sujeto colectivo, comprometido con la lucha por su realización individual, heterogénea, estratificada dentro de una realidad mucho más rica, contradictoria y esperanzada que la referida únicamente a su sujeto político.

Sin embargo, en el recuento crítico no debemos olvidar que gran parte de los poetas, sobre todo los jóvenes, se identificaron con esta línea con la naturalidad con que ahora participamos de otro proceso de reacción. Esa era la norma ideoestética y política del discurso social, era el espíritu de una época marcada por el ímpetu de la Revolución latinoamericana, el desarrollo de la fraternidad socialista, la solidaridad y una hornada de poetas formados íntegramente en el antagonismo sin matices.

No obstante que aquella avalancha de concursos uniformaba en estilos y temas el panorama poético nacional, después de la exclusión, reducción o acallamiento de poetas y poéticas sustituidas por percherones del realismo socialista que tácitamente sirvieron de modelos, el auge de dispositivos literarios promovió a lo largo de los 70 un apogeo inusitado de poetas y lectores. Si en los 60 el movimiento poético había sido un fenómeno de la capital, después sería de todo el país. Múltiples maneras de comunicar con el público, de formación y apreciación se desarrollaron; me atrevo a sugerir que la actividad de relacionarse con grandes sectores de público ya fuera mediante impresos o a viva voz influyó también en los estilos conversacionales. Se reprodujo considerablemente el interés por escribir y leer, el sistema de oportunidades educacionales y culturales comenzaba a arrojar sus frutos; en lo adelante sería difícil establecer jerarquizaciones o parcelaciones del movimiento de la poesía cubana en Cuba, ya que se irían creando núcleos diferenciados en distintas zonas del país.

El problema esencial del movimiento de los 70, a mi modo de observar, es que surge bajo el signo de la intolerancia y el esquematismo, como he tratado de describir más arriba. Los interesantes enunciados y los libros de los "caimanes" desfallecen pronto y el Congreso de Educación y Cultura cuelga su espada sobre el movimiento en 1971,*(50)* que sólo paulatinamente lograría apenas apartarse de encima después del Primer Congreso del Partido (1975) y de la creación del Ministerio de Cultura (1976). Así la poesía de los 70 surgiría de los fragmentos de la poesía de los 60. Veamos, en síntesis una caracterización:

—Lo más interesante de esta etapa se coloca en el orden de la recuperación. Hacia la segunda parte de la oleada los poetas van modelando a tientas, sin magisterio, un lenguaje que los saque del callejón a donde los llevó la crisis estallada en el 68 y el consecuente empobrecimiento del modelo del movimiento de los 60; estos comienzan a indagar hacia una vuelta a lo permanente universal vinculado a las circunstancias sociopolíticas. Algunos autores aparecidos en las antologías mencionadas, y otros que surgirán más adelante, empiezan a dar una dimensión lírica y humanística a partir de un cambio del punto de vista a los temas y asuntos. A pesar del notable desgaste expresivo, traducido por la hipérbole de lo anecdótico, el desenfado expresivo con un marcado interés comunicativo, la tendencia a improvisar, la escasa factura de los textos, la sobrevalorización de aspectos lúdricos como la ironía, el humor, las lexicalizaciones, las frases hechas, etc; y del realismo extremo, son tangibles los aportes que recogerían los jóvencs poetas de la próxima etapa,

—La humanización de los héroes, el embellecimiento de la expresión, el tratamiento de lo cotidiano se suaviza y se asocia a las experiencias del entorno más cercano, y de hecho al individuo. Hacia finales de la década se abre el espectro a temas y asuntos no vinculados estrictamente con la ideología y la política y sí de carácter ontológico.

—La modulación lírica de lo conversacional, que evoluciona hacia el distanciamiento del excesivo coloquialismo por el camino de una expresión más suave, por el ritmo más regular, el uso de valores tropológicos y la depuración del lenguaje de expresiones tópicas de el hablar popular. También incursionan en ciertos metros como la décima, el soneto y el romance.

—Traen de vuelta una poesía de temática rural, un neocriollismo nombrado ingeniosamente "tojosismo", como parte de una actitud por reafirmar valores sociales y nacionalistas.

MOVIMIENTO POÉTICO DE LOS 80
(1981-1993)

La década de los 80 está rubricada por una serie de acontecimientos que dejaron una huella indeleble en la conciencia del cubano: el criminal sabotaje a un avión civil de una compañía nacional
sobre el cielo de Barbados, la participación en la guerra de Angola,
la imprevisible invasión de más de diez mil personas a la Embajada
del Perú y el puente migratorio del Mariel, la intervención de Estados Unidos en Granada y el enfrentamiento de los marines contra
cubanos que puso en cuestión la actitud de los mismos, la llegada
al poder de Ronald Reagan con el recrudecimiento de la hostilidad
hacia Cuba, los escandalosos sucesos de deserción, corrupción y
narcotráfico de quienes hasta ese momento fueron personalidades
del Gobierno y el ejercito, y en lo adelante el supuesto proceso de
críticas y rectificaciones de las políticas de gobierno. También en
la política cultural del Estado fueron dando pasos de apertura que
reinsertaron a autores residentes en la Isla vetados durante la década anterior, se abrió un marco de flexibilidad para experimentar y
expresar temas y asuntos con un fuerte acento crítico.

Los 80 son el escenario de una generación que empieza a publicar sus primeros textos sin estar bajo capilla alguna. No han par-
ticipado en la lucha insurreccional, ni han representado ninguna
de las discusiones generacionales, no han sido juez ni parte en las
escaramuzas del poder político o cultural. Se sienten consustan-
ciales al proceso de errores y aciertos y a la utopía revolucionaria,
pero también conocen el costo de sacrificio que representa vivir
asediados ante el enemigo histórico de la nación. No obstante, la
inconformidad ante todo lo mal hecho y hacia quienes tienen la
responsabilidad, es la marca de esta nueva hornada. Inconformidad
e insatisfacción incómodas a la burocracia contra la cual lanzan sus
dardos desde el principio.

Este movimiento de jóvenes poetas es parte de una generación
más amplia en el país, en la cual se produjo el inculcamiento de normas y valores supuestamente revolucionarios que entran en crisis al

producirse un choque entre el ideal y la realidad, conmocionada en algunos sectores por la corrupción, la inercia, el acomodamiento, el oportunismo, el formalismo, la retórica desgastada y la doble moral que corroe toda la sociedad. La vivencia revolucionaria les permite un punto de vista crítico que les enfrenta a la banalización de la ideología y a ciertos valores caducos pretendidamente invariables producidos por el propio proceso, como pueden ser algunos símbolos. Se oponen a la homogeneización, al dirigismo, al esquematismo y al dogmatismo, que pretende juzgarlos a la medida de otras generaciones y en otro contexto.

Tal juego de espejos contribuye a que se fortalezcan principios creativos, que ven en la literatura una fuerza transformadora y en la crítica un método para oponerse a errores e insuficiencias de las personas y el sistema. Son estos algunos de los factores que hacen de los poetas del movimiento de los 80 una generación vuelta sobre sí misma, en pos de su sentido como protagonistas del momento histórico que les ha tocado vivir, nacidos y formados en un sistema que en ocasiones contradice sus propios postulados y valores. La creación poética de estos años estará señalada por requisitos éticos referentes al lugar del deber y del individuo para la realización de una sociedad ideal, y también por la ética de una literatura que expresa a sus anchas a un sujeto lírico abierto, veraz consigo, ansioso por expresar toda su dimensión individual, a contrapelo, incluso, de normativas y prejuicios.

En gran medida el curso del próximo movimiento depende precisamente del sitio y las respuestas que la sociedad logre dar a múltiples interrogantes que de diversos modos plantean en sus poemas insatisfechos. Insatisfacción que ha derivado de una posición crítica participativa a otra constatable en la amargura, el nihilismo y la individualidad flotante en una realidad que le ofrece pocos asideros en estos momentos agravadas por la crisis del país. Estos últimos elementos que surgen por primera vez hacia finales de los 80, podrían ser los síntomas de la poesía de los 90, aunque todavía son sólo una tendencia.

Dentro de este ambiente es que empieza a manifestarse el movimiento de los 80, con plena conciencia diferenciadora de la mentalidad y la poesía anteriores. Aparecen los libros primicias de sus poetas y también los de aquellos que habían desaparecido de las librerías después del 68.*(51)* En esa obra joven es notoria la superación y organización de los nuevos modos de poetizar, que más tarde se desarrollarían a lo largo de la etapa; se incuban en esos poemarios los rasgos más significativos que caracterizarían a la poesía de los 80, enriquecidos por la diversidad.

Sin embargo, para estos poetas no fue fácil en un principio legitimar el derecho a la imaginación, entre otros valores, como parte de una conducta con la cual rechazaban la retórica moribunda de cierto conversacionalismo ramplón a cambio de la superación crítica de fundamentos de la poética de los 60 y los llamados "originistas"*(52)* con la más amplia perspectiva de otros autores contemporáneos cubanos y extranjeros. Pienso, junto al cuentista y crítico Arturo Arango *(53)* que esta poesía sí es heredera de estas dos grandes corrientes de la poesía cubana de este siglo, aunque añadiría que no depositaria, porque a pesar de que en un momento pudo notarse dos zonas bien contrastadas por la influencia mal digerida de esas corrientes y por la presencia de algunos poetas de vocación epígona, más adelante se ha visto cómo se ha efectuado una síntesis y decantación que ha llegado a constituirse en sistema abierto, de donde es muy atrevido extraer acuñaciones y conclusiones, por el entrecruzamiento en los autores de líneas estilísticas y zonas temáticas, por lo menos por ahora. Esta dificultad se incrementará en la actualidad por el déficit editorial ocasionado por la carencia de papel, con consecuencias imprevisibles para el desarrollo del movimiento.

En el año 1981, la poeta y crítica argentina-cubana Basilia Papastamatíu *(54)* impactó a la opinión de sectores conservadores agazapados en puestos burocráticos o ejerciendo como poetas oficialistas y oficiantes del realismo socialista, al revelar la presencia de un nuevo movimiento que coincidía con una nueva generación que no se aglutinaba en torno a *El Caimán Barbudo*, sino de un gremio social de jóvenes artistas y escritores, la Brigada Hermanos Saíz *(55)* y que los mismos se proponían reivindicar al individuo sin soslayar su contingencia, el experimento, la revitalización de los llamados temas eternos y una perspectiva diferente del proyecto social con el cual se hallaban comprometidos. Desde entonces se establecería la polémica y la ruptura con los modelos creativos precedentes.

No es hasta 1984, que después de ríspidas disputas en las que uno que otro poeta "caimán" y otros poetas y no poetas de los 70, apoyados por la burocracia cultural y política de turno acusaron a los jóvenes con cargos de evadidos, intimistas y en algunos casos de desafectos —nada más ridículo pero al mismo tiempo peligroso para los iniciados que vieron cómo el fantasma de la intolerancia y el dogmatismo de la reunión de la Biblioteca Nacional (1961) y del Congreso de Educación y Cultura (1971) volvía encarnado en viejos y no tan viejos escritores-militantes del *Caimán* y otros animales peores. Sin embargo, la historia no se repetiría como tragedia. El Ministro de cultura, Armando Hart, en persona y no sin enfrentarse al dogmatismo y la burocracia del Partido cerró el asunto, profundizando el proceso de democratización cultural que se había propuesto en los vetustos y sombreados aposentos donde se pensaba y se creaba.*(56)* Una pica en Flandes, decía, consciente de que era todo lo que podía, excepcionalmente, en una circunstancia excepcional.

Los primeros signos organizadores de la nueva estructura poética de la etapa coinciden con el reaparecer de los autores, que después de algunos años veían cómo sus libros eran descongelados, integrándose activa y fundamentalmente a la transformación del insípido y enrarecido ambiente del realismo socialista poético. La poesía y los poetas de generaciones anteriores que habían sido censurados vuelven a las lecturas de los jóvenes, no siempre porque fueran publicados nuevamente, los nuevos poetas saltan las barreras para conocer críticamente lo que había sido ocultado y se produce un diálogo intergeneracional que la política había cancelado. Poetas de profunda subjetividad y reflexión lírica, crítica hurgadora y develadora de la realidad, acentuado universalismo y una mística de la imagen y el tropo, participan no solo con sus obras, sino también con la cercanía y el magisterio, borrándose de hecho las crispaciones generacionales que tuvieron lugar en otra época. Es entonces que ha comenzado el restablecimiento de la memoria poética nacional, todavía sin terminar hasta tanto no se considere la obra de aquellos que siendo cubanos escriben fuera, mediante una única valoración de la calidad y su significado para la cultura nacional.

Si los poetas que capitalizaron la década del 70, leían voraz-mente toda la poesía conversacional, primordialmente la latinoa-mericana comprometida con las luchas revolucionarias, ahora los poetas de los 80 bifurcan sus senderos hacia cualquiera de las la-titudes, en especial a las espirituales, y sin que importen las ideo-logías políticas. Más que una poesía descomprometida buscan un compromiso más allá de lo fenomenológico social, queriendo acer-carse a lo esencial humanístico.

Es necesario echar un vistazo a estos años literarios para comprender mejor lo que sucede. Primero, de un lado los poetas hallan la presencia desoladora de la poesía conversacional —con la excepción de algún que otro libro, como una golondrina que no podría hacer verano—, conducida a la crisis por el movimiento de los 70, o lo que es lo mismo un discurso dominante en total decadencia saturando los concursos, los medios de comunicación, las editoriales y las asociaciones de escritores, con el agravante de que este discurso poético era identificado como un discurso de la política cultural puesta en solfa, y que reproducía sus mismos contenidos y estilos de poeta a poeta e incorporaba los del discur-so ideológico, deteriorando o vaciando parte de los mismos. Esto ocasionó el rechazo, el prejuicio y la discriminación a veces injus-tificada, si tenemos en cuenta que se escribieron obras realmente eficaces en el periodo que protagonizaron los "caimanes".

Segundo, se vuelve a establecer el contacto con algunos de los mejores poetas del movimiento de los 60, con obras de reciente creación y publicación, pero también con aquellas que no pudieron publicar o por las que fueron censurados; o sea, de cierta manera se produce un rencuentro con el momento del pasado en que las vertientes más fuertes de análisis y problematización de la realidad fueron sustituidas por la simplificación y la complacencia.

Y tercero, descubren la obra madura y universalista de los poe-tas del llamado grupo de Orígenes, también disminuida en la década del 70 por el fárrago de conversacionalismo. De un tirón José Leza-ma Lima incomprendido y nunca bien aceptado por los sectores más retrógrados del oficialismo se puso extravagantemente de moda.

En el trabajo ya citado de Papastamatíu *(57)* se dan a conocer por primera vez los componentes que darían resultado a las distintas variantes estilísticas, y al espíritu contradictorio y polémico de ciertas tendencias que caracterizarían esta etapa, y, por qué no, también estos años iniciales de los 90. Sin embargo esos tópicos fueron desarrollando sus formas específicas y hoy al cabo de más de diez años del primer grito de los 80, pero muy cerca todavía de los cambios del movimiento que no estoy seguro hayan terminado, puede llegarse a una idea más concreta de aquella tendencia surgida al calor de la reacción generacional, la apropiación, la decantación, la síntesis, la autoafirmación y la inconformidad, sin que veamos estos rasgos como un retrato de los miembros del movimiento, ya que sus constantes búsquedas se entrecruzan y se intercambian en muchos casos:

—Predominio del sujeto lírico analítico y a través de él la épica colectiva y la Historia en su devenir. Se trata fundamentalmente de la problematización ética del individuo dentro del proceso revolucionario y su cuerpo social. También hay un interés por revitalizar los llamados temas eternos como el tiempo, la muerte, el amor, abordados con una preocupación antropocéntrica. No se habla tanto del amor como de la relación hombre-mujer en su incidencia física y ética: erotismo, igualdad. Aparecen textos de fuerte contenido homosexual y de reivindicación femenina.

—No existe un lenguaje dominante, más bien una creciente experimentación con un marcado afán de autenticidad, que hace evidente una urdimbre de hallazgos, epigonías y eclecticismos: catedrales tropológicas, ampulosidad y sencillez, versos y versículos, eufonía y ruido, desenfado y desparpajo. Se dinamiza y complejiza la fuerza centrípeta y centrífuga del lenguaje mediante el estallido de la sintaxis: acumulación, omisión y segmentación arbitraria. Aspereza, tersura, rispidez y elegancia.

—Replanteo de la relación obra-lector. Hay una voluntad de comunicación con las ganancias del lenguaje conversacional y en el tratamiento y destino ontológico de los temas. Aunque no se abandona el contacto directo de la lectura en voz alta frente al público, se prefiere la relación confidencial del lector con la letra impresa. El discurso se vuelve polisémico, sugestivo, fragmentado y connotativo; así el lector es emplazado a participar activa y creadoramente y la relación se torna biunívoca.

—Existe una marcada intención crítica mediante una postura irreverente hacia el lenguaje y ciertos valores sociales, valiéndose de la ironía, el prosaísmo, la procacidad y la intertextualidad. También existe un interés reflexivo conceptual debido a lo cual la expresión se hace sentenciosa o el verso se ensancha o el ritmo se torna cadencioso. Se quieren trasmitir ideas y hermosear la expresión distanciándose de anteriores modelos de representación, para cuyo fin los poetas tienden a una mayor alegorización, simbolización y fabulación de motivos éticos existenciales, y la creación de atmósferas desde los espacios ideoestéticos creados por la pintura, el cine, la música y la literatura. También existe una preponderancia del tema sobre el asunto, y la poesía misma se halla indefinida por el entorno físico y geográfico, no es ni citadina, ni campestre, desprovista del mundo objetivable y funcional en muchos casos, aunque además pervive la tendencia a reducir ese mundo a la intimidad y el ambiente doméstico.

—Dispersión y ausencia de liderazgo. No hay núcleo generador ni aglutinante, sino un movimiento localizado en todo el territorio nacional formando parte de la agrupación social de escritores y de grupos afines ideoestéticamente, con gran conocimiento del quehacer intra y supragerencional. Los principales grupos se hallan en La Habana, Holguín, Santa Clara y Matanzas.

Hacia finales de los 80 los tiempos cambiaron dentro y fuera del país. Si en el principio de los 60 fueron de supervivencia económica y militar, de definiciones y credenciales de compromiso, después de ideologización que institucionalizó el dogmatismo y a la copia de modelos ajenos a nuestra realidad, más tarde con la presumible estabilidad y la aparente consolidación fue cómo luchar contra la contingencia del subdesarrollo y contra nuestros propios errores en medio del perenne diferendo con Estados Unidos, al mismo tiempo que los poetas indagaban en una autenticidad ética y política dentro del marco de perfectividad individual y colectiva. Hoy, en los 90, en la antesala del próximo siglo, los poetas de todas las generaciones no sólo han encontrado un estado de cosas parecido en cuanto a la supervivencia inicial, en una sociedad urgida de pensarse a sí misma y acudir a la espiritualidad viva en el reservorio cultural de la nación, sino que también hallaron una profunda depresión en la calidad de la vida unida al trauma de una de las más promisorias utopías y a la crisis de valores que afecta al mundo, calificada eufemísticamente postmodernista por los teóricos.

En 1991 aparece la antología *Retrato de grupo*, de Victor Fowler, Carlos Augusto Alfonso, Emilio García Montiel y Antonio José Ponte,*(58)* que agrupa a representantes de los recientes poetas. En esta las palabras introductorias son presuntuosas y un lector no avisado puede creer que los poetas seleccionados han inventado otra vez el mundo. Ya se sabe que es parte del infantilismo de las generaciones y las declamaciones, en realidad esta oleada es mucho más de lo que proclaman, y mucho menos.

Si consultamos los libros y poemas publicados por diferentes medios en estos 90, podemos constatar una previsible tendencia a afianzar rasgos de los 80, pero por el sendero del sin sentido y la carencia de destino, si anteriormente a unos les interesó historiar al hombre en su circunstancia o sencillamente historiar, y a otros fundar un coto de mayor realeza, a estos parece motivarlos tender un puente de palabras entre el hombre y la historia. Aunque todavía es prematuro definir este movimiento en gestación, incluso si de verdad es un nuevo movimiento o una variante de los 80, voy a intentar ofrecer algunos de sus perfiles visibles:

—Predominio del sujeto lírico analítico, pero distanciado de lo factual y de la Historia. Situado críticamente al margen de la misma y en actitud de transgredirla y reescribirla.

—Es densa, conceptuosa, reflexiva; impelida de buscar asideros más allá de la realidad o en la realidad-otra de la cultura sobre todo la extranjera, de juzgar y sentenciar en busca de una espiritualidad que tiene como centro al hombre con sus problemas eternos. Tiende a lo existencial en cuanto a la indiferencia, el antideal, la antiutopía; no es casual las preferencias que muchos hacen de lecturas existenciales, esotéricas, plenas de espiritualidad y misticismo.

—El lenguaje se vuelve reactivo ante la realidad y forma una retórica de él mismo. Una caricatura de su auto-agresión tanto en sus formas convencionales como en las culteranas y esteticistas.

—También son una generación dispersa, heterogénea y atomizada en toda la Isla. Sin liderazgo.

Sobre esta oleada, uno de sus miembros e interpretes, Víctor Fowler, en una ponencia presentada en 1992 en un evento juvenil en la sede de la Asociación Hermanos Saíz, dijo ilustrativamente, que:

"...la producción que se practica llega al paradojal resultado de fabricar el antihumanismo (...) No importa que haya concluido (en caso de ser cierto) la época de las grandes utopías ideológicas. Luego de tantos años queriendo desmarcarnos del discurso histórico, de la servidumbre frente a él, no podemos ahora reproducir sus vicios y ahuecar la sustancia poética para que el vacío sea su único habitante."*(59)*

Ese es el gran reto que enfrenta la incipiente poética de los 90, a riesgo de quedar atascados en su propio atajo y no buscar la calzada donde todavía para suerte y vitalidad de la poesía cubana andan poetas, que desde *Orígenes* recorren, enriqueciendo, el accidentado tiempo que nos ha tocado compartir desde 1959 hasta la fecha.

MOVIMIENTO DEL EXILIO. LA OTRA ORILLA

Finalmente, quisiera dedicar aunque sea unas pocas líneas al exilio. Mi modesto conocimiento de esta poesía me impide por ahora entreverar como quisiera, el inquietante proceso que empezó a desarrollarse a partir del primer lustro de la década del 70 fuera de Cuba —no quiere decir que desde antes no hubieran poetas, algunos notables, sino que a partir de esa fecha es que se sitúa el cambio y lo más prometedor para el futuro de esta poesía cortada de la realidad nacional—. No obstante deseo emitir algunas opiniones que me suscitaron la lectura de libros, revistas, ensayos, reseñas y notas críticas, rastreadas entre amigos y bibliotecas de Estados Unidos y España.

Conocer la obra de la otra orilla es una tarea nada fácil, incluso para quienes viven en el exterior, a causa de la dispersión y, sin dudas, la falta de una crítica objetiva que decante el grano de la paja y jerarquice a los poetas más relevantes, al mismo tiempo que oriente los logros parciales de aquellos que muestran un trabajo de interés. Los pocos libros que han intentado abarcar el estado del género carecen de un instrumental medianamente eficiente capaz de evaluar esa faena, y en el peor de los casos se han limitado a hacer frágiles clasificaciones teñidas por la emoción o la politización, semejante a la que se estaba produciendo en la isla aunque de otro signo .

Otro factor, no menos importante, es el de la rivalidad alimentada en todos estos años. La frustración política y la ansiedad por mostrar la existencia del género en el exterior, como contrapartida a su supuesta desaparición en el interior del país, interpuso una cortina de neoromanticismo y politiquería típica de la naturaleza de la primera oleada migratoria, que no ha dejado ver la poesía que germinaba en esa orilla a expensas de una pléyade de poetas demasiado dependientes de la política.

Si existiera una crítica sistemática no habría lugar para actitudes de ese tipo, que aunque no tienen un sostén serio contribuyeron a que se ignorara también dentro del exilio la poesía que puede importar a la cultura del país. También me parece un desatino, no menos recurrente, querer reivindicar una inmensa producción mediocre tomando como punto de referencia la poesía sin par de José Martí, José María Heredia y Juan Clemente Zenea, entre otros, con la sola excusa de realizarse en el exilio, como si este fuera una condicionante del talento. Es conveniente recordar que esos genios del espíritu nacional fueron tan grandes dentro como fuera de la patria, y que el desasimiento tan peculiar de cierta poesía de la tradición cubana no es un privilegio de la escritura exiliada. El exilio no determina la calidad de la poesía, sino que condiciona su desarrollo y la caracteriza.

La investigadora de la poesía del exilio, Grisel Pujalá, al referirse a las causas de la misma, nos dice en uno de sus trabajos:

> ...cambios sociales radicales en un corto periodo de tiempo que resultarán en confusión, inseguridad y desarraigo, desarraigo que luego tomará tres cursos diferentes: los poetas comprometidos con el nuevo sistema político, los poetas del silencio que escriben en Cuba pero no publican y los poetas del exilio. *(60)*

Efectivamente, desde el inicio estos fueron los caminos definidos por la sustitución del régimen anterior; sólo que —me permito una digresión—, no fue el desarraigo quien condujo a los poetas hacia el compromiso. Precisamente fueron los arraigados al cambio quienes se comprometieron descubriendo temas y motivos provenientes de la identificación sociopolítica. Además, desde 1968, el camino para los poetas del silencio que escriben en Cuba pero no publican, fue engrosado por los que aún, incluso en esa circunstancias injustas continuaban comprometidos por el nuevo sistema. De cualquier manera, sí se bifurcan los senderos: unos que dentro publican comprometidos, otros que publican fuera descomprometidos o comprometidos con otra cosa y los terceros que escriben en silencio porque fueron silenciados, pero no se sabrá de ellos hasta que salen del país o son descongelados arbitrariamente desde la segunda parte de la década del 70, y fundamentalmente en el primer lustro de los 80, en coincidencia con el momento de mayor revitalización de la poesía de dentro y fuera del país.

Así por distintas razones y periodos fue incrementándose la salida de los poetas, que según las valoraciones hechas de las diferentes oleadas conformaron generaciones o grupos,*(61)* denominaciones que es necesario revisar con detenimiento, si se tiene en cuenta que no corresponden a la realidad literaria del exilio, sino más bien a la naturaleza de este. La manera escalonada en que se establece, la falta de unidad y de sentido, dificultan encontrar un recurso metodológico para organizar en el tiempo la dinámica de estos poetas.

Uno de los rasgos reveladores de la poesía del exilio es la inexistencia de una estructura poética dominante, cuanto se percibe es una estructura caótica. Este es otro de los problemas para el estudioso que quiera hacer una valoración sistémica. Se dan varias tendencias que en apariencias no actúan las unas sobre las otras, o por lo menos no con la misma incidencia que cuando por causa de la acción y la reacción al discurso prevaleciente distintas poéticas se relacionan, identificándose entre ellas, y en determinadas condiciones se van superando hasta establecer la norma o modelo de una etapa o periodo literario. Las propias características del exilio, surgido a intervalos y generalmente a cuenta de individuos aislados, hace que los poetas que arriban a este sean como fragmentos o desgajamientos personalísimos, por supuesto, de tendencias pertenecientes a una estructura ideoestética mayor presente en la Isla. De ahí la diversidad y también las coincidencias de vertientes en distintos periodos —dentro del exilio y con poéticas superadas en la Isla— que en muchos casos han sufrido un deterioro de su evolución al quedar aisladas de la corriente fundamental a la que pertenecen.

Aunque entre 1959 y 1968 ya había poetas publicando en el exilio, no presentan mucho interés los aproximadamente quince libros de autores que generacionalmente se correspondían con los poetas de los 60 en Cuba. Pero ya desde los primeros años de la década de los 70 irrumpe una serie de poetas que en su mayor parte se dan a conocer por primera vez, muchos de los cuales terminaron su formación en el exterior y que se corresponden con el movimiento de los 70; sólo unos pocos son anteriores. Sin embargo, desde 1981 se produce un auge creativo al que se suman nuevos poetas surgidos en esos años, en una situación de exilio muchas veces heredado de sus padres, más otros que llegan por el puente del Mariel en 1980.

Entonces comienzan a expandirse las distintas poéticas que enriquecen el panorama del exilio. En ellas será notable un sentimiento de nostalgia que intenta atrapar con la memoria lugares íntimos que sirven de referencia al país, ya sea por vivencias personales o por las que perviven en la tradición familiar. El desarraigo y la disociación de la identidad producen un extrañamiento, que conduce a una expresión conque armonizar las contradicciones y los fragmentos de una personalidad bruscamente arrancada de su ambiente natural y cultural. Progresivamente se crearía un movimiento que suplanta a la primera oleada migratoria —no a sus mejores poetas—, diferente por los temas y estilos.

Tiene lugar una mezcla generacional que lleva en sí remanentes de lenguajes puestos en crisis por el desarrollo literario, así como estilos subsidiarios de las tendencias más importantes de la poesía contemporánea en la Isla, sobre todo del movimiento de los 60. Dos de los poetas más significativos de dicho movimiento apenas dar a conocer textos nuevos, pero sí relevantes: *El hombre junto al mar* (1981), de Heberto Padilla, en parte escrito en Cuba; y los de un renovado Armando Álvarez Bravo con sus excelentes *Para domar un animal* (1981) y *Juicios de residencia* (1983). A pesar de la presencia imprescindible de poetas como Eugenio Florit (1903) y Gastón Baquero (1918), lamentablemente el magisterio de los mismos no ha podido ejercer una alternativa a la dispersión. Sin embargo, se van armando nuevos modelos condicionados por las experiencias culturales y la falta de una corriente predominante contra la cual mirarse.

A partir de 1970 hasta hoy se pueden notar varias tendencias que trataré de apuntar brevemente:

—Mirada nostálgica a un pasado y el intento de atraparlo mediante la memoria o su acercamiento por la vía de disímiles símbolos de referencia individual o colectiva. Fabulación o recreación de valores mitológicos que actúan como espejos e interlocutores del mundo objetivo, vivencial. Introspección existencialista dentro de una individualidad vaciada por la angustia y la impotencia. Desprejuicio y reivindicación de la personalidad femenina en la poesía amorosa, presencia del tema erótico entre algunas poetas, así como una voluntad ética. Acercamiento conceptual y filosófico a la realidad y reflejo de un mundo cotidiano marcado por la insatisfacción o el regodeo en la cosas elementales y tiernas llenas de evocación. También aproximación hacia aspectos de la cultura cubana con un afán folclorista o decodificador. Connotaciones de tipo político, ideologista o de reafirmación de la identidad, ya sea por la crítica al sistema dominante en los lugares donde viven, a la Revolución, en las alusiones al pasado o el testimonio.

—Presencia numerosa de requisitos de la poética conversacional, incluyendo modos característicos de la década del 70 en Cuba. Resonancia del grupo originista no sólo por la vía de José Lezama Lima, prosaísmo, anecdotismo, rispidez, cadencia, elegancia, sencillez evocativa, metaforización y aglutinamiento. Estructuras elementales o complejas, eclepticismo, exhuberancia y exageración, preminencia de la palabra y el asunto. Retoricismo.

De manera esquemática estos son los rasgos que se pueden descubrir en la poesía del exilio. Claro está que no pretendo situarlos como índices de valoración, sino como de demarcación; lo que me interesa es mostrarlos a pesar de las deficiencias que entraña este enfoque. Estos poetas, en buena medida ignorados injustamente por el exilio político, han logrado empujar las grises cortinas de la beligerancia y la intolerancia por medio de revistas que los han ido identificando, en primer lugar: *Escandalar*, *El alacrán azul*, *Linden Line*, *Mariel, Lira, La Nuez, Gato Tuerto*, *Palabras y papel* y *Realidad aparte*, entre otras. Ha jugado un papel importante en esta difusión, quizás aún más que las revistas, las diferentes antologías, sobre todo las elaboradas por el editor de la editorial Betania.*(62)*

También han contribuido los premios, en primer lugar el dedicado a jóvenes autores, *Letras de oro*, y otro más abarcador como la beca Cintas. Más dispositivos promocionales que contribuyen a darlos a conocer, incluso entre ellos mismos, dispersos fundamentalmente en los Estados Unidos, por ejemplo las peñas literarias en Miami y Nueva York.

Al margen de la calidad inyectada por las distintas oleadas, hay un fenómeno de incomparable rareza que nace desconectado de la trayectoria literaria y sociopolítica de la Isla, por lo menos directamente, al cual se debe seguir de cerca para conocer su evolución definitiva. Me refiero a los poetas que representan a la generación de jóvenes que salieron muy pequeños del país y padecen de manera distinta el desarraigo cultural. Sus recuerdos de Cuba se dan a través de la familia y sufren un tropismo intelectual dado por la mistificación de la lejanía a la que deben una identidad contradictoria. Andan a caballo entre las dos orillas. La independencia ideológica del exilio tradicional, alguna que inquietud costumbrista, de regodeo cultural en sus raíces culturales o de crítica al sistema dominante, la ambigüedad linguística, la ironía o el sarcasmo les sirven para ofrecer una imagen de ellos mismos más que una versión de sus sentimientos hacia Cuba. Gustavo Pérez Firmat, uno de los poetas más destacados de este grupo conocido como los Cuban American, ha dicho al respecto:

> ...nostalgia/curiosidad —una curiosidad que tiende a la nostalgia y una nostalgia que tiende a la curiosidad. De hecho, me preocupa pensar que algún día al regresar (¿a dónde?) me dé cuenta que lo que siento como nostalgia es sólo curiosidad. Y me encuentre, entonces, con que lo mio no existe, con que lo propio es lo otro y (por lo tanto) con que yo no soy más (pero tampoco menos) que el espacio marcado por el guión entre Cuban y American...*(63)*

Esta es la realidad de estos poetas, y, paradójicamente, la feliz coincidencia que nos ofrece una poesía inédita en la historia de la literatura cubana de todos los tiempos. El destino de esta poesía está cifrado, tal vez, en el transcurso futuro de la historia de nuestro país. Quiero citar unas palabras del poeta y ensayista Elías Miguel Muñoz, miembro de este grupo, que para mí definen, más que cualquier membrete, las tendencias que se mueven en esa orilla, la real consistencia emocional y ética de la poesía de los Cuban American y de todo el quehacer del exilio:

> ...la isla-patria es una constante en este corpus; como lo es el destierro, o el espacio de ese destierro; que la vivencia interior se confiesa y en muchos casos se presenta como el exilio dentro de otro exilio.*(64)*

Por último, y a propósito de esta selección, repito con el permiso de Cioran que todo cuanto es resultado de la amistad y la admiración es absolutamente caprichoso. Por eso cualquier vocación de sustraer algunos poetas del magma de la poesía de un país con arreglo de una tabla de valores, es siempre una tarea atrevida, cuando no peregrina. Independientemente del criterio antologador --toda selección es antología aunque se evada esta responsabilidad--, siempre hay autores que debiendo aparecer, tal vez, la deliberación del escogedor los deja fuera. Sin embargo debo decir que a la hora de plantearme el punto de vista, decidí éste que le me permitiera al lector hacerse una idea más realista de la producción poética que ha sido diferida en ambas orillas por las razones antes expuestas, de manera que este libro es por encima de todo una muestra, aunque antológica de dos partes del alma de Cuba: su poesía. Si me hubiera propuesto ofrecer lo mejor de ella seguramente el resultado hubiera sido distinto, aunque aquí también están los poetas inevitables, tal vez los de siempre.

Quiero dejar constancia de una serie de poetas, no todos lógicamente, que no aparecen con sus poemas, pero pueden servir de guía para una profundización del tema tratado aquí. Hay a quienes injustamente he debido excluir porque aquello que ha de tener fin, necesariamente tiene que ser breve.*(65)*

NOTAS:

1. Orlando Rodríguez Sardiñas. *La última poesía cubana*.Hispanova. Madrid, 1973. Los poetas seleccionados por el autor, son: Manuel Navarro Luna, Nicolás Guillén, Eugenio Florit, José Lezama Lima, Samuel Feijoo, Gastón Baquero, Cintio Vitier, Eliseo Diego, Antonio Giraudier, Julio Matas, Teresa María Rojas, Mireya Robles, Yolanda Ortal, Rolando Campins, José Kozer, David Fernández, Mercedes Cortázar, Isel Rivero, José Mario Rodríguez, Dolores Prida, Delfín Prats, Belkis Cuza Malé, Rolando Escardó, Ana Rosa Nuñez, José Sánchez Boudy, Roberto Branly, Roberto Fernández Retamar, Pablo Armando Fernández, Fayad Jamís, Matías Montes Huidobro, Angel Cuadra, Raimundo Fernández Bonilla, Pura del Prado, José Alvarez Baragaño, Carlos M. Luis, Heberto Padilla, César López, Martha Padilla, Rita Geada, Antón Arrufat, Jorge García Ramos, Orlando Rossardi, Mauricio Fernández, José Antonio Arcocha, Miguel Barnet.
Otro libro que aborda la literatura de ambas orillas es *Los dispositivos en la flor. Cuba: literatura desde la Revolución*. Edmundo Desnoes. Hanover. Ed. del Norte, 1981.

2. Varios autores de dentro y fuera han nominado a grupos o generaciones con diferentes especificaciones, creando confusión a un mismo objeto de estudio e incluso separándolo de la esencia que es analizarlo como parte del desarrollo de la poesía de ambas partes. Para ampliar este tema se puede consultar, entre otros, el prólogo de Eduardo López Morales a *La generación de los años 50* de Luis Suardíaz y David Chericián. Letras Cubanas. La Habana, 1984. *La historia y las generaciones*. José Antonio Portuondo. Letras Cubanas. *Revolución, poesía del ser*. Teresa J. Fernández.Unión. La Habana, 1987. *Historia de la literatura cubana*. Raimundo Lazo. Ed. Universitaria. La Habana, 1967. *En el fiel de América*. José Juan Arrom. Letras Cubanas. La Habana, 1985. "Crítica hispanoamericana: la cuestión del método generacional". José Juan Arrom y Jaime Concha, en *Teoría de la crítica y el ensayo en Hispanoamérica*. Colectivo de autores. Ed Academia. La Habana, 1990. En torno a la novísima poesía cubana". Grisel Pujalá. Universidad de Kentucky, 1991. "La cuentística cubana de la diáspora: recuento y posibilidades". Julio E. Hernández-Miyares, en *Escritores de la diáspora cubana*, Daniel Maratos y Marnesba D. Hill. The Scarecrow Press, Inc. Metuchen D. Hill. N.J. and London, 1986. Nedda G. de Anhalt. *La fiesta innombrable* Prólogo

de Guillermo Cabrera Infante. Presentación de Gastón Baquero. Eds. El Tucán de Virginia. México. 1992.

3. René Wellek y Austin Warren.*Teoría literaria.* 4ta. ed. Eds. R. La Habana, 1969.

4. Ágnes Heller y Ferenc Fehér. *Políticas de la postmodernidad.* Península. Barcelona, 1989.

5. *Orígenes.(*1944-1956).

6. *Ciclón.* (1955-1957)

7. Mikulas Bakos. "La poética histórica y la historia literaria". *Selecciones de lecturas y de teoría y crítica literarias.* Pueblo y Educación. La Habana, 1987.

8. René Wellek. Op. Cit.

9. Gastón Baquero salió del país en el mismo año 1959, junto a Eugenio Florit es uno de los poetas que más tiempo lleva residiendo en el exterior.

10. Roberto Fernández Retamar y Fayad Jamís. *Poesía joven de Cuba.* Ed. Popular de Cuba y el Caribe. Poetas escogidos: Rolando Escardó, Cleva Solís, Luis Marré, Fayad Jamís, Roberto F. Retamar, Nivaria Tejera, Pablo Armando Fernández, Pedro de Oraá y José Alvarez Baragaño.

11. Roberto Fernández Retamar. Op. Cit.

12. Roberto Fernández Retamar. Op. Cit.

13. Victor Casaus. "La más joven poesía: seis comentarios y un prólogo". Revista *Unión.* No.3, julio-sep. La Habana, 1967.

14. César López. "En torno a la poesía cubana actual". Revista *Unión.* Oct.-dic. La Habana, 1967. Para ampliación ver del propio autor la polémica generacional en *La Gaceta de Cuba.* No.50, abril-mayo. La Habana, 1966. *Revista Parva.* Bimensuario No.3. México, 1966.

15. Armando Alvarez Bravo. "Claves para Rolando Escardó". La *Gaceta de Cuba.* No.96, sep. La Habana, 1971. Para otra interesante

caracterización, ver: Luis Suardíaz "Artes y oficios del poeta". Ponencias. Coloquio sobre literatura cubana. La Habana, 1981. Además de las que aparecen en la nota 3.

16. Prefiero seguir usando el término más convencional, aunque otras clasificaciones y parcelaciones de este lenguaje han sido coloquialista, realista y crítico según López Morales, en desacuerdo con los reduccionismos a que se ha querido someter la expresión de su generación. Incluso, la distinción que Fernández Retamar hace con la llamada antipoesía al cabo de estos años me sugiere que esta es una variante del conversasionalismo. Ver de Retamar *Para una teoría de la literatura hispanoamericana*. Pueblo y Educación. La Habana, 1984. También *Palabras del trasfondo,* de Virgilio López Lemus. Letras Cubanas. La Habana, 1988; que refleja con mayor exactitud la evolución y amplitud de la poesía conversacional. Ya Cintio Vitier al hablar de los jóvenes poetas que conformarían la llamada generación del 50, específicamente de Rolando Escardó, dice que "apunta un diverso vallejismo cubano, una penetrante poesía coloquial rozando la novela..." Cintio Vitier. *Lo cubano en la poesía.* Universidad Central de Las Villas, 1958. Otro libro donde se emiten interesantes opiniones sobre el tema es *Tuya, mía, de otros. La poesía coloquial de Mario Benedetti.* Mónica Mansour. UNAM. México, 1979.

17. Así se llamó a los poetas que se nuclearon alrededor de *El Caimán Barbudo*, en las distintas oleadas a partir del año de su fundación en 1966.

18. Por ejemplo: *Nadie me vio partir* (1990), de Luis Marré; *Juana y otros poemas personales* (1981), de Roberto Fernández Retamar; *Quiebra de la perfección* (1983), de César López; *Mientras traza su curva el pez de fuego* (1984), de Manuel Díaz Martínez; *Campo de amor y de batalla* (1984), de Pablo Armando Fernández.

19. Entre otros, Nicolás Guillén (*El gran zoo,* 1967) Cintio Vitier (*Testimonios*, 1968); en parte José Lezama Lima con su inusitado *Fragmentos a su imán*, aparecido póstumamente en 1976.

20. José Antonio Portuondo y José Juan Arrom. Ops. Cits. En el libro de Portuondo aparecen valiosas referencias con que ampliar el conocimiento sobre las diversas tendencias y evoluciones de las tesis generacionales.

21. José Juan Arrom. "Crítica hispanoaméricana: la cuestión del método generacional" Op. Cit.

22. Así se dio a conocer el discurso pronunciado por Fidel Castro en una reunión con la intelectualidad del país, en la Biblioteca Nacional los días 16, 23 y 30 de junio de 1961. Allí se discutieron álgidos temas relacionados con la creación, la política, la religión y el desarrollo cultural, entre otros. Dicha reunión sería un simulacro de lo que sería después la relación de los escritores con el poder y se establecieron las bases de lo que luego sería la política cultural de la Revolución.

23. Enunciado de Fidel Castro en sus Palabras a los intelectuales, que más tarde se diera conocer deformado en otra frase convertida en emblema: "Dentro de la Revolución, todo; contra la Revolución, nada". Ver el original en *Palabras a los intelectuales*. Eds. del Consejo Nacional de Cultura. La Habana, 1961.

24. El 12 de marzo de 1965, Ernesto Guevara publicó "El socialismo y el hombre en Cuba" en el periódico *Marcha*, de Montevideo, Uruguay. El texto es una reflexión crítica y autocrítica sobre temas neurálgicos de la sociedad cubana de entonces. Algunos de sus polémicos argumentos han sido usados para respaldar distintas posiciones ideológicas en el contexto nacional, uno de ellos fue el siguiente: "Resumiendo, la culpabilidad de muchos de nuestros intelectuales y artistas reside en su pecado original; no son auténticamente revolucionarios (...) Las nuevas generaciones vendrán libres del pecado original". Ernesto Guevara. *El socialismo y el hombre en Cuba*. Ciencias Sociales. La Habana, 1977.

25. Ediciones El Puente fue fundada en 1960 y en un principio constituyó el único espacio para la promoción de los jóvenes autores, sería injusto considerar que todos los que se movieron en ese ámbito abrazaron los planteamientos del grupo de los "novísimos", como también se les conoció. Incluso, es necesario reconsiderar este fenómeno habitualmente descalificado en nuestro medio con argumentos preestablecidos. Para mayor ampliación consultar la respuesta de Ana María Simo a Jesús Díaz en *La Gaceta de Cuba*. No. 51, junio-julio, 1966. Entre otros planteamientos de interés, dice Simo: "Es peligroso por eso agrupar bajo una sola etiqueta de diccionario puritano a todo un proceso editorial de cuatro años y a un grupo de personas que discrepaban radicalmente entre sí".

26. Reinaldo Felipe y Ana María Simo. *Novísima poesía cubana*. Eds. El Puente. La Habana, 1962. En esta antología aparecen Francisco Díaz Triana, Georgina Herrera, Joaquín G. Santana, José Mario, Ana Justina, Isel Rivero, Miguel Barnet, Mercedes Cortázar, Belkis Cuza Malé, Santiago Ruiz, Nancy Morejón, Reinaldo Felipe.

27. Op. Cit.

28. Julio E. Miranda. *Nueva literatura cubana*. Taurus. Madrid, 1971.

29. Merecen mencionarse *Juego de damas* (1970), de Belkis Cuza Malé, publicado mientras vivía en Cuba; *No hablemos de la desesperación* (1970), de José Mario, quien vive fuera desde 1968; *Fantasía de la noche. Homenaje a Gaspar de la Nuit* (1959), *La marcha de los hurones* (1960) publicados en el país y *Tundra* (1963) y *El banquete* (1981), de Isel Rivero; los últimos dados a conocer en el exterior después que ella se marchó en 1960.

30. Esta discusión significó el epitafio para los "novísimos", ya que en la práctica estaban siendo desplazados por los íntelectuales orgánicos de *El Caimán*... Entre otras cosas, Jesús Díaz arguye que Ediciones El Puente fue "empollada por la fracción más disoluta y negativa de la generación actuante. (se refiere al movimiento de los 60) Fue un fenómeno erróneo política y estéticamente. Hay que recalcar esto último, en general eran malos artistas ". *La Gaceta de Cuba*. No. 50, abril-mayo, 1966.

31. "Nos pronunciamos". *El Caimán Barbudo*. No1. La Habana, 1966. Los firmantes fueron: Orlando Alomá, Sigifredo Alvarez Conesa, Iván Gerardo Campanioni, Victor Casaus, Félix Contreras, Froilán Escobar, Félix Guerra, Rolen Hernández, Luis Rogelio Nogueras, Helio Orovio, Guillermo Rodríguez Rivera, José Yanes.

32. Victor Casaus. Op. Cit.

33. César López. Op. Cit.

34. Victor Casaus. Op. Cit.

35. *Permiso para hablar* (1967), de José Yanes; *Afiche rojo* (1969), de Antonio Conte; *Los que nacieron conmigo* (1971), de Jorge Fuentes.

36. Guillermo Rodríguez Rivera. "En torno a la joven poesía cubana". *Ensayos voluntarios*. Letras Cubanas. La Habana, 1984.

37. *El Caimán Barbudo*. Penúltimo número, 1967. Ver en la encuesta la opinión de Padilla: "A propósito de *Pasión de Urbino*" y la respuesta del mensuario, además, los siguientes trabajos: "¿El yogui y el comisario?" Redacción saliente (Victor Casaus, Jesús Díaz, Luis Rogelio Nogueras, Guillermo Rodríguez Rivera). "Del otro lado del Atlántico una actitud". Lisandro Otero. No.21, junio, 1968. Lo esencial es que la discusión se estableció no en el plano literario, sino en el político. Veáse lo que dicen al respecto los redactores de *El Caimán...* "Aprovechando la oportunidad, Heberto Padilla estableció una lamentable confusión entre política, política cultural, y opiniones personales (...) e introdujo en el marco de la confusión anteriormente apuntada, y participando de la misma, un debate *político* en el que era nuestro *derecho* participar."

38. Ernesto Guevara. Op. Cit.

39. Eugenio Florit, Gastón Baquero, Ana Rosa Nuñez, entre otros.

40. Pablo Armando Fernández, Antón Arrufat, Rafael Alcides, César López, Manuel Díaz Martínez, Heberto Padilla (abandonó el país en 1980).

41. Miguel Barnet, Delfín Prats, Lina de Feria, Pedro Pérez Sarduy, Antonio Conte, José Yanes, Guillermo Rodríguez Rivera, Belkis Cuza Malé (abandonó el país en 1980), Raúl Luis, Francisco de Oraá.

42. Virgilio Piñera, Cintio Vitier, Fina García Marruz, José Lezama Lima.

43. Virgilio López Lemus. Op. Cit.

44. Germán Piniella y Raúl Rivero. *Punto de partida*. Instituto Cubano del Libro. La Habana, 1970. Los poetas selecionados fueron: Joaquín Baquero, René Batista, Antonio Carriera, Angela Castellanos, Jesús Cos Causse, Libertad Dearriba, Roberto Díaz Muñoz, Teresa Fernández, Max Figueroa, Jorge Fuentes, Francisco García Céspedes, Haydeé Gómez Moret, Nelsón Herrera Ysla, Waldo Leyva, Osvaldo Navarro, Joaquín Ortega, Ida Paz Escalante, Carlos Padrón, Manuel Pereira, Esther Pérez, Renato Recio, Onelia Rodríguez, Minerva Salado, José Ramón Soler, Jorga Váldes Ramos, Manuel Valiño, Ernesto R. del Valle, Iván Becerra, Roberto Rodríguez.
45. Roberto Díaz Muñoz. *Nuevos poetas*. Instituto Cubano del Libro. La

Habana, 1970. Los poetas antologados: Carlos Aldana, Anilcie Arévalo, Luis Beiro, Mario Angel Bello, Pedro de la Hoz, Raúl Doblado del Rosario, Ibrahim Doblado del Rosario, Teresa Fernández Mardones, Luis A. Figueroa Pagge, Alex Fleites, Omar González, Roberto Manzano, Efraín Morciego, Armando Orozco, Gerardo Ortega Rodríguez, Norberto Rodríguez Codina, Mercedes Rodríguez García, Albis Torres, Yolanda Ulloa, Bladimir Zamora.

46. "Nos pronunciamos". *El Caimán Barbudo*. Op. Cit.: "Una literatura revolucionaria no puede ser apologética. Existen, existirán siempre, conflictos sociales: una literatura revolucionaria tiene que enfrentar esos conflictos. No renunciamos a los llamados temas sociales porque no creemos en temas sociales".

47. José Prats Sariol. *Estudios sobre literatura cubana*. Unión. *Cuadernos*. La Habana, 1984.

48. Sin embargo, un poeta como Eliseo Diego llegó a ocupar un sitio preferente en las influencias que impulsaron la atenuación del coloquialismo excesivo, y contribuyó en parte a la evolución por la vía del gusto a la imagen y a cierto intimismo asociado con el entorno inmediato y los sentimientos de carácter ontológico.

49. A manera de ilustración consultar en el prólogo de Roberto Díaz la mistificación que se hace de la función educativa, así como otros conceptos y lenguaje en boga en esos años: *Nuevos poetas*. Op. Cit.

50. Ver Declaración del Primer Congreso de Educación y Cultura. *La Gaceta de Cuba*. No.90-91, marzo-abril. La Habana, 1971. Sobre todo las penosas y ridículas alusiones coercitivas en los acápites "Modas, costumbres y extravagancias", "Sobre la sexualidad", "Medios de comunicación". El discurso de Fidel Castro fue un duro soporte contra cualquier atajo de libertad como había sido *Fuera del juego*, de H. Padilla. Dijo, por ejemplo: "Y para volver a recibir un premio, en concurso nacional o internacional, tiene que ser revolucionario de verdad, escritor de verdad, poeta de verdad (APLAUSOS), revolucionario de verdad". La suerte estaba echada y eso encontraron en su camino los poetas de los 80.

51. Ver notas 40, 41, 42

52. Forma en que se ha llamado a los reunidos alrededor de la revista

Orígenes (1944-1956) y de José Lezama Lima, su director. Aunque se apela comúnmente a ellos como un grupo, algunos de sus protagonistas prefieren no aludir a ese carácter. Al respecto, ver lo que dice Octavio Smith en *La Gaceta de Cuba*. No.83, junio, 1970: "...lo de Orígenes, más que grupo, fue una coincidencia de amistades y afinidades".

53. Arturo Arango. *Reincidencias*. Ed. Abril. La Habana, 1989.

54. Basilia Papastamatíu. "Exploraciones temáticas y éticas de la más joven poesía". Ponencias Coloquio sobre Literatura Cubana. La Habana, 1981.

55. Brigada Hermanos Saíz. (En este momento Asociación Hermanos Saíz).

56. Ver Armando Hart Dávalos. *Búsqueda con jóvenes creadores*. Letras Cubanas. La Habana, 1985. La presencia de Hart fue clave para desatascar el conflicto de la nueva hornada de jóvenes escritores y artistas en general frente a la rigidez del Partido y la burocracia cultural y política de la que incluso formaron parte poetas que luego pasaron al exilio. Hart se enfrentó en una actitud casi suicida al sector más dogmático, incluso al propio Fidel, defendiendo la libertad de los jóvenes y la pertenencia de los mismos al espíritu de la Revolución. Lamentable y lógicamente los jóvenes que defendía nunca supieron de su esfuerzo, incluso comprometiéndose por algunos que se fueron a vivir y escribir fuera del país contra él.

57. Basilia Papastamatíu. Op. Cit. Para ampliación del tema ver: Osvaldo Sánchez. "Contexto de la más joven poesía cubana". Ponencias Simposio sobre la obras de los más jóvenes escritores cubanos. La Habana, abril, l984. Víctor Rodríguez Nuñez. "En torno a la (otra) nueva poesía cubana". *Revista Unión*. No.3, 1985. Mónica Mansour. "La nueva poesía cubana". Conferencia Internacional sobre literatura cubana de la Revolución. Centro Alejo Carpentier. La Habana, sep. 1984. Basilia Papastamatíu. "Siete jóvenes poetas surgidos en los últimos años". Arturo Arango. Op. Cit. Juan Nicolás Padrón. "Poesía cubana de los 80: halcón al aire". Palacio del Segundo Cabo. La Habana, 1993. Antonio Merino. *Nueva poesía cubana. (Antología 1966-1986)*. Ed. Orígenes. Madrid, 1987.

58. Carlos Augusto Alfonso, Victor Fowler, Emilio García Montiel y Antonio José Ponte. *Retrato de grupo*. Letras Cubanas. La Habana, 1989. Los poetas antologados, son: Armando Suárez Cobián, Atilio Caballero,

Rolando Sánchez Mejías, Victor Fowler Calzada, Teresa Melo, Mariana Torres, Rodolfo de Jesús López Burgos, Ismael González Castañer, Emilio García Montiel, Sigredo Ariel, Alberto Rodríguez Tosca, Juan Carlos Flores, Carlos Augusto Alfonso, Estaban Ríos Rivera, Frank Abel Dopico, Heriberto Fernández Medina, Antonio José Ponte, Sonia Díaz Corrales, Omar Pérez, Julio Fowler, Pedro Marquez de Armas, Almelio Calderón Fornaris, Laura Ruiz Montes, Alberto Sicilia Martínez, Damaris Calderón, María Elena Hernández Caballero.

59. Victor Fowler. "Poesía joven cubana: el camino hacia la pérdida". *Quinta de los Molinos*. La Habana, 1992.

60. Grisel Pujalá. Op. Cit. También ver de la misma autora "Exilio y posmodernidad en la generación poética cubana de los 70". Ponencia leída en panel de literatura hispanoaméricana del Instituto Hispánico del M.D.C.C; Miami, 1991.

61. Son varias las denominaciones: grupos, generaciones, del 50, del 70, del Mariel, etc. Ver bibliografía de Nedda G. de Anhalt, Julio E. Miyares, Grisel Pujalá, Orlando Rodríguez Sardiñas. Además, Yara González. "La poesía cubana en los Estados Unidos". En *Culturas Hispánicas en los Estados Unidos de América: Hacia una síntesis*. Eds. de Cultura Hispánica. Madrid, 1988. Carolina Hospital. *Cuban American writers: los atrevidos*. Ellas, Linden Lane Press in association with Co/works. Inc. Princeton. N.J. 1988. Ana Rosa Nuñez. *Poesía en éxodo: el exilio cubano en su poesía 1959-1969*. Universal. Miami. Fla. 1970.

62. Se trata del poeta Felipe Lázaro, residente en Madrid. Este ha desarrollado un destacado papel en la difusión de poetas del exilio, no sólo mediante los poemarios de autores, sino por las antologías *Poetas cubanos en Nueva York* (Prólogo de José Olivio Jimenez), 1988; *Poetas cubanos en España*, 1988; *Poetas cubanas en Nueva York,* 1991. Para ver otras antologías: *Cinco poetisas cubanas, 1935-1969* (Miami, 1969); *9 poetas cubanos* (1984) y *Poesía cubana contemporánea* (1986), ambas de la Editorial Catoblepas en Madrid; "Diecisiete poetas cubanos del exilio", dossier en la revista *Azor en vuelo* (Barcelona, 1981); entre otras.

63. Gustavo Pérez Firmat. *En Desde esta orilla: Poesía cubana del exilio,* de Elías Miguel Muñoz. Betania. Madrid, 1988.

64. Elías Miguel Muñoz. Op. Cit.

65. Movimiento de los 60: Francisco de Oraá (1929), Luis Marré (1929), Cleva Solís (1926), Carilda Oliver Labra (1924), Raúl Luis (1934), José Alvarez Baragaño (1932-1962), Pedro de Oraá (1931), Roberto Branly (1930-1980), Rolando Escardó (1925-1960), Domingo Alfonso (1935), Luis Suardíaz (1936), Alberto Rocasolano (1935), David Chericián (1940), Carlos Galindo Lena (1928), Georgina Herrera (1936).

Movimiento de los 70: Guillermo Rodríguez Rivera (1943), Victor Casaus (1944), Sigifredo Alvarez Conesa (1938), Lina de Feria (1945), Osvaldo Navarro (1946), Minerva Salado (1945), Nelson Herrera Ysla (1946), Norberto Codina (1950), Albis Torres (1946), Yolanda Ulloa (1947), Nancy Morejón (1944), Alex Pausides (1950).

Movimiento de los 80: Cira Andrés (1954), José Pérez Olivares (1949), Marilyn Bobes (1955), Alex Fleites (1954), Osvaldo Sánchez (1958), Roberto Méndez (1958), Ramón Fernández Larrea (1958), Juan Nicolás Padrón (1950), Alberto Serret (1947), Chely Lima (1957), Alberto Acosta (1957), Victor Rodríguez Nuñez (1955), María Elena Cruz Varela (1954), Soleida Ríos (1950), Jorge Iglesias (1951), Yoel Mesa (1945), Abilio Estévez (1954), León de la Hoz (1957).

Movimiento de los 90, de los 90?: Agustín Labrada (1964), Rolando Sánchez Mejías (1959), Teresa Melo (1961), Sigfredo Ariel (1962), Frank Abel Dopico (1964), Carlos Augusto Alfonso (1963), María Elena Hernández (1967), Damaris Calderón (1967), Laura Ruiz Montes (1966), Almelio Calderón (1966), Omar Pérez (1964), Antonio José Ponte (1964), Victor Fowler (1960), Rogelio Saunders (1963), Alberto Lauro (1959), Odette Alfonso (1964), Atilio Caballero (1959), Nelson Simón (1965), Wendy Guerra (1970).

Movimiento del exilio, por llamarlos de algún modo: Ana Rosa Nuñez (1926), Angel Cuadra (1931), Carlos M. Luis (1932), Octavio Armand (1946), Maya Islas (1947), Reinaldo García Ramos (1944), Edith LLerena (1936), Juana Rosa Pita (1939), José Mario Rodríguez (1940), José Abreu Felipe (1947), Iraida Iturralde (1954), Lourdes Gil (1951), Jesús Barquet (1953), Carlotta Caufield (1953), Uva Clavijo (1944), Elías Miguel Muñoz (1954), Alina Galliano (1950), Enrique Márquez (1952), Jorge Oliva (1948).

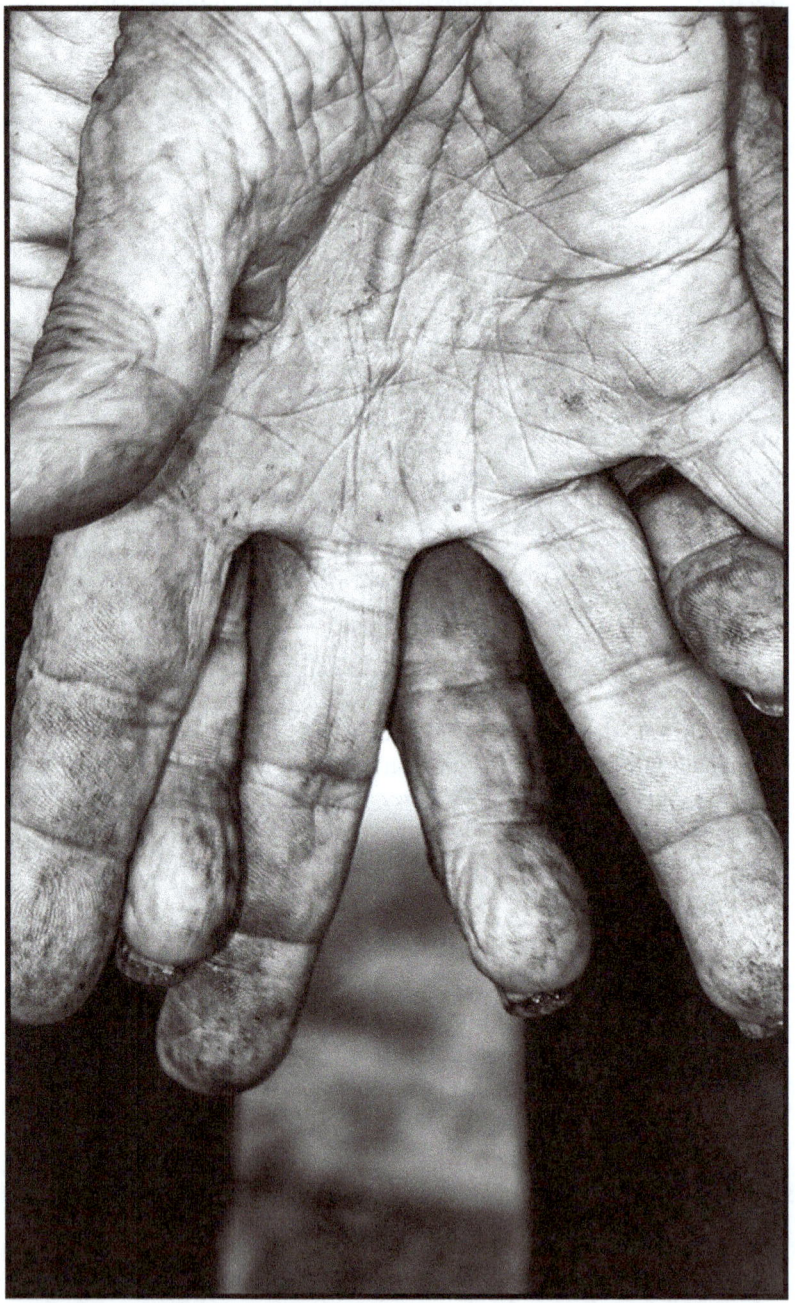

MAGALI ALABAU

MAGALI ALABAU (1945)

Ras. Eds. Medusa New York, 1967. *La extremaunción diaria*. Eds. Rodas. Barcelona, 1986. *Electra Clitemnestra*. Eds. Maitén. Chile, 1986. *Hermana*. Ed. Betania. Madrid, 1989. *Hemos llegado a Ilión*. Ed. Betania. Madrid, 1992. *Liebe*. Ed. La Torre de Papel, Coral Gables, 1993. *Dos Mujeres*. Ed. Betania. Madrid, 2011. *Volver*. Ed. Betania. Madrid, 2012. *Amor fatal*. Ed Betania. Madrid, 2016. *Ir y venir. Poesía reunida, 1986-2016*. Bokeh, 2017.

LOS DESPOJOS

VII

El viento suena hondo.
El mar de Micenas acalla su ronquera,
es un volcán en vilo.
Medusa anda en las colinas,
sus serpientes se inflan
y se inflan.
La tapia oscura que todo lo cubre
está mirando,
riendo a carcajadas.
Medusa saca sus pezuñas y las clava en la tierra.
Medusa abre y cierra las pestañas.
Su boca es un cordón ancho hacia la guerra.
Al cuarto va
a inundar la fortaleza.
Abre la puerta
y se menea y se menea
furia, cráter
muerde los muebles, el piso
como una pantera con agallas. Los ojos van arriba,
van de lado
van a todas partes
menea su lomo, su cresta en cada filo.
El cuarto es un fuego gigante y en el trono de soledad
Clitemnestra se sienta.
Y siente la lengua de Medusa en los pies,
en cada seno.
Sus pezones se hacen fuentes.
El placer entra.
Medusa la restriega y la desnuda,
la latiga, la sacude y la alza.
Se le monta en el cuello,
le embarra la cara.
lengua con lengua,
espuma roja, espesa.
Los labios queman, arden las orejas
Tantas serpientes en un clítoris
tanta blandura fuerte, sedienta.

Las caras se lamen; los ojos se encuadran
Las dos fieras se miran
Se tiran en una cama larga
Medusa monta un caballo largo
el techo las aplasta
y se unen
y se unen
y se aman
y se cortan los dientes.
Medusa le entra por la boca, por la espalda, y grita
Cada serpiente ocupa un orificio
Clitemnestra ladra.
Sus brazos amarrados a la gran cabeza desangran.
Dos mujeres vibran, se amoldan
mueren abrazadas
y ya no hay heridas ni cráteres.
Micenas renace.
El sol apunta y clava su fuego en una cama muy mojada.
Ruinas de unión descienden por las puertas
como una capa espesamente caminando hacia afuera.
Las escaleras gimen y rien, crujen,
el placer las desploma.
La leche de las dos se junta en una sola
y baja hacia el mar.
Clitemnestra ha dado sus senos duros Clitemnestra ha recibido manos
y manos y carne en la boca
Su boca está seca, la cintura delgada.
En medio de la perfección vuelve la cabeza a dar
el último beso de la noche
y ve a Electra.

ORESTES

VIII

Orestes es un niño limpio y lánguido
Clitemnestra lo besa en las pupilas
la acaricia los brazos.
Cada mañana lo coge de la mano
le enseña los buques
mientras besa sus labios.

Orestes es una niña de Micenas.
No hay todavía caballos, ni armas
ni órdenes, ni piras.
Sólo unos ojos serenos y una sonrisa.
Orestes es el aire más fresco.
Sus dedos todavía revisan los vientres de las mujeres.

LA TRANSFIGURACIÓN SE LLAMA CAOS

La transfiguración se llama caos.
Después de vivir gravitando en unos planos donde la distancia
tan larga se convirtió en un paso,
ya todo está acabado.
Una simple acción,
un gesto escondido, un vórtice virado,
un eclipse lo ha hecho todo irreversible.

LOS FERROCARRILES SE DESHIELAN...

Los ferrocarriles se deshielan en mi mente.
Allá lejos querían decir que en algún momento
el tren pasaría.
Así crecí
esperando un tren que no venía.
En los rieles viejos
los trenes de carga descansaban,
trenes ciegos, cerrados, tiesos.
Ahora, cerca de la escalera de incendio,
en la ventana, enjaulada por los hierros,,
veo los mismos trenes,
yertos,
estacionados para siempre.
la línea de esos trenes desembocaba al mar.
Hoy me levanto
paseándome dentro de esos trenes,
entre cuartos oscuros,
esperando llegar al mar.
Pero no llego.

RAFAEL ALCIDES PÉREZ

RAFAEL ALCIDES PÉREZ (1933-2018)

Himnos de montaña. Ed. Talleres Capitolio Nacional. La Habana, 1961. *Gitana.* Ed. Talleres de Tosco. La Habana, 1962. *La pata de palo.* Eds. Unión. La Habana, 1967. *Agradecido como un perro.* Ed. Letras Cubanas. La Habana, 1989. *Nadie.* Ed. Letras Cubanas. La Habana, 1993. *GMT.* Ed. Renacimiento . Sevilla, 2009, *Por una mata de Pascua,* Edit. Fulgencio Pimentel 2011, *Conversaciones con Dios,* Ed. Renacimiento. Sevilla, 2014. *Nadie.* Ed. Bokeh 2016 y *Memorias de un soñador,* Ed. Verbum. Madrid, 2015. Otros dos libros fueron publicados en Colombia por gestión de Alberto Tosca.

EL AGRADECIDO

A Nati Revuelta

Toda mi vida ha sido un desastre
del que no me arrepiento.
La falta de niñez me hizo hombre
y el amor me sostiene.

La cárcel, el hambre, todo;
todo eso me ha estado muy bien:
las puñaladas en la noche,
y el padre desconocido.

Y así de lo que no tuve
nace esto que soy:
bien poca cosa, es verdad,
pero enorme, agradecido como un perro.

(1963)

YO CONMIGO

Me he dado cuenta de que la relación conmigo mismo pudiera ser
        eterna, y la cuido:

me llevo al cine entre semanas y al Zoológico los domingos;

me rasuro al levantarme, de modo de estar presentable a la hora
        del desayuno; corto flores al amanecer en un jardín vecino:
        rosas y gladiolos que emocionado coloco en el comedor, en
        un búcaro negro debajo de mi retrato; y minuciosamente los
        viernes me recorto las uñas de los pies y de las manos,
        minuciosamente, con mucho cuidado, como si ellos fuesen las
        manos y los pies de un ser melancólico y muy querido;

mientras lento, en la ventana, continúa pasando el crepúsculo, y un
        pescado se dora en la parrilla.

Todas las comidas me parecen excelentes.

Nunca lloro un vaso que se ha roto.

Y en mis labios siempre podrá hallarse una disculpa para todo tipo de
desplante. O una sonrisa triste en los ojos por unos calcetines que
se quedaron sin lavar y sin surcir, o digamos, por algo que acaso
por un delicioso descuido terminó quemándose en el fogón. Una
sonrisa triste solamente, ni siquiera un reproche.

Tampoco olvido un cumpleaños, una fecha

Sé sudar, sé gemir,

meter una lengua larga y desesperada en una oreja profunda.

Soy entonces un loco que se derrite, un agua tormentosa que se junta
con otra agua y no vendrá a aquietarse hasta muchos años
después, entre maderos y ángeles muertos... Pero como eso
también es hoy un tema prohibido entre nosotros, prefiero
en estos días recordarme cuando pasado el rayo que hizo crujir
el firmamento, he vuelto a ser yo mismo, yo: un agua muy clara
con un fondo donde yace un cielo muy azul.

Soy melancólico y grave; pero también lo oculto.

Y cuando temblando, de noche, nos quedamos los dos en casa
mirándonos a los ojos, juiciosamente una por lo menos de cada
dos manos de cartas me ocupo de perder; aunque por lo general
salimos de improviso a última hora. De la mano me conduzco
entonces a mí mismo por esas calles, con el cuidado extremo con
que por una acera rota y en penumbras se conduciría a un padre
anciano con bastón y cataratas. Pasamos por los parques de otros
días, miramos en el malecón, y a veces en el ómnibus o en las
esquinas nos detenemos a hacer preguntas sobre cosas que ya
sabíamos. No por nada, por escuchar una voz.

Y luego de poner los frijoles en agua

y taparnos bien de pies a cabeza para no resfriarnos, digo unas "Buenas
noches" con cariño y un suave "Hasta mañana" (por si entonces

ya es tuviera yo dormido), y desfallecido caigo entre los brazos
de mí mismo que me acurrucan igual que una madre a su
pequeño temblando de fiebre o con mucho frío.

La dicha en verdad, no podría ser más perfecta en esta casa hoy al fin de
silencio y armonías. Aunque algunas noches uno de los dos
rompe de pronto a sollozar, sin que se sepa por qué. O dormido,
murmura un nombre de mujer...

(1974)

DESTINO DEL CAPITÁN

Para Teresa

Un capitán sale a encontrar la muerte vestido de general. La muerte, que
le traía el combate previsto para su destino de capitán, le plantea la batalla
del general. El capitán revista sus tropas. Ante la superioridad numérica
del enemigo (veinte mil por uno), pide un pliego, un mensajero. Piensa que
la Historia lo está mirando: se retracta. Escapará con la noche por el lado
del desfiladero mientras simula atacar el puente y aguardar luego entre los
macizos montañosos la llegada de los refuerzos. Contraordena. Manda
picar espuelas hasta el último hombre y herir en el rostro. Contraordena de
nuevo. Acaba de revelársele una estratagema luminosa que pudiera haber
cambiado la historia del mundo, de entreverla el Emperador en Waterloo;
solicita un catalejo. La muerte, en lo alto de la colina, sonríe. A lo lejos,
detrás del polvo, a trote lento, acercándose, un caballo con oro en los
arreos ——por último. Ha querido el impostor actuar como un general en
la derrota y se rinde fatalmente como un capitán.

(1970)

NOCHE EN EL RECUERDO

VII

Pasa el olor del cedro con que se hacen los taburetes
volando par a par con el olor de la caoba
de los escaparates, las camas y la sonrisa del hombre de negocios,
ahí va el olor de la pinotea de buena tabla para la casa
y la mesa de los pobres, y también para el ataúd.
Como las mariposas y las aves del cielo,
o como las personas conocidas en los tumultos del baile,
mezclados pasan los olores sin que nunca nunca se confunda la varía con
       la majagua
o pierda el ocuje su identidad en la multitud.
Los instrumentos del septeto, y el tomeguín y el ruiseñor,
y el zorzal y la alondra, y el canario y el sinsonte
en una canturía donde los músicos no se ven
ocultos en lo profundo del monte, proceden igual.
Y jugamos a estar dentro del aserrío sin estar, y a saber por el olor del
       aire lo que sucedió
hace una hora, lo que sucedió ayer o esta mañana.

Sufriendo en la sierra está ahora un roble entrado en años; y chilla,
de gozo o de miedo chilla con estruendo la sierra, mientras implacable
       continúa su descuartizamiento
con la rectitud implacable de una sierra,
y del pobre roble ni un lamento: solamente si olor,
como un hombre que muere, como un alma que se desprende, su olor:
       el olor
del roble como un espíritu que se va en el viento
diciendo adiós, mientras mi corazón le tira besos.
Algo pasa en lo alto de la barranca
allá donde está el aserrío que construyó Pacheco
al principio del mundo, completando la Obra del Señor.
Algo pasa. Como comadres llorando aúllan los perros,
y es que rechinando dos carretas se han cruzado en la puerta del aserrío:
con troncos la carreta que llega,
con tablas la carreta que sale,
y aterrado, con los perros pienso en las casas del velorio

cuando entran el cadáver
y cuando lo sacan

> Y el júcaro, mirando.
> Y el almiquí, mirando.
> Y el ácana, mirando.
> Y el sabicú, mirando.
> Y hasta el señor caguairán,
> de siempre
> respetado por la sierra,
> mira pasar las carretas
> estremecido.

Y todo esto ocurre en el aserrío y sus proximidades
igualito igualito que en el mundo de los hombres.

LLAMADA SALVADORA

A Teresa Fernández Mardones

La iban a matar enseguida.
Es una muerte que nunca olvidaré.
Me acuerdo que mi madre lloró cuando la mataron.
Y como a un muerto de la familia
también la lloramos mi hermano y yo,
en esa noche de Bayamo. Y
sigo sentado en la sala de mi casa,
junto a la ventana, dándome sillón y recordando,
mientras vestida de gala, en el piso de arriba, ella ignora que va a morir.
Diez segundos de vida apenas le quedan
y me estremezco al pensar en el ruido del pistoletazo
que llevó a mi madre
a esconder el rostro entre las manos.
Mezclándose con la voz del asesino,
suena en eso el teléfono de allá arriba,
alguien baja el televisor
para contestar la llamada
y un silencio espantoso interrumpe mi infancia de repente.
Bueno, me digo al cabo resignado
y hasta con cierta alegría: Por esta vez
te salvaste, Gloria Marín.

LOS MINISTROS

Cada vez que oigo hablar de un amigo
al que van a hacer ministro,
alguien borra una parte de mi vida.
Me quedo solo en el parque Aguirre
con aquella camisa Mc Gregor que jamás llegué a tener,
conversando en la noche
con nadie.
El poder no siempre corrompe a los hombres,
pero los separa.
Entre un ministro y yo hay algo más que un escritorio de por medio.
Los ministros sueñan.
Avanzan en su máquina cargados de sueños,
con sueño. Sin tiempo siquiera
para poseer a su mujer, acariciar a sus hijos.
Un ministro no es un tipo cualquiera del pasado,
es alguien que ya está en la Historia.
De él depende todo el día de mañana.
Y sueña.
Firma documentos.
Discute. Toma su corazón y lo pone de maquinaria
donde hacían falta piezas de repuesto.
No sale al teléfono.
No tienen derecho a estar tristes lo ministros.
No beben cerveza
en público. No van al cine.
Jamás los encontramos en un ómnibus.
Un ministro es tal vez el ser más infeliz de este mundo.
El más solo.
Sus amigos de antes, los más desgraciados.
La memoria no debiera alimentarse del recuerdo.
Los ministros debieran nacer ministros,
es mi última palabra. Entre las lágrimas.

NADIE

Para inmortalizarlo
le erigieron una estatua.
Después pasó el tiempo,
llegaron las guerras,
los éxodos.
Ocupada y saqueada sin descanso,
la ciudad conoció el fuego
un siglo y otro siglo,
y de las cenizas de sus llamas
flotaron sobre las ruinas
dejando un color de nieve
a lo largo del milenio.
Por capricho,
por razones políticas
o para llevársela de trofeo
a lomo de mulo,
acaso algún invasor lejano
arrancó la tarja
que recordaba las señas de aquel inmortal.
Pero la estatua resistió.
Asustada, está ahí, aún, viajero,
de pie, mirando pasar la eternidad,
en medio de un famoso parquecito
a la orilla del camino público,
ya inmemorialmente "el parquecito de Nadie".

ARMANDO ÁLVAREZ BRAVO

ARMANDO ÁLVAREZ BRAVO (1938)

El azoro. Eds. La Tertulia. La Habana, 1964. *Relaciones*. Eds. Unión. La Habana, 1968. *Para domar un animal*. Ed. Orígenes. Madrid, 1981. *Juicio de residencia*. Ed. Playor. Madrid, 1982. Las lejanías (1984), El prisma de la razón (1990), *Naufragios y comentarios* (1993), Trenos (1996), *A ras del mundo*. Verbum, 2006. *Siempre habrá un poema. Antología*. Visor. Madrid, 2012. *Singladuras*. Universal, Miami, 2016.

MUERTE DE UN POETA MENOR EN LA GUERRA DE INDEPENDENCIA DE 1895 (Carlos Pío Uhrbach)

A Pío E. Serrano

Nunca se halló su cuerpo

      (los tiempos no eran propicios:
      el culto funerario
      es un refinamiento de la paz)

y todos los suyos,
               tan muertos como él,
eran un vacío
más allá del mar
o presencias desvanecidas en profundas habitaciones
donde la conversación había cesado.

      La vida cambió
      ¿o fue la Historia?

Podemos saber los mecanismos de la realidad
——es cuestión de paciencia
y también el hábito más saludable
para los hombres nacidos, según los románticos,
en las tierras amadas por el sol——,
esto ayuda,

      pero no es nada definitivo.
      (Tampoco es definitiva
      esta "guerra necesaria",
      no lo es.
            El amor
      es especie de la belleza.)

El cuerpo, decía,
nunca se halló el cuerpo.
Algunos creen que, herido, logró escapar al monte
y allí se desangró hasta morir:
fue alimento de moscas y ratas y alimañas.
también se piensa que, sediento de tanta hemorragia,

los labios inflamados.
murió al beber un poco de agua.

> (¿Quién le ofreció la jícara,
> el sorbo definitivo?
> ¿Qué hizo con sus restos?)

En verdad, nada sabemos, nada sabremos,
salvo que su muerte fue difícil.
Siempre es así la muerte de un poeta
——la lógica consecuencia de su vida——.
Él, sin duda, lo sabría,
y también le serían familiares
todas las pequeñas y grandes cosas
que allegan su intimidad final: esa iluminación
en su escritura trunca, abierta.
¿Pero de qué sirve eso?

> Su muerte.

Seguramente la lucidez de la fiebre, del desenlace,
le revelaría su paradoja.
No previó este fin salvaje, ni tampoco
lo rehuyó.

> Era tan sólo un riesgo,
una etapa hacia ser tan otro, tan sí mismo

> ¿Pero qué hubiera sido de él
> muertos los suyos?

Tenía 25 años. Se afirma que sobre su cadáver
encontraron la "Última rima"
de Juana, ya muerta, y escrito al dorso,
de su puño y letra, ¿le tembló la mano?:

> *Para que compasiva la recoja*
> *queda mi rima en esta humilde hoja*
> *que ensueños melancólicos despierta.*
> *¡Oh ilusión que reavivas mis difuntos*
> *ensueños de pasión, guardando juntos*
> *mis versos y los versos de la muerta!*

Pormenores confusos.

        Esos versos
(la palabra verso no aterraba entonces),
quién los encontró y supo guardarlos
y no supo qué hacer con el cuerpo roto
y no dio cuenta del fin.
          (Oh oscuridad,

                tu indescifrable ironía,
                tu humor!

Su muerte y tantas muertes.
La certidumbre de la muerte
y la urgencia de vivir
y ser al unísono del tiempo, y trascenderlo.
La otra vida en la vida, el deseo.
La fuerza de las cosas.
(Todo es tan complicado!

        Y todos ellos, como él,
        muertos, a punto de morir,
        calados de una intraducible fidelidad
        a un enigma:
            La Patria.

Amante, delicado amante,
todo iba a ser distinto,
a morir, a ser otra cosa.
             Amante,
delicado amante, joven poeta,
          poeta,
¿siguen inalterables el delirio y la plenitud
de los interiores habaneros?
¿Fue demasiada la exultación de la batalla
o no bastó para presentir los días venideros,
los días distintos en que ya no estarías,
los días sin ella, sin ellos?
¿Cuál es la diferencia entre un soldado y un poeta?
¿Cómo es la dicha otra?

        ¿Pero qué hubiera sido de él
        muertos los suyos?

¿Podrías ser tú
el que debías ser
en la dicha otra?

Eras distinto, eran distintos.
Necesitaba serlo,
y algo distinto se formulaba
en la sucesión de las costumbres invariables.

¡Todo es tan complicado!
¡Esa vida,
            esta muerte!
¡Mañana, mañana!

Y ahora muerto,
muertos
            —las cosas cambiantes,
            cambiadas—
¿qué? ¿qué?

En libros (historias, antologías).
fríos y escuetos datos. Textos, unos pocos textos:
La cicatriz de tu urgencia y tu delirio,
paisajes fabulosos como espejismos en el alba,
tu ingenua delicadeza en un sueño interminable,
tu ser triste,
            tu amor,
transparente de silencio y espera y torbellino,
tu entrega definitiva (son tus palabras) al ideal.
Blanco y negro y ——¿lo sospecharías?—— las sucesivas modas
        devorándose,
            devorándote,
                    devorándolos
a tí, a todos: una inmensa boca.

¿Qué es un poeta menor?
¿Qué es un hombre
que supo morir?
¿Quién escribe
lo que no se escribió?
¿Quién vive lo por vivir?

Lo que se escribe hoy
¿qué dirá mañana?

Aquello, esto: ¡términos
imprecisos!
             —¿Es aquello esto?
¿Es esto aquello?—
¿Cuál es su sentido?

              Pero es así.
Cada día en su día, cada palabra
en su destello. Cada día, cada palabra, leales a su soledad,
a su esperanza
             para ser Siempre.

Oh, tu muerte no pudo saber
el vértigo de los cambios,
la sentencia del devenir,
la semántica del olvido y la indiferencia,
el sacramento póstumo
de la erudición y la exquisitez;
tampoco tu vida.
Ser fiel a la realidad
es dejar que la realidad nos sea,
sea,
             sólo eso.

              Son otros
los interiores habaneros,
otros se evaporan en su abrigo.
Pero en un sentido nada cambia.
Tu vida aspiró a esa fijeza.
Tu cuerpo perdido es parte de ella
en versos que no son de nadie.
Ya eres tú, sin alternativas,
para siempre en otredad,
en armonía: perfecto poema
en la perfección del Poema.
Eso es todo.
              El más
es la verdad que debemos a los muertos.

IN SITU

Mira su rostro helado en el cristal.
Llena la ausencia con presencias.
Adivina el paisaje
que la noche posee bajo la lluvia.

Los labios del agua,
los dientes de la limpidez,
besan,
            muerden,
son en el cuerpo de la Isla.
Un jadeo inmenso
llena el aire y la hora.

Noche y silencio,
la ciudad se recita a sí misma;
dice un discurso
donde su vida es otro elemento,
unas palabras,
acaso una letra
que nunca pudo formular un lenguaje
fraguado en aventura de evaporaciones.

Como una casa
habitada en un sueño,
como un barco
que hace la maravilla del horizonte,
está en la tierra de nadie de su persona.
Y solitario,
abierto a la redondez ilimitada,
a la inmensidad íntima,
ya un oscuro animal,
                    un silencio,
un instinto que persiste
en la frialdad de un reflejo,
se sabe por completo,
                    sabe.
Saber es una plenitud y un vacío.
Ahora la vida está pendiente en la vida.
Ahora él es tan sólo una intensidad.

TERMINA EL DÍA

Termina el día. Ha sido enorme
como una nebulosa, o breve como un sueño
que da razón de milagro.

Juego con mis hijas, Liana y Lourdes. El lecho
cubierto de juguetes y de libros es un país fabuloso,
y las paredes de la habitación
tienen la calidad de un horizonte inabarcable.

Hora en que todos los posibles y todos los imposibles
se hacen auténtica realidad
hacia la inocencia de unos pocos y vertiginosos años.
Íntimo deslumbramiento.
Sacramento nocturno.

Ya desnudo de mis días, paulatinamente despojado
de experiencia, como arcilla en manos de Dios,
me afano torpemente, desde el caudal inagotable
de mi pobreza, en prodigar unos bienes
que jamás se agotarán.

Ahora sé que la proximidad, la entrega, el asombro,
el deseo, la certidumbre, la pureza, la risa
y la hermosura de unas frágiles criaturas
tan sólo capaces de amor y de verdad y de sueños,
y un discurso de palabras elementales
son la dicha sin límites,
aquélla que no se traduce en signos
inútiles como monedas.

Mis padres se retiran. Mi mujer pronuncia
las despedidas. Bendigo, como antaño fui bendecido
por mis mayores, con la antigua voz de los orígenes.
Apago las luces. Ya arden las estrellas,
reina la calma, todo lo posee benigno el silencio.

Ignoro cómo agradecer tantas gracias
en las estribaciones del sueño.
Doy gracias.

EL JAGUEY

A José Armando, mi padre, y a Fela

Aquel árbol en lo alto de la loma
como un dios tremendo y benévolo frente al paisaje,
fue mutilado en la mañana
y ardió desde el mediodía hasta el alba.

Nada quedó de él.

Pero en ciertas noches de invierno,
cuando el mar dice belleza pronunciando furia,
pueden oírse los crujidos de sus ramas
y el discurso incesante de sus hojas
poseídas por el viento:
                    un canto.
Siempre habrá un árbol en lo alto de la loma.

NOCTURNO

La noche penetra
a través de la ventana,
lo inunda todo.
Distante se escucha el celebrado mar
rindiéndose en la rocas.

El jinete se anuncia
en el ladrido de los perros.
Un instante, y su antigua silueta
lo llena todo, indescifrable,
un parpadeo, y desaparece.

El árbol centenario
se estremece de murciélagos
como un dios taciturno.
El polvo ha tornado ásperas
sus tercas hojas.

Heladas, las alimañas
manchan el jardín
con sus repugnantes oficios;
un rumor tanático
entre la maleza se levanta.

Las viejas maderas crujen,
como las remotas nueces navideñas,
contraídas por el alisio.
Bajo los techos se extiende
una tolerable inclemencia.

El manto del silencio
sella respetuoso
los entreabiertos labios.
Resistente, el sueño
roza los cansados ojos, se demora.

La noche del estío se cierne ilimitada.

EL INFIERNO SE DESATO EN EL CABO DE HATERAS

A Francisco y Emy Salvador

El infierno se desató en Cabo Hateras
y hemos quedado solos en medio de la tormenta.

Cuerpos y recuerdos y deseos
se confunden con la lluvia y el viento. Brama el mar.
Silenciosos, en el seno de la oscuridad,
encarnamos esa remota imagen
que emerge del sueño para salvar nuestras lejanías.
Es el hundimiento de las cosas.
La soledad besa los labios de la muerte.
La realidad se consagra en la plenitud de la aventura.
El alma se penetra de lo inmenso, abierta, disponible.

En el paisaje que se borra,
la certeza de otra presencia que se olvidó de sí misma;
la limpia entrega que abrasa de intemperie

como la dignidad inconmovible de los árboles.
Noche súbita; figuración de la inocencia
en imágenes manadas de la infancia.
La críptica boca del tiempo
pronuncia con peligro nuestros nombres.
Pero ya ni vida ni muerte tienen significado.
Como un milagro vivimos finalmente
la prístina caligrafía de nuestro destino.
Y es la dicha.

CIRA ANDRÉS

CIRA ANDRÉS (1954)

Visiones. Ed. Letras Cubanas. La Habana, 1987. *Sobre el brocado de tus ojos.* Imprenta de la Dirección de Información. Ministerio de Cultura. La Habana, 1991. *Parábolas, manjuarí.* Ed. Unión, La Habana, 2013. *Gertrudis Gómez de Avellaneda. Memorias de una mujer libre.* Ed. Icaria. Barcelona, 2008.

EL RÍO DE HERÁCLITO

Esta es el agua de las 5 de la tarde
del primero de mayo de 1987 y no va a volver más sobre la tierra.
Y ninguno de nosotros va a tener nunca más otra 5 de la tarde
de un primero de mayo de 1987,
ni otra hora, ni un segundo repetidos.
Aunque parezcan iguales,
aunque los hayas acomodado
para que los días sean idénticos
y traigan las costumbres
donde el tedio va a reinar.

No te engañes: eres el río pasando.

AVISO

Quienquiera que haya sido
el que dentro de mí gritó
y quedó desamparado:

yo sólo sentí una sombra
atravesándome.

CONFESIÓN

Oh Marcelo, soy una desterrada.
Los heliotropos de mis ojos
están sobre la tierra para podrirse,
para que vengan los gusanos de la muerte.
Mi espalda es divina y mi sexo conmovedor,
tiemblo ante el roce de una mano
como una gota de agua en el parabrisas de tu coche.
Cómo irme a la cama
sin saber que alguien va a sufrir
porque deje la luz del cuarto encendida,
porque entre las sombras de mi memoria
un hombre, otro, va a quitarme el sueño.
Preparo una taza del té, el baño,
cuido mi cuerpo con agua de rosas
para que ese enemigo de mi tranquilidad se serene,

para pensar en ti, en la soledad laboriosa,.
Pero el hilo de mi recuerdo no existe
busco a un hombre que no he amado y huye de mí.
Soy, querido Marcelo,
una bestia echada sobre las mantas blancas que cubrieron tus sudores.
no tengo perdón.
Los heliotropos que florecen en los jardines más amados,
en los ojos más venturosos
también van a podrirse
y el sabor que alguien nos deja, aún sin probar sus labios,
puede ser el té de cualquier tarde
en que morimos.

TODAVÍA JUEGO

Jugamos a las rondas
no en el pequeño patio de la casa
sino en las vastos salones del mundo.

¡Urí urí urá, la reina va a pasar!
Y eres la sensitiva, la pequeña hoja caída
en el torbellino del tacto.

Quedas un momento ante la delicia de elegir
y te pronuncias, ciega,
en el alboroto cuando cantan para ti.

¿Qué susurraron después de los otros
que fuimos quedando separados?
¿qué trampas hicieron? ¿con qué los halagaron?

Y qué decidir, solos, en un segundo irreparable.

¿Acaso no es todo un juego,
un sencillo juego para alegrarnos?

ESTRELLAS FUGACES

Siempre que las estrellas fugaces se desprenden
hacia esa otra noche
húmeda y lejana entre nosotros,
busco, rápido en mi memoria,

aquel deseo
que sólo en su fulgor se realizara;
pero pasa en un tiempo tan veloz
que apenas alcanza a alertar los sentidos
y maldigo luego la pereza
y quedo pensando
cuál es, cuál será ese deseo,
el imposible,
que quisiera cumplir
por encima de todos mis deseos.

CANCIÓN

hazle a este hombre una herida
          más honda que la soledad.
Reviéntale los ojos que le sirvieron para ignorarte.
Paul Eluard

Liviana como un pájaro
danzo bajo la tormenta.
La noche y sus manos pasarán otra vez por mis ojos
con la misma vehemencia conque canto.
A este hombre que nadie lo castigue ni lo toque,
que su belleza sea siempre la misma:
tranquila, desarmada.
Resguardado de mí,
que nadie le prohíba respirar el vapor de las mañanas,
tener los pies desnudos, los objetos que ame,
sus dominios.
No tiene que venir
y detenerse ante el círculo que le estoy abriendo
para que cierre la boca sobre mí.
No importa que arme el silencio
o que se vuelva espuma.
Puede desaparecer, borrarse del ruido del mundo,
oscurecerse como una mancha,
no existir.
Liviana como un pájaro bailo
calada por el miedo
de saber que tiembla y siente,
amo también su olvido.

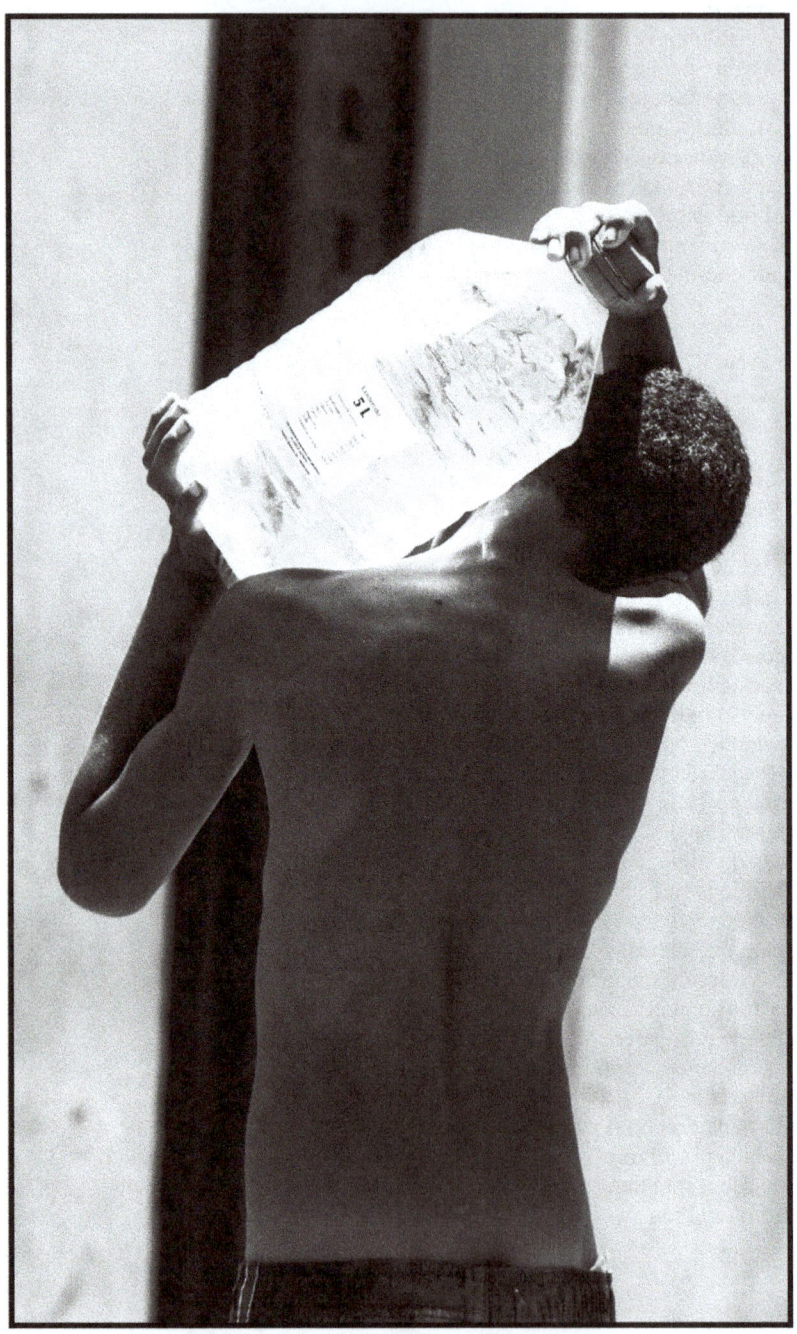

ANTÓN ARRUFAT

ANTÓN ARRUFAT (1935)

En claro. Eds. La Tertulia. La Habana, 1962. *Repaso final*. Eds.
R. La Habana, 1964. *Escrito en las puertas*. Ed. Instituto Cubano
del Libro. *La huella en la arena*. Letras Cubanas, Giraldilla, 1986.
Lirios sobre un fondo de espadas. Letras Cubanas, Edic. Especial,
1995. *Vías de extinción*. Editorial Letras Cubanas, 2014.

VARIO Y UNO

Todo este verde, la loma, el caserío,
tanto azul, astros, agua, para mis ojos.
El aire tranquilo, la malva en la ribera,
la vena en calma, dios del estómago,
nublador de los ojos, igual y quieta.
Tanto derroche, tanto animal precioso,
tanto fruto, y flor que cae y renace,
tanta gracia, tanta vida al galope,
al viento, sobre esta mano tiembla.
La piedra del río está en mi corazón.

PUERTAS CRUZADAS

Del médico

He dicho adiós al poeta. No tiene cura.
De nuevo nombré las partes de su cuerpo.
No había ningún misterio, pero él insistió.
"Doctor,)no le parece misterioso el cuerpo?"
MI querido poeta, todo tiene su nombre:
el hígado, los pulmones, el riñón.
¿Dónde está el enigma, mi amigo?
Me apretó la mano y me dijo entonces:
"Qué extraño que usted crea en las palabras".
Sonrió, y yo cerré la puerta.

Sé que voy a morir.
El médico se ha marchado cerrando la estancia.
A sus espaldas concluye el día.

Pero no me asusta la muerte.
La he tratado en mis versos.
Me da miedo pensar sin embargo
que la vida me ofreció pocas cosas.
Ardo al final y estoy insatisfecho.
Gasté mi tiempo en unas estrofas
y tal vez las disperse el futuro.
La vida hubiera sido más cierta.
No conocí las islas de Samoa.

Entra la criada a cerrarme los ojos.
Es tarde para navegar el Pacífico
o subir la montaña nevada.
Ya me anuda la criada el pañuelo.

No asistiré a la inauguración
de mi estatua. Discúlpenme. Fue imposible.
El poeta.

Del marinero

Yo ansié una vida de reposo
y me tocó el mar, los barcos.
puertos distintos y tempestades.
Recogí peces en grandes redes.
(Amé el silencio del amanecer en el agua.)
Envidié al poeta entre sus libros,
solo en la casa, cuidando las abejas,
que viajaba sin salir de su cama.
Pero no todos tenemos buena suerte.

De los discípulos

Nosotros,
que estuvimos contigo
en la ciudad,
donde se movían las abejas,
y el reloj era impotente
para quebrar
el tiempo de los libros,
mientras tú te doblabas,
generoso y mortal,
sobre nuestros poemas
——inventando la realidad
en la que vas a sobrevivir——,
nosotros,
que aprendimos de ti,
te olvidaremos,
te negaremos con furia.
Nadie pronunciará tu nombre.

Eso también nos habrás enseñado.

APOLOGÍA EN DETALLE

Por miedo
el hombre construyó una casa
se echó al mar
derrotó al tirano
que se paseaba insolente
por miedo
a ser envenenado en su alcoba
Por miedo
nos vestimos de un modo
heredamos los gestos
la voz de los muertos
frecuentamos el dogma
de rodillas
decimos "hasta pronto"
"hasta luego"
para enredar la muerte
en la palabra
inventamos la eternidad
para encontrarnos
después de tantas despedidas
Por miedo
no aceptamos el cuerpo
los sentidos
el amor de la hermana
la libertad
los trenes que parten
Por miedo
alguien sale en busca del delator
y lo ultima en la sombra
Por miedo
hacemos de los otros
nuestra imagen
héroes o traidores
Por miedo
alguien busca
su muerte
la propicia
la halaga
quiere una paz medrosa
Por miedo

nos amamos con furia
provocamos la ira
del enemigo
fuimos airados
arbitrarios y tristes
Por miedo
levantamos una ciudad
matamos al tigre
en la selva profunda
al tigre del sueño
al de la pesadilla
al hombre vestido
de fiera
a las viejas fieras
del circo
Por miedo aprendimos
a vivir en la cuerda floja
el miedo
luego
lo convirtió en arte
Por miedo

REPASO FINAL
(fragmentos)

1

La Habana, 1963

Mi familia muerta está sentada en la sala
y conversa de las cosas del día.

Por esta calle arrastran muertos
——dice mi madre donde está ahora——
viendo pasar los muertos y las coronas.

Mi familia muerta está sentada en la sala.

Mi tía con sus largos brazos
y el pelo teñido, recordando.
Juan dijo que vendría a buscarla

y nunca volvió. Ella lo vio
con otra mujer y con el niño.
Juan dijo que vendría a buscarla
—repitió la familia.

La mesa con el búcaro y las flores
de papel, el radio viejo y el bastón.

Dios de la vida, exclama mi padre,
y recoge los restos del día.
Quisimos hacer nuestra vida
a golpes, mientras sonaba
el reloj del comedor.

Mi familia muerta está sentada en la sala.

¿No irás al cine esta tarde
antes de la comida?
Al cine, mirando sus vidas,
sin que puedan cambiarlas,
con los ojos vacíos,
en la vigilia, cuando
crecen las uñas y el pelo de mi madre
es una cabellera sobre los huesos apagados.

Yo pienso en ella y no sé si llorar.
Si las imágenes alcanzaran la resurrección.

Sombras mías, ruinas que no podré rescatar,
manos sin huesos, pies que no caminan
y dejan olvidados los zapatos.

sombras que no necesitan la oscuridad
y aparecen bajo el sol, en las tardes,
sin que las invoque, cuando me levanto
despierto en medio de las luces.

Escucha, mi familia:
estoy aquí donde no hay nadie, viviendo
por ustedes, arrastrando los muertos,
y los miro entrar con las puertas cerradas.
Escuchen, sombras mías: en los sillones

que no encuentro, la noche viene
para apagar los trajes y las begonias.

5

El gallo que canta en el patio,
el otro que responde, es el mismo
que oyó Martí cuando vino a la Isla.
Anuncia, ave solar,
el día distinto, el amanecer del monte.
Están en él los dioses esperando
que el hombre cumpla.
El gallo rojo, plumas mojadas en alcohol,
la sangre sobre mis espaldas opacas.

Él regresa, y se golpea
el pecho con los puños, y canta
y besa la tierra.

El monte se ilumina a lo lejos
como si guardias invisibles
se pasaran las luces.

La Isla arde en virtud de la sangre.

Volvemos a decir piña,
majagua, cedros,
yagrumas de la melancolía.
Tantos muertos
hablan por nuestras bocas.
¿Cómo no siento horror
ante la mancha de sangre en el camino?
Oh, cabeza enterrada con pañuelos.

Aquí en el polvo presiento
los huesos del castigado,
el jarrito y la yunta.
Noche, sol del triste, que nos recibes
cuando el bote se aleja,
líbrame, eterna noche, del verdugo.
Aquí en el polvo tropiezo
con la fusta, con el grillo de hierro.

Los huesos, apenas enterrados,
lanzan clamores. Que mis labios
hereden las palabras perdidas,
las órdenes proféticas.

A lo largo de los rieles
desfilan los entierros.
Despídelos, hijo. Estos muertos
son nuestros muertos y el monte los aguarda.
Sobre los árboles estarán sus cabezas,
los párpados abiertos,
porque nada es efímero.
Despídelos, hijo. El día se acerca.
Cada muerto bajo la tierra
prepara la primavera.

       Nuestra sangre
dejará llegar el bien a la casa.

13

Entro en el cuarto final,
el gallo sagrado sobre la cabeza,
la llave entre los dedos.

De rodillas ante la puerta traza tu nombre.
¿Quién piensa en mí? ¿Quién habla por mis
        labios?

Ojos que me abarcan, armas, sombreros.
Nuestro destino es andar a caballo.
La memoria me regala esa imagen
que define la Isla.

Él va hacia el patíbulo y su sangre nos une.

¿Ese nombre? ¿No te acuerdas de nada?
¡Qué me importa todo lo que muere
y ustedes, a quienes he abandonado, qué me importan!
Mi oscuridad, no me escuches.
Nadie sin embargo nos reprochará la ternura
por lo que tiene que perecer.

Vierte la sangre en el tambor.
Que no vuelvan las horas en que nadie despierta.
Él avanza. Tres golpe en el tambor.
¿Estaremos callados después de este momento?

En la sabana los fusiles disparan.
Nada tan triste,
pero nada tan firme en su necesidad.
Alguien moja el pañuelo en la sangre del muerto.
¿Quién piensa en mí? ¿Quién habla por mis
        labios?
El viento cruza la sabana silenciosamente,
y sólo el árbol sagrado lo recibe.
La escolta invisible acude marchándose.

Escribe tu nombre ante la puerta última.
Tus manos se purificaron en el agua
con huesos, y cenizas, y albahacas.
Que no vuelvan las horas en que nadie despierta.

Retornan los ausentes, pálidos
por tan largas esperas.
En sus frentes alienta una Isla distinta.
¿No ves nada? ¿No te acuerdas de nada?
Estalla la pólvora del cuerno.
Cae en mis manos la sangre de los otros.
Estoy despierto, después de tanto horror
y sueños de dicha, despierto en esta Isla.
Oigo el galope incesante de la caballería.
Veo en lo alto del aire pasar el pañuelo.

LAS CRIATURAS

Tus aullidos y sigilosas pisadas
        de asesino rondan mi casa.
Animal carnicero, bestia de Dios:
hambriento me buscas en la noche.
Conoces las tapias, los muros,
        el olor de mi puerta.
Inhumanos y firmes, resplandecen
tus dientes alrededor de mi sombra.
Aúllas delante de la puerta,
        tras mi frente.
        Aúllas en toda la casa,
a lo largo de mi carne.
        Cuando no vienes,
cuando sé que descansas de mí,
        pese al temor, te espero.
Casi podría decirte que te extraño.
Cada noche me apasiona temer,
        sentir tu hambre,
        arropado en mi sábana fría
o acariciando el pestillo de la puerta.
        A la madera pego el oído:
        lates, jadeas, y veo
        tu boca espumosa,
el fulgor blanco de tus dientes.
        Sólo la puerta
separa a las bestias semejantes.

MIGUEL BARNET

MIGUEL BARNET (1940)

La piedra fina y el pavo real. Eds. Unión. La Habana, 1963. *Isla de güijes.* Eds. El Puente. La Habana, 1964. *La sagrada familia.* Ed. Casa de Las Américas. La Habana, 1967. *Carta de noche.* Ed. Unión. La Habana, 1982. *Orikis y otros poemas.* Ed. Letras Cubanas, La Habana, 1981. *Viendo la vida pasar.* Ed. Letras Cubanas, 1987. *Poemas chinos.* Ed. UNEAC. La Habana, 1993. *Con pies de gato* (antología), 1993. *Actas del final* (2000).

EGGÚN

Para Rogelio Martínez Furé

Es la hora de partir
Pablo Neruda

Hay alguien aquí que busca
Hay alguien que rastrea en la maleza,
alguien que presagia la ceniza
mientras aúlla
¿Qué querrá que no puede callar?
¿Qué signo traerá robado de otra tierra?
¿Quién que no sea yo, podrá hacer de su cabeza un fósil?
¿De su cabeza un astro milenario?

La isla te rechaza
La isla entera quiere que tú abandones las costas,
las azoteas, los vidrios
y que cuando crujas, ese crujido tuyo
haya perdido definitivamente su eco,
su salto y su ventura
porque no te conocen errante camarada mio,
porque no te conocieron, porque no te conocerán,
no sabrán de ti, de tu estruendo familiar,
de tu traje único

Pájaro de todas las soledades, desterrado,
es la hora de partir
Olokun ha llegado
Han llegado las auras que te conducirán
con el viento de marzo
a un túmulo
            o un archipiélago más bien
donde unos hombres de mi generación
te querrán sepultar con los ojos abiertos
y otros, los más codiciados por tu celo,
seremos eternos y huracanados centinelas tuyos.

OYÁ

Silba como lo que eres, una ráfaga siniestra
Vuelve a empañar el vidrio de la noche
Baila en un círculo de yeso amarillo
y pólvora
Trae todos los rabos de nube a este rincón
Tráelos todos y agítalos contra viento y marea
Que tu aullido se escuche de nuevo
en las puertas del cementerio
que no hay aire
Que no hay agua
Que no hay centella ni luz
si tú no llegas y dices la última palabra

Madre dulce de los cementerios
Ven y llévanos, acábanos de llevar, llévanos a todos
en esa carabela
en ese navío tuyo
Pero llévanos pronto, madre, que estamos a punto
            de morir de miedo.

PEREGRINOS DEL ALBA

A la dotación del buque Sirena (1836)

Extranjero, tú que no pudiste ver los ahorcados,
abuelos, padres, alucinados alguna vez, constructores,
del marfil en Ifé o Benin, príncipes amurallados
Tú que no puedes imaginar este mar lleno de muertos
Este país como una obscena laguna
como un umbral de maliciosos recuerdos
Quiero que conozcas la impiedad del yugo
Que te avergüences también
de la sangre aminorada
En nombre de mis antepasados blancos
yo te hablo
En nombre de Canoon, el negrero:
"Cuando zarpamos el mar de grande se me perdía
            en los ojos. Luego de seis meses de navegar llegamos

126

a la costa salvaje de unos árboles salvajes e hincosos.
Llevábamos piedrecillas moradas y algunas telas de
tafetán que luego se convirtieron en un estupendo
amasijo de negros bien corpulentos y negras que nos
aseguraron paridoras..."

Ahora piensa en la travesía, aquellas cabezas
negras, aquellos brazos pulidos comidos por la
malaria y el tifus
Piensa en la fiereza del mar batiente
y los cráneos amarillos abajo
Toma por una calle cualquiera de mi ciudad
y oirás los tambores invocando la oración
y un dios mitad trueno mitad palma
hablando por los caracoles.

Escucha extranjero
Sé tú mi única aventura
Déjame darle a estos ojos un sosiego
A este remordimiento una salvación
Acompáñame hasta el amanecer
Te aparecerá mentira una isla así tan sola
y estos peregrinos inaugurando el alba siempre.

TODOS LOS DÍAS

Todos estos días se llenan de luces
y máscaras y alguien diría que alabanzas
Todos estos días en que el olor a lluvia
permanece
y nadie destruye al pez que brama en la tinaja
Todos estos días en que es tan simple ser un hombre
Un disfraz
Algo que nace
Toda esta fecha
de vivir en muchas partes
Lo que vuelve del tiempo como un rito
en medio de la calle
Un día más en que la gente canta y se confunde
Un ruido de tambores bajo el agua

Y ocurren cosas que yo también recojo
(La sangre del chivo tiesa en el asfalto
La vieja del cangrejo azul
detrás de mí, fumando)
Son ciertas las memorias
y la soledad
La vida es cierta
y el olor a lluvia
Todos estos días son ciertos
Es cierto el pez (como no lo dije antes)
y el deseo de cambiar las cosas
Entrar en los cafés es cierto
y salir al mundo
Agarrarse de él un solo instante

IV

Por debajo del rumor de la noche
hay un rumor más sórdido, más espeluznante
Y no es el viento de Oyá
Ni el rugido de los truenos de Changó
Y no es la furia del mar
sino tus pasos alejándose de los míos,
perdiéndose en el oscuro de la memoria.

XIV

El muro musgoso y azul
y las hormigas en enorme caravana
cruzando ciegas los riscos,
los acantilados
Todo el mundo de la infancia
en una pared
que no se borra, con la que no puedo
dejar de dialogar,
como con un rostro antiguo plagado de ojos.

A VECES AUSENTE

Hoy no sé lo que me queda
de esta isla
Si unas cuantas costumbres
o el eclipse de sol
Si dos o tres palabras innecesarias
Si todos los recuerdos
que me asaltan
que debo decir
para que vuelva a ser el tiempo
de las lluvias
y las carretas de mangos.

Hoy no sé lo que me lleva
de golpe
a las orillas.
Ni sé cómo con estos ojos
puedo resistir el peso de las balas
y el humo de las casas
que giran en el aire
cubierto de metralla.

A veces digo
No es la guerra
Vale la pena...
Y subo a casa de Pascual

                –al patio de las celosías
                sembrado de vicarias–

No es torpe todo esto
Es bueno vivir
Un gallo es siempre una sorpresa
Hoy no sé lo que me queda
De esta isla
Ni sé cómo con estos años
me entran ganas
de llegar a un sitio de vagones rojos
dar vueltas milagrosas
en el fango
Caminar al lado de los focos

a la hora
en que se alejan lentamente
de su sombra
Recoger medallas, dentaduras, huesos y gorriones
Todas las cosas que fui enterrando
poco a poco
Hacer como Tristán
que robaba canastas de pollos en las paradas
Acercarme a la iglesia de la torre
y mirar hacia el río
de los bramidos misteriosos
y los baños de albahaca

Hoy no sé lo que me queda
de este muelle
de esta casa de virtuales deshechos
del perro de Julián
de Estela
de los fuegos en el barrio chino...

Hoy no sé
si dejarme los ojos al aire
y las memorias

Mientras más me busco
más ausente, más noche, más perdido
me hallo en las palabras.

TULA

Para Calvert Casey

He pasado la noche en el armario
Contando los papeles
y las fotos olvidadas

Hay una en que mi abuela
un poco distraída de los pájaros
se baña en un río
Abre sus brazos como enloquecida
Y ríe
No se ve más nada
Sólo un pedazo de sol

130

en una esquina
y algunas ramas negras del follaje
detrás
He ahí
como no hay viento
que presuma el paso de las auras
He ahí
como escapan las cosas de los huesos
Los carnosos labios
Las aventuras del amor que compromete

Yo diría que esos brazos en el aire
son algo como un sueño
o una esperanza que se vuelve al mundo

Y hablando del tiempo como culpa
de lo que queda en suaves
miserables
sombras
A favor de la noche
que regresa,
del olor a tierra
Vuelvo al retrato de los bordes sucios
A los años que espolvorean el rostro
y las arrugas
Leo: "A octavio
        con el amor de siempre
                        Tula"

SOBRE ESTE MISMO TIEMPO

Hay en este lugar
junto al puente de hierro
un árbol seco.
Detrás
el río de helechos y residuos
Tan claro
Tan adentro del camino
Me llevaba mi padre
cada vez que la Coja

sacaba su fonógrafo en las noches de excesos
y el olor a acetona inundaba la casa.

Eran pequeños sus ojos
para tanto abismo.
Luego volvía al barrio
al regocijo de los gallos
y las aventuras.

Seguro de su muerte
mi padre cantaba en los desfiles
al ruido de los triángulos
y los cornetines.

Hasta que hubo un inmenso entierro de verano
que yo vi por primera vez
Una caja de pino con cintas de colores
que no me atreví a tocar.
Sobre este mismo tiempo
Me llevó la ternura
El fantasma grotesco de aquel puente
Tan distinto

La gloria de aquel río cruzado de jardines
que llamamos Almendares
Miles de pasos de animales
y relinchos en las copas de los árboles
Sobre este mismo tiempo
Noche a noche
A veces con sueño de volver
Escribo
Me reclino al grito de los pájaros
y el negro de los Aguinaldos
canta su himno en luna llena
sobre este mismo tiempo
tan claro
tan adentro
tan distinto el camino.

BELKIS CUZA MALÉ

BELKIS CUZA MALÉ (1942)

El viento en la pared. Ed. Universidad de Oriente, 1962. *Los alucinados. Tiempo de sol*. Ed. El Puente. La Habana, 1963. *Cartas a Ana Frank*. Eds. Unión. La Habana, 1966. *Juego de damas*, Eds. Unión. La Habana, 1971 (destruido); Término Editorial, Cincinnati, 2002. *Woman on the Front Lines*, edición bilingüe; trad.: Pamela Carmell; selecciones de *Juego de damas* y *El patio de mi casa* (este último era el título provisional del poemario que se llamaría definitivamente *La otra mejilla*); Unicorn Press, Greensboro, 1987. *La otra mejilla*. Ediciones ZV Lunáticas, París, 2007. *Los poemas de la mujer de Lot*. Linden Lane Press, 2011

YO, VIRGINIA WOOLF, DESBOCADA EN LA MUERTE

La soledad y el silencio nos expulsan
del mundo habitable,
¿qué ojos mirarán sin recelos
las aguas del río en que me pudro?
¿qué mendigo robará mi único cuerpo,
y para qué querrá disfrazarse de mujer?
¿durante cuántas noches seré el espíritu del pobre diablo
que acampa en Londres bajo la llovizna?

Reconstruyo el pecado.
Me lo sé de memoria.
Un día y otro día
apagan la lampara central,
cierran ruidosamente puertas y ventanas
y ya nadie ofrece recompensa por nuestra captura.

Un día y otro día,
el mundo se hace tan habitable
que ya no estamos en él.

Envejezco. Bajo la máscara de gran dama subyugada,
me estoy poniendo vieja,
no encuentro bella tu nariz,
tu curiosidad insaciable de silencio.
Pronto se irá el invierno para no volver,
o no estaré yo aquí para esperarlo.

Seré tan vieja que se reirán de mí,
que no entenderán nada,
que esperarán con ilusión mi muerte,
para cuando todo haya sido
cubrir los espejos,
arrastrar mi cuerpo por las escaleras,
maquillar mi nuevo rostro
y vestirme con el traje de novia
que han lavado secretamente desde antes.

No les daré gusto.
No voy a envejecer.
No voy a morir.

VOCACIÓN DE TERESA DE CEPEDA

Ausente de este mundo,
contemplando las nevadas colinas
tras las cuales imaginaba a Dios
(porque detrás no se veía más que cielo)
ella deseó como nunca la vida
y el asombro de no saberse ciega o sorda.
Él le había pedido con un grito amoroso
que volviera,
que descubriera en su rostro el viento,
que descubriera en sus manos la caricia.
Pero el corazón no triunfa,
Dios está en todas partes,
en su dueño,
su empresario,
su marido,
su hijo,
su amante,
su amuleto.
El corazón no triunfa.

Todas las mujeres son de Dios,
pero él no es de ninguna.
Tarde a tarde, ella ve alzarse las colinas,
pirámides en que la nieve hace su nido,
y piensa en nosotras,
pobres muchachas de provincia,
con vocación para el hogar,
a ratos visitadas por el Diablo
y abandonadas entre las hojas secas
que caen de las sombras de los árboles.

MUJER BRAVA QUE CASÓ CON DIOS

A Sor Juana Inés de la Cruz

Me la imagino toda de blanco,
pintando las paredes del convento con malas palabras,
abrumada por el calor, por los mosquitos,
y el desierto que era su celda.
Supongo que mucho antes, había cometido un desliz
con un caballero que por aquel tiempo
ya era casado, pero que reconstruía su vida de soltero
cada vez que la besaba.
Estoy segura de que cuando él la abandonó,
ella quiso entregar su cuerpo al diablo,
hacerse una mujer práctica e indigna,
y que compró dos o tres trapos femeninos,
lloró un poco,
y luego se dijo: "toda la maldad del mundo son los hombres".
Creo, es más,
que no procuró olvidarlo,
que llevó un récord de las batallas que ganaba,
y que solamente cuando lo mataron
en aquel lío de mujeres
ella puso sus ojos en otro,
y que casó con Dios, el impotente.

COMPRO MUEBLES VIEJOS: SILLAS, CAMAS, BASTIDORES...

Los compradores de muebles viejos,
a menudo olvidan el amor,
sustraen una cama o una silla
aprovechando que sus dueños se han mudado para siempre,
que embarcaron con la vejez y la tarde.
que no tuvieron tiempo de decidir la suerte
de los objetos
y a última hora hubo que deshabitar la casa,
abandonar la felicidad de antes
y partir sin despedirse de la cocinera.
Los compradores de muebles viejos

borran el polvo,
cualquier mancha de aceite sobre la superficie
y hasta inventan una historia feliz
para el nuevo dueño:
"Aquí se sentaba el Rey Midas."
"En esta cama nació María Antonieta."
Pero las huellas del antiguo cuerpo
no desaparecen nunca,
ni la fatalidad, ni la soberbia,
y el nuevo propietario comienza a pensar
que él es el otro,
que todo lo que toca se convierte en sal y agua,
que su mujer ha perdido la cabeza,
y que ya no hay modo de morir como los otros.

EL OMBLIGO DEL MUNDO

En el vientre de una muchacha
hay mordiscos y grandes cicatrices,
carneros que el tiempo casi borra.
Hay huesos y letreros y hebras de cabelleras masculinas
y señales de tránsito;
hay pastillas esterilizadoras,
y bombas de reloj, pistolas, dientes de leche,
fuego por napal,
hojas y mariposas,
tiestos de flores y anillos de compromiso.
Los grandes crímenes,

los divorcios,
los desahucios,
se hacen en el vientre de una muchacha.
Antonioni filma en el vientre de una muchacha.
El ombligo del mundo
es el vientre de una muchacha.

Buscadores de oro,
reyes alquilados, soldados de chocolate,
mentirosos,
violadores,

profesores de estética,
presidentes de Estados Unidos,
violinistas,
cuatreros,
hombres casados,
curas de aldea,
tramposos,
provocadores,
científicos,
médicos,
trotamundos,
jueces,
proletarios,
caníbales,
parlanchines,
borrachos,
rascabucheadores,
no hurguen más en el vientre de las muchachas

LA VIUDA DE CESARE PAVESE

Pavese, corazón mío,
hoy develaron tu secreto ante una multitud
de interesados.
Todos abrimos la boca para expresar alguna pena.
Dijimos: Oh, Ah, ¡qué horror!
Pero seguimos tan ciegos como el tonto ladrón
que pierde siempre su amuleto.
No estábamos preparados para resucitarte,
por eso nos cogimos de furor
cuando alguien violentó tu complejo de hijo malo:
tener una madre siempre es un problema,
tener un padre, el más grave error.

Mírame, quiero ser la mujer que más amas,
devolverte a la vida, no al juego de los vivos.
Quiero que cuando aprietes el gatillo
sigas pensando en mí, en lo felices que no fuimos.

Quiero que a la hora del absurdo
seas también el grito largo
que en la tarde va penetrándolo todo
el grito que esperan las mujeres histéricas,
los niños aburridos de la paternidad.
Junta tus cartas,
entrégamelas,
provoca la ira
de esa mujer hija del diablo
que te negó su sexo,
por no decir su amor.
Júntalas, amor mío,
que yo me encargaré de hacer con ellas
la gran fogata en que arderán tus víctimas.

Soy tu viuda,
la única heredera de tu memoria,
la mujer que te alentó al suicidio.

Ahora te confieso
que quisiera volver a conocerte
y enamorarme de esos labios torpes.
Pero he llegado tarde,
la muerte siempre fue tu gran amor,
la única mujer que jugó limpio.

METAMORFOSIS GRIEGA

Safo no fue una mujer, ni un hombre.
En medio de la flora y la fauna de una ciudad griega
y ocupados los hombres en los hombres,
Safo dibujó un mar salado, una nave
y un barril de agua dulce.
Se hizo acompañar de su criada
y de puerto en puerto reclutó esclavos,
muchachos casi negros,
deseosos de hacer sentir el sexo.
Con algunos de ellos hizo una preciosa niña
que le ocupó el resto de sus días.

Nadie sabe cómo murió, porque ya vieja
cerró su casa a los curiosos.
La historia asegura que envolvió su rostro
en un manto de seda, y que luego de pronunciar
dos o tres frases inconexas,
se transformó en una mariposa,
que aún vive, que aún aletea,
junto a la lámpara,
o sobre el sombrero de Proust.

MANUEL DÍAZ MARTÍNEZ

MANUEL DÍAZ MARTÍNEZ (1936)

Frutos dispersos. Impresos Arteaga. La Habana, 1956. *Soledad y otros poemas*. Impresos Arteaga. La Habana, 1957. *El amor como ella*. Eds. La Tertulia. La Habana, 1961. *Los caminos*. Eds. Unión. La Habana, 1962. *Nanas del caminante*. La Habana, 1963. *El país de Ofelia*. Eds. R. La Habana, 1965. *La tierra de Saad*. Eds. Unión. La Habana, 1967. *Vivir es eso*. Ed. UNEAC. La Habana, 1968. *Mientras traza su curva el pez de fuego*. Ed. Unión. La Habana, 1948. *El carro de los mortales*. Ed. Letras Cubanas. La Habana, 1988. Alcándara. Ed. Unión. La Habana, 1991. *Escritos al amanecer*. Ed. Sección de Literatura del Sectorial de Cultura, 1988. *Selección de poemas*. Editorial Bulzoni, Italia, 2001. *Sólo un breve rasguñó en la solapa* (memorias). Logroño, AMG Editor, 2002. *Poemas cubanos del Siglo XX* (antología). Hiperión, Madrid, España, 2002. *Paso a nivel*. Ed. Verbum, Madrid, 2005. *Caracol en su camino* (antología). Ed. Aduana Vieja, Cádiz, España, 2005. *En la isleta*. Ed. Mercurio. Las Palmas de Gran Canaria, 2017.

MI MADRE, QUE NO ES PERSONA IMPORTANTE

A José Lezama Lima

Nadie ha dispuesto aún tus funerales,
señal de que no eres una persona importante.
Sin embargo, te veo frente a mí, moviendo los brazos, las cejas, la boca,
y te siento como una muerte interminable, definitiva y violenta
que no podré tocar ni con la punta de mis lágrimas.

Ahora escribo palabra tras palabra y sé que será inútil
repetirlas algún día: he abandonado la esperanza
de creerte inmortal,
y al gozar la presencia de tu pequeña piel oscura
te palpo en la medida en que ya eres memoria,
días y casas y viajes fulgurando sobre mí.

Has estado muy bien esta mañana,
rogándome paciencia para tus temores. Estás vieja
y no hablas más que de morir tranquila.

No sé como será la entrada a la noche que esperas;
sospecho que ha de ser de pronto un sobresalto
y después la nada.

No importa si estás viva o estás muerta:
nunca perderé tu imagen en el polvo
a que van cayendo mis pupilas,
que acabarán por descubrirte, entresacarte, iluminarte
donde ya mi piel no toque fondo.

La eternidad se extiende entre tú y yo
y nos enlaza.
El tiempo entre los dos se ha convertido
en una hoja delgadísima que el aire transparenta,
haciendo de ella un prisma que te desmenuza
hasta agotar todo el espacio.

Para mí no cesarás de registrar tu bolso
ni de pronunciar esos desmesurados consejos que me aturden
y que algunas veces me hacen daño.
Para mí ya eres como serás cuando te mueras
y en tu casa de infinitas partículas brillantes

se exhiba el retrato en que apareces con mi padre,
sonriente y tímida, joven como la esperanza,
decidida a encontrarme en el fondo de tu amor.

Ahora sólo llegas para despedirte.
Muy desolada te encuentro, madre con tus preocupaciones.
En menos de dos días me has hablado varias veces de la muerte,
de cómo será ese misterio que a todos nos recibe.

Vete tranquila, madre, cuando el tiempo lo decida.
Vuelve a tu casa en paz, cúbrela con tus cuidados,
pule tus ollas para que sean soles
y piensa que nunca acabarás aunque te mueras.

COMO TODO HOMBRE NORMAL

A Ofelia

1

Yo, como todo hombre normal, soy maniático.
Me llevo bien con mis obsesiones.
Mis relaciones con la angustia son cordiales porque no creo
que en el mundo todo está ganado,
pero tampoco que todo está perdido.
Simplemente pienso que falta por hacer la mejor parte. (Cuenten
        conmigo.)
Pero pido que se razone y se hable claro.
Y pido que se condene a Dios por incapaz y al Diablo por ridículo
y a la Gloria por exagerada y a la Pureza por imposible y al Iluso
por iluso y al Burgués por dolo y al Fanático por pandillismo y
nocturnidad.

2

Yo, como todo hombre normal, estoy enamorado de una mujer,
de una gran mujer nerviosa, bellísima, al borde de la histeria,
de una espléndida mujer que le gusta vivir,
que hace el amor como una niña de convento
a pesar de sus grandes ojos dibujados,
de sus largas piernas duras y del temblor de primavera,

del frenético temblor obsceno
que desgarra la blancura de su vientre.
Y estoy enamorado de mi tiempo,
que es brutal y también está al borde de la histeria.
Estoy enamorado de mi tiempo con los nervios de punta,
con la cabeza rebotando entre el estruendo y la esperanza,
entre la usura y el peligro,
entre la muerte y el amor.
Y sueño y vocifero
frente a una sorda, ululante multitud de turbina, pozos de petróleo,
gigantescos combinados siderometalúrgicos donde el hombre
crece en la presteza de sus dedos sobre los controles y las
herramientas, fundido al cuerpo caliente y brillante de las
máquinas, que se desgastan incesantemente fabricando un mundo
radiante y futuro, jamás visto, jamás oído, jamás tocado, habitado
por fantasmas que apenas tenemos tiempo de engendrar.
Estoy enamorado de una mujer,
bellísima y neurótica como la Historia,
y me hundo en sus carnes espaciosas para que la aurora
que estamos construyendo
no ilumine un planeta solitario
y melancólico.

3

Creo que el mundo puede y debe ser cambiado
piedra a piedra y hombre a hombre,
y con esa fe me acuesto y me levanto.
Mi corazón es un bosque de furias y benevolencias.
En mi cabeza, las derrotas, los triunfos y las utopías
han abierto océanos, han levantado barricadas, han hecho muertos
y resucitado muertos,han dictado reglas de belleza y moral, han
fomentado el desaliento y proclamado políticas salvadoras,
han inventado islas y culturas y mártires victoriosos;
en mi cabeza, la libertad ha coronado ídolos intolerantes
a cuyos pies en llamas he quemado dogmas e idolatrías.
Me refugio en mi cabeza, todo yo metido en mi cabeza,
que es un balón de fútbol pateado por pavorosas
risas, por pavorosas palabras,
por pavorosos silencios.
Invito a todos los hombres de la libertad y del trabajo
a patear este balón,
a dar en el blanco con esta pelota silbante.

LA VENTANA SOBRE EL KREMLIN

(Por un cuadro de Cid)

José Cid ha abierto en mi casa una ventana sobre el Kremlin.
A él no le es difícil hacer estas tareas.
Las hace fumando.
Milagro sería que no hubiese podido José Cid
abrir en mi casa una ventana sobre el Kremlin.
Un día vino,
echó a rodar los ojos por los muros
y pensó,
poniendo un cigarro en su boquilla:
"A este hombre le hace falta una ventana sobre el Kremlin".
Pocas horas le bastaron para hacerla
entre humazos de tabaco negro.

Gracias al maestro en prodigios José Cid
puedo ya mirar en busca de la torre Spáskaya
siempre que deseo.

Y maese Cid, que es mago previsor a más de arquitecto puntilloso,
ha puesto un Sol en guardia sobre el Kremlin.
Así el invierno no me apaga las cúpulas de oro
ni el azul parpadeante del Moscova.

PODER

Si yo supiera, como sabe el agua,
discurrir y brillar entre guijarros
y ser espejo en la cerrada noche
y vastedad de cielo en una alberca;
si yo aprendiera a ser como es el agua,
que se despeña y rompe y sigue siendo
la plenitud de su alma y de su carne,
el todo de su gesto y de su modo;

si yo pudiera, como puede el agua,
derrotar, sin saberlo, la dureza
de un día sin amor que se le asoma;

si tuviera, como ella, el homenaje

de la sed que la piensa, del calor
que la ansía, del polvo que la teme...

ESCRITO AL AMANECER

Para el poeta mexicano
Jorge Valdés Díaz Vélez

Muy lentamente se abren las ventanas
y cancelas. Olores y reflejos,
amagos tímidos de lo imprevisto,
alebrestan la víspera del día.

Entre balcones, patios y tejados,
que e van desprendiendo de la noche,
despereza sus juegos el azar
con el leve rumor del desayuno.

Cruje el agrupamiento de laureles,
rebrilla la frialdad del agua y se abren
un poco más ventanas y cancelas.

La suerte mansamente se aproxima,
y tengo miedo de que en este instante
alguna cosa caiga, se destroce.

ESTO QUE VES, GABRIELA

Esto que ves, Gabriela:
una espiral,
un relámpago,
un golpe de martillo,
un cristal roto,
una suerte de magia,
un espejo que da vueltas
en el eje de un trompo
de luces y de sombras;
                    esto
que ves, palpitante,
imperativo,

inolvidable,
que te ilumina los ojos y la boca
como un descubrimiento;
que cuando sueñas te persigue
y funda para ti un paisaje
donde cabe el mundo
con todos los ruidos
y silencios;
que es la audacia
con que burla al tiempo
y brilla ante la noche
la estrella muerta;
                      esto
que puedes tocar
y que al tocarlo vibra
cada vez distinto
y siempre igual;
que es del ancho de la vida
y a la vez tan íntimo
que no se puede explicar;
esta cinta de las palabras
que por siempre se repiten
y lo descubren todo
sin cesar;
               esta
llama negra,
vorazmente negra,
siempre la misma y otra
como el mar;
               esta
llama infatigable
que nos alumbra y quema
y vive por la sombra
que calcina
y por la sombra
que deja de quemar;
esto que ves, Gabriela,
tan unánime y secreto,
es un juguete,
una herramienta,
el abismo y la cima,
el Tú
y el Yo.

EXAMEN DE CONCIENCIA

Señor,
tú eres una mentira piadosa.

Diseñé para ti las potestades
y te hice un cuerpo de materias leves
——harina cernida, licor de uvas.

A la hora de padecer o desear
te he llamado entre sollozos a sentarte a mi lado
y he abusado de ese Amor con que fragüé
tu espacioso corazón.
Y a la hora de la muerte
——para ella especialmente fuiste hecho——
he implorado la eternidad de tus olvidos,
que son tu piedad,
y he pedido una parcela en el distrito melodioso
que para ti fundé
con frescura de huerto y mullidas negligencias
más allá de todo,
más acá de nada,
una noche en que estuve a solas con mi noche.
Señor,
fue de angustia y desespero
el instante en que eché al aire
tus alas invisibles:
en ellas convoqué la ligereza
para mi carga de temores.
Pero después de todo lo vivido,
te confieso, Señor,
que aún amo la quimera en que tracé tu realidad,
mas no la realidad que en la vigilia te impuse.

ROLANDO ESCARDÓ

ROLANDO ESCARDÓ (1925-1963)

Libro de Rolando. Prol. de, Virgilio Piñera. Eds. R. La Habana, 1961. *Las ráfagas*. Prol. de Samuel Feijoó. Ed. Universidad Central de Las Villas. Santa Clara, 1961.

MAREAS

I

Es necesario ser como el marinero
con la flor de los vientos
y estar confiado por el mar
como yo por la Plaza de Vapor.

II

Con mis ojos casi desapercibidos
y el pájaro que embiste hacia mi corazón vulgar
ya no quisiera este dolor perenne.

Estoy solo
contra las cosas que me duelen
y debe de haber algo que rompa
este permanecer así
tendido fijamente en la sombra
sin tiempo
cubierto por el mar
o por la tierra.

III

Me hundo
yo suelo sepultarme
y cómo ando
despojado
robado de mí por ti
canallezco
vicioso
Canalludo ancestro que no me dejas

...pero habré de vengarme clavándote una daga
cuando duermas

oh tú mi solitario
estrella
bestia espíritu que me guías.

MIEDO

Me ven así las gentes:
como si no existiera
como si estos pellejos que me cuelgan
no tuvieran la forma
de ser algo que existe y es...

Pero es mejor así
de este modo mejor que no me vean

tengo miedo
miedo a que me descubran
cómo existo
cómo es que vivo
cómo

miedo de que me digan mi nombre por la calle.

No quiero
no quiero que me encuentren y me llamen.

ENCUENTRO CON LAS HORAS

No se puede salir.
Las puertas fueron clausuradas todas.

Desde que te levantas las cornetas reúnen
el día en su estampido
y uno está prisionero entre paredes;
no hay puertas ni ventanas
al día o la noche,
para que entre la luz a herirnos con su filo.

No se puede salir. Daré una vuelta en torno mío.

Y...un día más...

EL VALLE DE LOS GIGANTES

La luz transforma esa pared silenciosa,
el pozo, la caverna.
La luz se cae al pozo de mi alma.
¿Dónde, dónde poder encontrar,
dónde una puerta abierta, una ventana,
dónde el sitio de estarme para siempre?
En esta profunda cavidad sin mapa, estoy perdido.
(¿Desde cuándo se pierde lo perdido?)

Hundido entre estatuas de cristal,
tocando la bóveda del alma;
elípticas de vueltas y arcos espaciales,
esponjas y pilares,
gotas de espanto, rocas.

Exploro el interior. Atisbo, palpo, pregunto:
¿qué estoy haciendo Dios, qué busco en la caverna?

ISLA

Esta isla es una montaña sobre la que vivo.
La madre solemne
empujó hacia los mares estas rocas.
En el tiempo desconocido que no se nombra
en el límite que no se escribe
sucediéndose los deslaves
las profundas grietas:
—*gargantas hasta los fuegos blancos*—
llega la hora de mi nacimiento en esta isla:
—*planeta ardiendo en el cielo*—
llega la hora de mi nacimiento
y también la de mis muertes
pues al mundo he venido para que me instale.
¿Por qué esos labios se abren como túneles a los que no bajo?

Yo sé que el hombre es un rumbo que se instala
sé estas cosas y otras más que no hablo
pero yo puedo darme con los puños en el pecho
feliz de esta revolución que me da dientes

aunque de todo soy culpable
de todas esas muertes soy culpable
y no me arrepienten los conjuros
que en el triángulo de fuego he provocado.

Yo soy el gran culpable
mi delito no puede condenarlo sino Dios
y aun ni el mismo Dios pudiera
(Vosotros no lo sabéis
pues ni siquiera los colores de la bandera
os sugieren
vosotros no lo entenderéis)

y esto se quedará como un poema más en la tieniebla
como el ruido de palabras del viento que me arrastra
aunque sea la estrella del alba
pues de todas estas cosas os burlaréis
hermanos
más allá del deseo de vuestras convicciones
en la trama creada para mi deleite

pero yo lo sé
pero yo sólo estoy seguro
pero yo mismo lo he vivido de mis muertes y nacimientos
¿y cómo puedo yo mismo así negarme
cómo podría yo mirar al Sol y no cegarme?

Pero lo que importa es la Revolución
lo demás son palabras
del trasfondo
de este poema que entrego al mundo
lo demás son mis argumentos.

No creáis en mis palabras
soy uno de tantos locos que hablan
y no me comprenderéis
no creáis mis palabras
esta isla es una montaña
sobre la que vivo...

LAS VELADAS

Me dicen:
Escardó.
Me hacen el dueño de estas nadas;
me llaman, me pleitan en los salones
del alma
gritando al pie de mi Ángel malo.
Me socava la gente y me fastidia
tanto respeto.
Yo no puedo. Yo no puedo
abrir las ventanas para que entre
el viento,
temo que de pronto su furia
me derribe,
como ciertos gajos.

LOS MUERTOS

He visto la inmensa noche
en la ciudad, la lluvia en la ciudad.
Las aguas de los ríos impetuosos
como jóvenes guerreros al asedio.
He oído el sollozar de madres
buscando sus hijos bajo
la tempestad.
Pero no quieras saber en dónde están
no quieras saber cómo están
no quieras saber de qué manera
finalizaron para comenzar
en la muerte otra vida.

No quieras saber dónde fueron.
Os aseguro que están aquí
os aseguro que no se han ido.

Los muertos están vivos,
los amorosos muertos,
vivos en nuestros corazones

muertos.
¿De qué idioma del mundo es tu lamento,
qué palabras,
que lengua hablas?
En verdad (*los muertos viven en lo eterno*)
Ellos no saben nada
no puede vuestro llanto decir nada
no están muertos.

Es triste, es triste que no sepáis
que continúan viviendo
que están vivos,
que estamos muertos,
muertos.

NO SE MUCHO DE HISTORIA...

No se mucho de Historia,
ni hablo latín o escribo
en un idioma de otra parte.
A mí, nada de lo que sé
me dieron.
Las leyendas distintas que analizo
las he visto en los libros
que me prestan.
Yo no poseo títulos, ni
distinción me hicieron
nunca en el colegio.

Rosarito me daba galleticas
para que no llorara
y el tiempo de mi edad
cayendo entre los dedos
transcurría en mi rostro
entrando hasta los huesos.
Y hoy me siento
más dentro de la vida
y más aún dentro del tiempo.
Y mi tesoro es una perra

y unas piedras,
y no tengo sino el hueso
pegado a la costilla superior
del alma,
la bicicleta.

ALGO SE ROMPE EN MÍ

I

Algo se rompe en mí,
algo se pierde, algo que yo no sé.
Recordando la música que rompe
las paredes,
los bloques de esta nada
que envuelven de preguntas
mi alma.

II

La antigua forma del espanto
vuelve, y ya no quiere
nunca más finalizar;
pues me parece, a veces,
pues creo, a veces, en el miedo
y sé que habrán de renacer
días fatídicos, que llamo, que estoy buscando
y no responden.

III

Bestial hachazo que golpea el árbol;
esta tierra que espera engendre
bellos animalejos,
dulces formas del miedo
que invento.

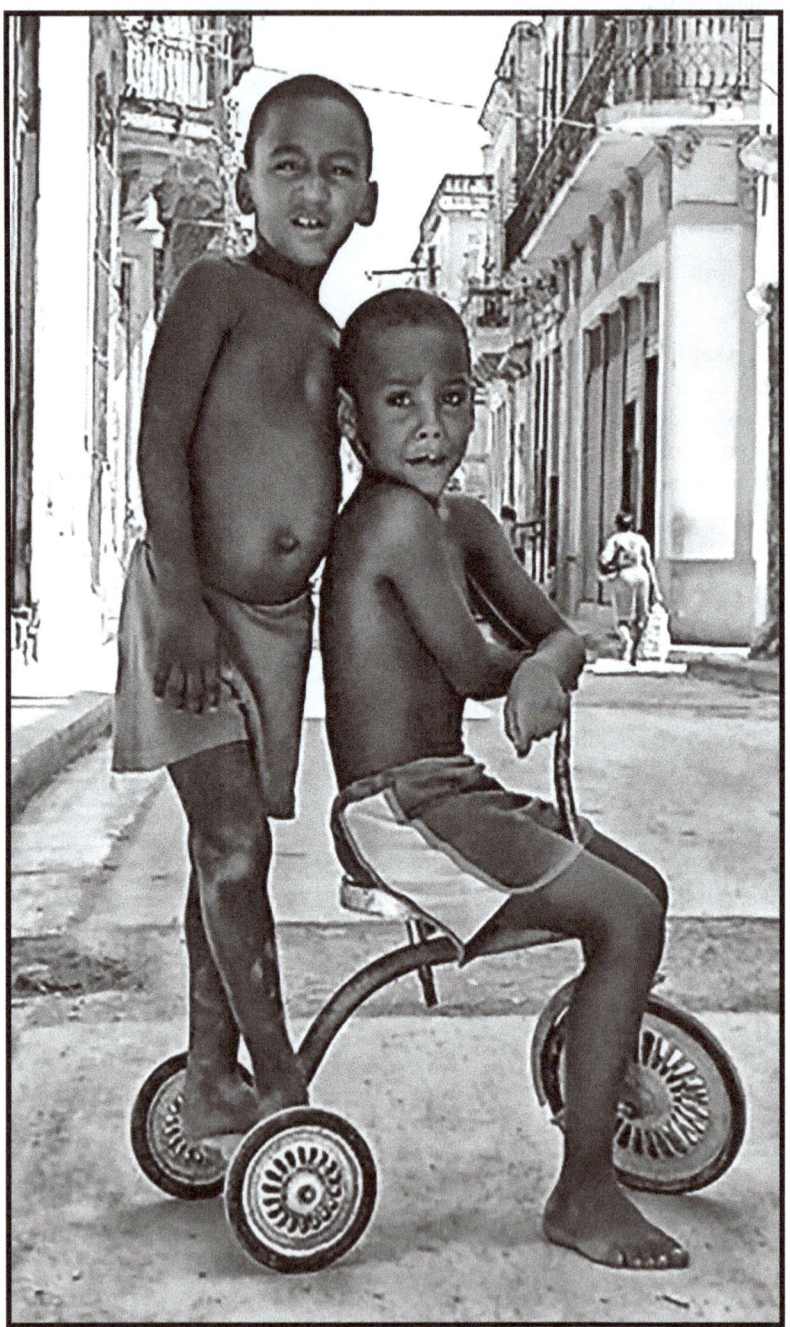

ÁNGEL ESCOBAR

ÁNGEL ESCOBAR (1957-1997)

Viejas palabras de uso. Ed. UNEAC. La Habana, 1978. *Allegro de sonata*. Ed. UNEAC. La Habana, 1984. *Epílogo famoso*. Ed. Letras Cubanas. La Habana, 1985. *La vía pública*. Ed. Letras Cubanas. La Habana. 1987. Malos pasos. Ed. Letras Cubanas, Ciudad de La Habana, 1991. *Todavía*. Ediciones Unión, Ciudad de La Habana, 1991. *Abuso de confianza*. Ed. Kipus. Colección Rosa Blanca. Chile, 1992. *Cuéntame lo que me pasa*. Zaragoza, España, 1992 y La Habana,1997. *Abuso de confianza*. Ediciones Unión, Ciudad de La Habana, 1994. *El examen no ha terminado*. Ed. Letras Cubanas, Ciudad de La Habana, 1999. *La sombra del decir* (Galería Lausín y Blasco, Zaragoza, España, 1997). *Cuando salí de La Habana*. Ediciones Olifante-Iberocaja, Zaragoza, España, 1996 y Ediciones Unión, Ciudad de La Habana, 1997. *Fatiga ser dos sombras*. *Antología poética* (Madrid: Betania, 2001). Selección y prólogo de Efraín Rodríguez Santana.

EL ESCOGIDO

Sobre esta piedra está mi cabeza.
Y sobre mi cabeza está la luna.
Saber eso no reconforta a nadie.
Menos aún saber que sobre la luna
hay otra cabeza y otra piedra.
Y que la suma de actos y palabras
que he cometido terminarán aquí.
En otra cabeza, otra piedra y otra luna
que no son ni estas ni aquellas
que por desidia o vanidad mentábamos.
Esto no me separa de mi destino:
El día, la noche, el animal y el límite.
Hay además qué corva infinitud donde
la cabeza es la piedra y la piedra
es la luna. Lunas, cabezas, piedras
que no son conjuntos sucesivos. Ni son
las caras de mi cara en el lago.
Sé que sólo los ruidos en que ardo me suceden,
y que sólo mi discurso es dado al espectáculo.
Sé que cada una de estas proposiciones
vuelve inútiles las cabezas, las piedras
y las lunas de los mayores. Y sé
que la conclusión de alguno inutilizará
las mías. Hoy todo arquetipo es vano.
No necesito ya ninguna justificación
entre los símbolos. Voy a morir.
Mi cuerpo es sólo un cuerpo acuchillado.
Nada saben ni la blanca explanada
ni el cuchillo. Sólo por mí repiten
su intercambiable suma de razones.
No eran el filo y la extensión, sino sólo
lo que a mí me esperaba. Ni los pasos ni el tacto,
ese rescoldo, el gusto de caminar y ver
y tocar y bien decir me hacen invulnerable.
No evitan las antorchas ni esta última hora.
Sólo yo sé mi nombre, sólo yo sé
de la obsesión de un número. —buscan y hallan
nombre y número el centro en donde no hay más

que otros nombres y números y eclipses—.
Me matan. Lo hacen como si yo fuera otro.
Mi sangre topará con los terrones
filosos que jugando juré que eran
la prefiguración de los cuchillos.
Ahora son los cuchillos. No hay juego
ni juramento que no hayan sido el juego
y el juramento que ahora signan mi muerte.
A toda esta ceremonia la llaman
sacrificio. Ah, yo también hurgaba
entre los peces de los días, las cifras
y las nomenclaturas. Yo también vi
imágenes demasiado veloces para el sueño.
Intuí un orden que no era la vigilia.
Fui lo ínfimo. Fui la totalidad.
O creí intuir y ver y ser. Ahora
mi cuerpo es sólo un cuerpo en el que chocan
luz y sombra y se acabó y no vuelvas.
Pero entre candelas y ojos miro y ardo.
Soy lo que fui. Soy lo que no seré.
Soy realidades excesivamente arduas:
Lunas, cabezas, piedras, ceremonias.
No quiero saber que huyen, no quiero saber cómo
las cosas a hurtadillas se escapan de sus nombres.
Voy a mentir, voy a mentir como se miente.
"Están ahí. Y ahí me son ajenas".
No. El ajeno soy yo. Tampoco alegra
imaginar que acaso mi muerte estaba escrita
y que alguien, en su lugar, parsimonioso, lee:
"El fugaz dardo ya se olvidó del arco.
Desconoce si hay un capricho más:
Desliz, esplendor, máscara u objeto".
Es mi muerte. Mi muerte. Esa es mi muerte.
Todo se acaba. Oh, no. Ay, pirámide. Ay, luna.
Continúa la espiral. Continúa el círculo.
Y qué, si en espiral y círculo me apago.
Vienen. Lo harán. Yo, el escogido. Ya ni excepción
ni norma. Me aferran. Todo lo que temí
me envuelve. Todo lo que anhelé me acoge.
Insolencia, pavor, anhelo, error acuden.

Son este blanco, terco día entre
todos los días. Son el minucioso tajo
del cuchillo. Son esta franja oscura y son
este recinto donde lo más arduo es
no poder escapar del conocimiento.

GRAFFITI

Tuve una casa, una ciudad, una provincia, un país.
O la vanidad que perdió a Gilles de Rais me hizo afirmar
que eran míos. En sucesivos atlas, tan precarios
como minuciosos, me señalé con ellos.
Fui una cruz o una raya, o un círculo cuya perfección
testimoniaba la traición de mis nervios
y el error de los atlas. La práctica deficiente
de esta pictografía asustada y el juicio
exagerado sobre mí no me hicieron comprender
sino ya tarde que era yo quien les pertenecía.
Padecí una puerta, un parque, un río, y un idioma
que eran todas las puertas, todos los parques y un río.
Esa certidumbre, el vértigo, el abuso del lunes
me cegaron. Creí palpar en mi lomo las inscripciones
que antes con displicencia urdía en los mapas.
Me esforcé. Pero la cruz, la raya, el círculo
que sobre mí ejercieron su mandato
demostraron ser un inescrutable jeroglífico
cuya proligidad delataba el desdén de su ejecutoria
y la suma de equívocos que toda inversión de ordenes
comporta. Sin querer escapé de esas figuras.
Hoy no las hago en parte alguna. No las haré.
Creerme marcador o marcado
en la brumosa rosa de los eventos
que el pagado de sí llama la vida
fue otro pequeño gran malentendido. Creí:
Los documentos, sellos y delimitadores que requisan
la aventura recíproca de los sitios
y del sitiado animal con recuerdos que soy
se tornarán irreales. Giré en torno al alto
de sus pliegos. Impugnables, todo cuanto el azar

o la necesidad habían cometido entre nosotros
era una tercera caligrafía. otro sobrado código
era una tercera caligrafía, otro sobrado código
donde lo irreal fui yo y fueron mis nostalgias
de lugares. Acaté ese argumento. O me sometí a él
por haber olvidado los tópicos
de mi educación dogmática. O por no encontrar otro
que justificara las cenizas de mis ocupaciones
y de mis días. Ignoro si en verdad pude vivir
veintiocho años o soy tan sólo el fruto
de la prodigalidad y el sentido común
de mis contemporáneos. Se daban a entusiasmos tales
y a tan disímiles creencias que puede que yo
y esta discordia hayamos sido una de esas creencias,
uno de esos entusiasmos. Quizá necesitaron
mi fantasma para soñar el acuerdo
entre lo arduo de su producción de ininteligibles
sofismas y la improbabilidad de su hermenéutica.
Pero alguien o algo toma esta cuchilla de rasurar.
Alguien o algo termina en Sitiocampo u Oklahoma,
bajo la luna de Siberia, en Piura o Praga. Sólo esto
que me aniquila aquí -entre el aserrín y las bombillas
fluorescentes, entre las piedras de olor y los espejos-
continúa. Y su repetición te involucra. También
a ti, oh inmundo. En los hoteles de acceso limitado
o en tugurios mugrientos. Al menos
eso necesito creer. Ahora. Cuando antes de morir
escribo todas estas sandeces en la pulcra pared
de un baño público.

para María Elena Diardes

ABUSO DE CONFIANZA

No me has visto. Siglo. Siglo. Oh, prestidigitador.
Al lado de la carpa inmensa venden
barquillos. ¡Y algodones de azúcar!
Y dicen: "ya estamos hartos de tus opiniones".
No me has visto. No has venido a preguntar por mí,
el de los dedos cortados. Yo era dos muchachos
corriendo. Los remos junto al agua blanca,
el jadeo, sudorosos, y el no hallar suficiente aquello
de las estatuas sepultadas. Qué querías-
era correr sobre las manos negras, los pies rotos
hasta el filo del agua, hasta el filo del agua.

Oh, reino frío. No sean joyas los hierbajos podridos
que refracto. No sean dadas aún mis confesiones.
Por ellas, sólo por ellas, tú has condecorado
a aquel demás. Y yo preferí ser el húmedo campante
que huye. El trapecio y las gradas, y las victorias,
y tus actas policiales: ¡Vaya plácemes! Es evidente:
Yo he podido morir, no deshacer el exceso de la razón
y el uso. No al tropezar con la piedra el muslo, el mito,
las caras de los gladiadores. Dicen: "Eso sería suficiente".
O aquello de que a uno le bastan un transistor
y una ventana, un transistor y una ventana.

Eramos las espaldas cuando empezamos eso. ¡Basta!
¡Basta! La música y el camino resecos —el fardo
al que le dice no a los parabienes y la clemencia
al listo—, pero tú no ves cómo levanto el arco. Lejos
de los comedores donde hay líderes juntando las cabezas
para el final feliz del espectáculo. El plexo solar
sobra; no tu yesquero, ni cigarrillo, las sonrisas.
Diles, Príncipe: Huraños, lenguaraces bastardos. Y a mí:
Mentira que de un solo mal no escapas. Los otros
en el calor se aburren, por ejemplo. Salen de camiseta
balanceando los brazos. Salen. Balanceando los brazos.

Miran hacia lo alto. Un edificio. Y otro. Y otro.
—Eh, tú. A nosotros nos gustan los relojes automáticos.

En realidad (¡Simón! ¡Simón!) no me aprendí las reglas—
sólo alcancé la paz que se otorga los huesos del conejo,
el borboteo del oso que alguien insiste ahogar en la bañera. Podrían cesar
el brillo ahora, los ademanes con excesivo vetiver de las doncellas
Y así como separan los codos los camareros y van, y van y vienen
en esa retahíla, nosotros nos percatamos: Escupimos
sobre su litografía. Así no. Nadie más vuela en fila. Nadie más.

Yo me allego al horror de que estoy hecho.
(¿Van los pobres ramajes que me golpearon
loco en la carrera a prescindir de mí?).
Veo tu pulmón rosado. Veo el hielo y la gangrena
de tus vísceras. Sé de los aptos para lustrar
las mascarilla de oro. Sé del trasiego que me
expulsan: "Él ve, Él ve la repetición incesante de muertes no marciales".
-¡Hey! *Il sole non si muove*!- Ja. Bailando. Sudan como chicos.
Hacen las alharacas de los picaneados por ti.
Mienten: "¡Oh! ¿qué es esto? ¿Un hombre tapado?"
Giran: "¿Ves algún dios detrás de mí?" ¿Ves algún dios?

Chillan. Arriscando los labios. *Il sole non se muove.*
Salta. Y dice: "Maldita cosa que me importa".
Enola Gay tenía un pubis tan tierno (el Organon)
como Albertine en Spoon River. Y: Ya hemos
explicado porque ello es así. ¿Habrían
de importar los excesivos tics nerviosos, Franz?
Vivimos adornando con potes de cerveza la Antología
de Kuei Mei. Tal eso nos reconforta. Al haragán
empleado del banco, al traidor. *Le pendu*, el fusilado
—de Beulah comentábamos con ganas de astillar
las vitrinas—: Que pocas las pepitas. Gritan: "¡Fuego! ¡Fuego!"
Y ya. No hay casa para nosotros. Ni siquiera la otra
a un paso de los farallones, la de los platos azules
del borracho. Sólo el desfiladero es para mí. Y las piedras
que prefiguran el agua. ¿No lloré acaso por todas
esas sonrisas que me cercaron?: "Sin embargo
eres tú quien pone el nombre". ¿Yo? ¿O Juan Inaudi?
¿Un edificio? ¿Y otro? ¿Y otro? No. Se sigue siendo
el orangután imbécil que fascina.
¿Acaso somos aquellos camareros para llevar
—ay los gladiolos. Ay, el pelo de las muchachas

púberes— y traer las vísceras así? ¿Así no más? ¿Así?

"Dos muchachos corriendo" Es evidente. Y alguien
los ve pasar, sudoroso. Ahora bien: nosotros somos
el tercero. Incluso digo que nadie nos espera: ni a Dios,
ni a la Naturaleza: Excelentes paraguas rotos
en medio del trasiego de insecticidas.
¿No lo querían? Me he detenido a sopesar
las utopías histéricas, dividendos y usuras.
(Es la puerta cancel. Veo al cruzado).
Las caras sobre los pergaminos. (No eran). Y ya.
(Los dedos que entran). Dicen: "El barro tan filoso
hiere". Y en verdad hiere. El barro tan filoso hiere.

Estas palabras no son para ti. Yo no juego
en la arena. No estoy en el aeropuerto internacional
pateando una caja vacía de *Original Russian Vodka*.
Ni me rajé la cara con una botella rota. Yo no cargo
a mi hermano. Ni a ningún otro muerto. Yo no me cargo
a mí. Las olas muerden. No hay ni un puñadito de candor.
Tu ojo me ve bailando sobre el filo de las imprecaciones.
La arena es la que es verde, el mar arena. Duermen
tres; cuatro de hablan; dos mil se hacen añicos. Solo uno,
entre el cristal del trópico y la esperma del lunes, vocifera
y eso que está de vacaciones, que está de vacaciones.

No soy yo. No eres tú. No son cuatro ni tres.
Ni dos mil. Ni los posibles dados del Obispo.
nuestra computadora. También tú buscas enemigos,
y hay quien te usurpa el nombre. (Alguien lo cumplirá
—se está cumpliendo, se cumplió. Realmente no te molesta
la frivolidad metafísica de Scheler, Nadie, ¡Atón! ¡Atón!—
Oh, aquellos tres viejitos del basural cantando, ay,
danza extraña; mira sus marcapasos. Míralo. No al *héros*
Saturday Evening Post. También se gasta mi cigarrillo
-y miente. Al final uno vuelve a cavar otro tunel- uno,
viejo topo corrupto, Franz, al arca, el arca Franz.

OTRO TEXTO SOBRE OTRA PRUEBA Y OTRA PRUEBA

Manuscrito helicoidal. Así lo llama René Francisco. Argumenta tener razones para ello. No las dice. Él lo encontró. Él me lo ha regalado. Razones que intuyo, si no suficientes excesivas. Cuatro cosas me extrañaron en el texto: el autor se hace pasar por mí (?); procura reconstruir el monólogo de una conciencia en otra (antes lo intentó mejor Borges —aquí leído— y, antes de Borges, Browning, Dante, Platón, un hombre an Altamira); la voz detrás de la voz del hablante no ve, sabe que no alcanza su objeto, en cambio cree posible que este, José Lezama Lima, sí vea su precaria grafomanía y lo desdeñe; hay, por ultimo, cierta compulsiva admiración por Lezama que no oculta reticencia ante lo crucial barroco (aprendida tal vez en otros). Probablemente me equivoque, y sean otros hitos los que excusen mi oficiosidad. Aún así, inútilmente, yo la duplicaría). La del autor aparece dedicada a un tal Eduardo Ponjuán de la Coloma, *tout trouve.* Es la que vale. Transcribo:

JOSÉ LEZAMA LIMA

Nada puedo argüir. Ya soy igual a igual
que intenté. Sé que no me justifican
esa Habana que construí en la Habana
ni el ruido en que deambulo ni la urdidumbre ciega
que soy, sé que otro intentó mi soledad inútil:
Góngora. Y otro miró por mí en mis ojos a otro:
Mallarmé acaso, un griego o no francés.
Yo fui el que fui. Hay una noche que ignoro,
un día que me excluye. Una tarde y dos puertas
vuelven menos precaria mi modestia.
Ya no vuelvo a fingir sabiduría.
Me fascinó el vacío, y aquella espera, y nadie -
insisto que alguien tiene que llegar.
No tuve miedo. Detrás de una cláusula sola
cometí una biblioteca. Ahora fatiga
la prolijidad de la Isla en la Isla.
Dije que no.
Quién creerá rondar en la metamorfosis,
lo que digo y no digo. Nadie. Nada. Ausculto.
Evaporar al gallo. ni a mi doble crepúsculo

consigo
Sólo es inmune el tiempo, y el cero de los mayas.
De pronto una mañana tuve y desperté y fui
Calímaco. A la noche lloré mentado en casa
por Beatriz. El olvido me está vedado.
El sol ahora es el sol, no un embullo ni un símbolo.
No puedo escapar del conocimiento.
Soy mi sola memoria. sin sorpresa.
El buscado esplendor: ni la extensión ni el Otro:
El otro era yo que me esperaba. Vuelvo a escribir:
Dánae teje el tiempo dorado por el nilo
Ya no seré aquellos que seré sin darme cuenta.
Vuelvo al retintín del diálogo entre Platón y Arturo.
Vuelvo a la pregunta, a la misma pared, al tokonoma.
Los pasillos son los pasillos, el sueño es el sueño,
el cazador es el cazador, Shakespeare es Shakespeare;
antenas dictan y hay bombillas encendidas
en lo que llamé *bosque congelado*;
el tobogán desciende y la herrumbre
es la herrumbre del cuchillo del réprobo.
No hallaré ya otra relación. La misma utopía
vuelve. Vuelve el *pro domo sua*. La aridez
vuelve. Y este Ángel Escobar, de intolerables versos,
hace que vuelve a lo imposible del idioma
mi nombre que, como lento cuchillo al muslo,
no me deja.

LINA DE FERIA

LINA DE FERIA (1945)

Casa que no existía. Eds. Unión. La Habana, 1967. *A malsalva de los años.* Ed. Unión. La Habana, 1990. *Espiral en tierra.* Ed. Unión. La Habana, 1991. *El ojo milenario.* Editorial Sed de belleza, Santa Clara, Cuba, 1995. *El ojo milenario.* Ed. L'Hartmattan, París, 2000, edición bilingüe. *Los rituales del inocente.* La Rueda Dentada, UNEAC, La Habana, 1996.. *A la llegada del delfín.* Ediciones Unión, UNEAC, La Habana, 1998. *El mar de las invenciones.* Editorial Letras Cubanas, ICL, La Habana, 1999. *El libro de los equívocos.* Ediciones Unión, UNEAC, La Habana, 2001. *El rostro equidistante.* Editorial Oriente, Santiago de Cuba, 2001. *País sin abedules.* Ediciones Unión, UNEAC, La Habana, 2003. *Omisión de la noche.* Ediciones Matanzas, Cuba, 2003. *Absolución del amor* Ediciones Unión, UNEAC, La Habana, 2005. *Antología Boreal.* Letras Cubanas, 2007. *La rebelión de los indemnes.* Ediciones La Luz, 2008. *Ante la pérdida del safari a la jungla.* Editorial Letras Cubanas, 2009. *De los fuegos concéntricos.* Eds.Unión, 2009. *Espacios imaginarios.* Eds. Extramuros, 2010. *Caminando en el ocre.* Editorial Gente Nueva, 2012. *Los poemas de la alquimia.* Ediciones Matanzas, 2013. *Jaque a la muerte*, poemario. Editorial Unicornio, 2014. *Los cristales que te hincan* (Madrid: Betania, 2015). Prólogo de Yoandy Cabrera.

RELIQUIA DE CARRETERA

en el árbol añejo
la frondosa caída
los hierbajos mensurables de Setiembre
las alas ocres del insecto volador
golpeando en la rugosa soledad parásita
la hormiga codiciosa
elaborando mitos sobre el tiempo
y la transformación de los huesos humanos
y en su entorno
el perro buscando las raíces justas
para un cansancio lento
la fruta ácida reposando en la tierra
cuarteada por la seca
y la mínima
la imperceptible sombra
que alguna vez me protegió
extendiéndose terriblemente fatigada
como gris alero en el barranco
mientras bosteza la memoria.

ARCA:

es cruzar cualquier océano
en una esquirla frágil como el hombre
y triunfar en la prueba
cuando llego a aquel punto
donde la multitud me aguarda
sano y salvo de todos los caminos
y luego saltar a la ciudad
donde la multitud me aguarda
y decirle adiós adiós al arca
con la mercadería de mi sangre
yéndose a la deriva
en las manchas brillosas del petróleo
como otro desperdicio de los puertos.

IV

en el lugar de extraños desperdicios
——trozos de pan tatuándose de hormigas——
están las cifras caras
los recibos lejanos de la soledad de un hombre.

habrá que perdonarle
cuando limpie con tanta rapidez
los objetos disímiles que cubren esa calle
y no me mire a mí que sí le miro
y no me oiga a mí que sí le oigo
y no le interese
        que lo esté dejando para la historia
como una sombra infatigable y muda
sobre una calle sucia que se va haciendo limpia

gigantesca será la pira de este hombre
su basura quemada.

LA MANO CAVA

a la Dra. Beatriz Maggie

la mano cava la tierra como el fin del árbol
y encuentra el cálido bulbo de cebolla
esperanzador como el pecho del centinela
y deja andar los gusanillos
        por la ciudad del fondo
como animales en conserva. son verdaderas ruinas
pero nadie mejor que ellos lo saben
mientras terminan la obra subterránea.
luego la mano se eleva y busca la limpieza
en la lluvia y los charcos inmediatos
para escribir una definición de sí mismo.
haber optado por una historia en declinación
era quedarse para siempre de figura
en el vitral roto de la escalera.
ni subir ni bajar
sino perennemente estática
entre los predios antagónicos de la casona
mirando un punto débil y prodigioso de Rouault

——más exacto que una foto——
un ojo ido
una mueca de una recóndita niñez.
ya nada me importa de la muerte
porque me tengo íntegra desde hace rato
y ni siquiera el deterioro de mi carne
me cogería de sorpresa. habito con las sombras
que me eran irresistibles y ando como cualquiera
con las armas
      un poco criminales como las de todos
los que batallan por andar con honor
en este único lado humano.
lo demás es memoria y polvo lunar.
que el navegante del cosmos.
camine otra huella
      y esta proeza sea una foto de la victoria
            sobre mi soledad.
me voy a poner en el sitio de otros
para hablar de mi acontecimiento.
así le daré paso a Mambrú que se fue a la guerra
para explicar mi licenciamiento del campo bélico.
fracasé de artillero
porque me hice blanco de los cañones nuestros
cuando quise restituir aliento
al cadáver de la hierba y la masacre.
fracasé de soldado de caballería
porque solo aceptaba la voz de aquel militar
de los oficios nocturnos que no me daba oropeles
ni enchapados ni cartones sino piedras esenciales
cuando otros se tanteaban el estómago
      a lo Galilei.
y el militar cayó de muerte necesaria
y yo ya no tuve su corneta sino la estampida
de un hombre sin barricada
      y agonizante de su violación.
fracasé de alimentador de bestias porque entendía la
      libertad
como el hábito salvaje de la familia burguesa
y el grito de la potranca me hacía soltar
a los caballos ancianos que todavía clamaban
por su jugo de yegua
me hacía soltar a la ovejas de ubres secas
      hacia si descendencia

y me hacía convencer
        a los perros de volver a sus lobos
para que no se domesticaran de nuevo
históricamente de esa forma tan indecente
así me licenciaron
y aún puedo hablar bien de mi experiencia
y)qué otra cosa podría hacer
si no hay agresiones reales ni maniobras
de sicarios andinos o sudamericanos
sino un sentido del estoicismo fuera de lugar
en el anverso de una carrera heroica?
solo uno
que regresa
para ponerse medallas de colegio
en los desvanes de su telar.
luego abriré el camino al poeta de las mieses
recolectando gestos cotidianos
y raíces del hombre comunitario.
en ese punto de trata sobre todo
de un agua rápida de las montañas
con la claridad del golpe de las rocas
y la violencia de encontrar el lugar amplio
para ser un destino que se hace a sí mismo.
erradicar las palabras enfermas
        de los ideales sanos
pero no como los personajes de Etienne Jodelle
que son razonables sin razón
que son lógicos sin lógica
que pudren el teatro con la apariencia de la vida
y no exigen su estancia
su condición humana
su silueta antropoide
con sus brocales y rondanas deficientes
con su necesidad de que algo no sea tan relativo
como le enseñaron la muerte de sus familiares.
y aprendió a que no le atrofiaran lo ojos
en el camino de las tardes y bodegas regentes
con su carné de identificación
y los papeles de la Real Academia de sus Poemas
hasta ser lo que hoy es:
        un donante del museo angélico de Alberti
pero no está desnudo

180

y monta en sus días
como un entrenador de fieras
que tiene un payaso conciliado que ya no debe
                    sino que sabe reír
y entiende que la gloria de su pueblo
está en que esta misma semana sobrecumplieron
la meta de producción
            de la única fábrica de objetos
de bronce que hay en Cuba.
                        una sola fábrica de su tipo.
hace chumaceras
            para los molinos de los centrales.
esta fábrica no deja que los centrales se paren
no deja que nada se pueda detener entre nosotros.

COMO PAÑUELO DE ALBAÑAL

a Josefina

como pañuelo de albañal
arrastrado por un aire inconcluso
——por el agua que todo se lo lleva——
como pañuelo de albañal
            cayendo olvidadizo en la rama
                        como inversa aguja de sangre
así cuelgo del labio de la historia
como pañuelo arrastrado por las azoteas
            y en el espacio veinte segundos
                        y en la rama el morir.

así pendo en los ojos que lloraron
ante el vuelo espacial de poca altura
como pañuelo estrujadísimo y endurecido
por los cadáveres de los gorriones
                electrocutados un día
                en los tensos cables húmedos.

I

es cierto

que venía para iniciarnos y desenterrar
los juegos que entre todos habíamos escondido.
era el papel del pródigo
contándonos el incidente del vendedor
                    al que llevaron todos los artefactos
valija en saqueamiento
            por donde había huido la esperanza
la manta para el frío los papeles oficiales
las cuchillas de rasurar y una foto de la mujer
desde el antepecho como de presidio
                sujeta por el amor y la costumbre.
como el desgaje de una fruta
                        limpio
regresó con la cabeza llena de velámenes
sin que algún aire batiera o desgarrara
y le dimos el sitio de la mesa
            y un plato de color joven.
renacía la casa y en el tiempo de su conversación
(disimulo ya trágico
            de una secuencia nada hermosa)
negamos sentir el olor de su podrida sangre
saturando el pasillo.

II

si mi madre sobrevuela su círculo
            y llega hasta mí
me hará darle el recuerdo
            los muebles que hice arder.
me hará decir una tonada estúpida
            ——como de tías viejas——
y no hablará en ningún momento del mal negocio
que siempre he sido.

si mi madre llegara hasta mí
——la racha buena el bien de pronto——
echará en cara que amasó poco tiempo mi vida
y sentiré tan verdadero lo que dice
que tendré que inmolar en su honor
el defecto de mi ternura
tan escondido en la sobrevivencia
en la ráfaga del tiempo
            que parece imposible de salir a flote.

ESTE POEMA ES LA EXALTACION

este poema es la exaltación de un cuerpo infame
borrando la huella presente
           con la débil sonrisa de la marcha
a través de las obligaciones de la vida
                       y del deber de dejarme.
consumo para mí los estallidos que nacen para él
y me debato en una plenitud que no llega
pero que sería la posibilidad
           de continuar entre sus manos.
era un bote sin remador y con un niño
sosteniendo una casa de madera ausente
           para los huracanes
y viendo las caracolas de su impaciencia
           y de su terror
domesticando los caballos marinos que amaba.
me volví habitante del mar
           con la esperanza de no causarle pánico
con cierta historia ruinosa que me persigue.
           pero ni aún así
logré convencerlo de que yo era algo más
           de lo que veía
                   el temblor de las aristas de la hoja
                       el cúmulo de papeles en la calle sucia.
tenía que sangrar
y eso era para los momentos serios
cuando se jugaban todas las prendas de la noche
y casi no me dio tiempo a presentarme
porque todo estaba premeditado
           como en la naturaleza:
armonía color diseño de los animalillos
                   y sonrisas devastadores.
todo dispuesto para ahuyentarme a destajo
y dejarme inerte
           en la convicción alienante de la soledad
en esa pretendida soledad
           de los que sólo escuchan
           a su voz interna.
era niñez de sexo impúdico
en la sobreabundancia de la ternura
y en la implicación de una vida distinta.

era niñez para mis estertores tenebrosos
dobleces en los sueños en que nazco
                        ni de dalia
                        ni de flor
sino de una cuatlicue turbia.
pero todos se empeñaban en la ciencia del sexo
y yo detestando la lógica de los pudrientes
como si fueran ponedores de minas en viet nam.
atiendo solo el aullido de la loba del recuerdo
amamantando a mi ser humano
como una cálida siesta matutina.
y pondré túmulos al por mayor
entre los nombres que te he dado:
                        sanidad de ni queja
estupor de mi sueño
quebradura de la soledad
astucia de mi deseo
y luego me importará
                        lo que hagan con un cuerpo fláccido.

te quiero mucho
y hoy haría un casamiento bíblico contigo
con olores a jarras de leche
y vacas sangrantes
presidiendo la cena
para los que han olvidado toda piedad.

UNA IMAGEN DE LA SOLEDAD

para Robinson Crusoe

una imagen de la soledad
planea alrededor de la cabaña
y cubre el bosque por los mil costados
y ennegrece la tarde y la corrompe
entre tantas iluminaciones diarias
conque la vida se sostiene.

una imagen de la soledad
coloca su impaciencia intranquila
en el sillón de mimbre y lo destroza
para que se disipe cabeceando

la imagen cruda y aparezca
al garete su muerto
despintándose al fin
como un arco iris sin más sangre
que una compañía demasiado propia.

PREÁMBULO

el venado se azora
ante la fuente de la costumbre
y detiene su acto de beber.
ha recorrido el mismo camino de la tarde
pero no hay pájaros bebiendo ni hay bosques
usurpando la piedra milagrosa ni hay hongos
comestibles para los seres que se arrastran.
el venado se azora ante el enigma
y con las astas tensas en el aviso del otoño
se pregunta qué es lo que ha sucedido
bajo su vientre de animal que siempre estuvo
paciente como una nave que bojea al mundo
tocando los acantilados agudos de la orilla.

el venado hembra patea la imagen de su infancia
en que miró de reojo tras el arbusto débil
la tertulia de los lobos sangrientos.
el venado patea y espera que el venado
le traiga la rama entre los ojos.

PABLO ARMANDO FERNÁNDEZ

PABLO ARMANDO FERNÁNDEZ (1930)

Salterio y lamentaciones.(1951-1953). Ucar, García. La Habana, 1953, *Nuevos poemas*. Pról. de Eugenio Florit. Las Américas Publishing Company. New York, 1955. *Toda la poesía*. Eds. R. La Habana, 1961. *Himnos*. Eds. La Tertulia. La Habana, 1962. *El libro de los héroes*. Casa de las Américas. La Habana, 1964. *Suite para Maruja*, La Habana, 1978. *Un sitio permanente*. Eds. Rialp. (Col. Adonais) Madrid, 1970. *Campo de amor y de batalla*, Ed. Letras Cubanas, La Habana, 1984. *Del sueño, la razón*. Ed. UNEAC. La Habana, 1988. *Ronda de Encantamiento*, edición bilingüe, traducción al italiano y prólogo de Antonio Melis, ilustraciones de Zaida del Río y una entrevista de Aldo García al autor, Centro Internacional de la Gráfica, Roma y Venecia, 1990. *San Cugat Nocturne*, with the drawings of Juan Sebastian and words of Edmundo Font, edición bilingüe traducción al inglés de G. Aroul y Sonia Banerjee, Delhi, 40 p, 1995. *Learningto die*, antología bilingüe, selección traducción al inglés y prólogo de John Brotherton, Editorial José Martí, La Habana, 1996. *Libro de la Vida*, Sevilla, España, Renacimiento, colección azul, 80 p, 1997. *AcqueErranti da "All'Hudson" a "Tharros"*, edición bilingüe italiano-español, selección y traducción de Laura Luche y Teresa Fernández, EdizionidellaSabbia, Sassari, Cerdeña, 214 p, 1998. *En otra orilla*, Colección Homenaje, Ediciones Luminaria, Sancti Spíritus, 28 p, 1998. *Tiempo recobrado*, Bogarra, España, 1998. *Pequeño cuaderno de Manila Hartman*, Ed. Oriente, Santiago de Cuba, 2000.

NIHIL OBSTAT

En su celda, Juan de Yepes, espera.
Los prelados de la orden del Carmelo
ahora se reúnen. Juan incurrió en falta grave:
puso en lengua común el cántico divino.
Sus hermanos de hábito ceden unos minutos
(ellos, cargados de trabajos)
a la ardua inspección de unas cuartillas.
Diseccionan el texto
para extirpar las sílabas malignas.
Tan comedidos (sálvelos Dios)
respecto a la salud espiritual
de la feligresía, se afanan
en descubrir el mal, para ahuyentarlo
del inocente gremio de la gleba.
Sonríen satisfechos, mientras Juan, en su celda,
vive la soledad del amor herido.
Brillan los dientes de los magistrados
que el queso, el vino y las manzanas lustran,
mientras Juan, en su celda,
el pan y el agua cena sin demora.
Los prelados de la orden del Carmelo
han cumplido. Regresan a sus coches,
mientras Juan, en su celda,
sufrirá la dolencia de amor que no se cura.

SUITE PARA MARUJA

(Fragmentos)

II

Cuando anochece, espero
confiarte de una vez todo el espanto
que hay de día en mi pecho.
No es obsesivo gusto por la vida
plena del dios sin tiempo,
ni es el miedo a perder
el poder y la magia del poeta:

miedo a la muerte y al olvido.
Lo que me pone el corazón pequeño
cuando anochece y estoy contigo, a solas,
es oirme las dóciles palabras
que te ocultan que miento,
cuando te digo: aún no tengo miedo.

III

Casi siempre, y solos
en el portal hablamos, claro, los dos,
(o en la cocina, que es igual)
de los amigos; sus nombres son palabras
que yo elijo, como quien gusta
de una flor o de un fruto, una joya remota
que tú guardas, amor.
Tu misterio inacabable
que juntas, hora a hora, mi ser
disperso entre recuerdos que no hemos compartido.
Nombres inalcanzables que el niño rememora
en una adolescencia fugaz.
Me desconcierta haberlos olvidado.
Nombres presentes, míos de hoy, huyendo
ruidosos, en silencio,
a nuestra soledad.
¡Nuestra!
Yo me duelo,)sabes!: los días nos corroen.
¿A quién hablar? ¿A quién, el corazón,
darle de par en par?
Sufro, hasta que tú remansas mis sospechas
contándome una historia:
de niños malos que resultan buenos,
y niños buenos que la historia infama.

1968

IV

Sacando cuentas, sólo tú y yo sabemos,
Maruja, vida mía, que lo ganamos todo;

190

aunque días vendrán en que envidiemos
a los que desconocen la alegría
y se malgastan.

Nunca nos preguntamos qué nos trae de las manos
o qué cerró las puertas
y nos dejó aquí solos, viendo hacerse la noche
oscura y más oscura.

Tú y yo, como una brasa o como el agua viva,
entre muros,
mirándonos, sabiéndonos una mujer y un hombre
que a fuerza de ganarle a la muerte
una y otra partida, se van quedando solos
en una noche oscura y más oscura.

TANGO DE 1930

(Todos nacimos por los años treinta)

Quieres llorar en la escalera, en el alto oscuro,
resbalando hasta el último peldaño, olvidando
que eres uno entre ellos, el más audaz,
el tímido.
(La fiesta es muy extraña.)
Quieres lucir un tricornio morado y la levita
discretamente recogida
para sentarla a llorar en un rincón.
Y quieres llorar
porque eres el mismo, no eres diferente,
eres burlonamente igual.
Te conoces mañoso, ocultando algún feliz intento.
no quieres tu fracaso.
Cualquier de efecto basta para engañarte:
copa o basto triunfales.
Nadie hay que elija el naipe de tres signos.
Miras a la muchacha que codicias
mientras frotas la pana opaca de tu pantalón,
fingiendo sorpresa.
Quieres llorar

porque no eres el recién llegado, ni siquiera
el postrero en las adivinanzas:
conoces de memoria todas las triquiñuelas inocentes.
Por las múltiples veces que sonreíste, quieres llorar;
por estar confinado tras la puerta, quieres llorar
y maldecir, llorando este reencuentro.
Te sientes como un perro
en el aire, olfateando, boqueando ensimismado
como el último cómico de la lengua
que ostenta su torpeza:
zapatones, sombrero trotamundo, el incierto bastón
y los ojos de perro vergonzante, sumisos.
(pero no te seducen; no quieren ser el héroe ni el
villano. Te importa un bledo
que la pueril hazaña se termine, que la aventura en
serie se eternice,
aunque todos estén aquí reunidos.
La percusión (sus golpes desiguales).
las cuerdas apagadas
y el alarido final de la trompeta
están tirando de la piel
hacia dentro,
dónde está la memoria llena de humillaciones y
fracasos.
Como un cuero, hacia dentro, la piel sin ampollarse,
sin resquebrajarse:
tensa y filosa.
Quieres llorar
para no maldecir a los que siempre logran
confinarte a un rincón junto a la puerta,
eligiendo tu naipe: oro, espada vencidos.
Quieres llorar
pues te faltan agallas
para no sonreir a los hipócritas
que son prolijos en hacer limosna.
Pues te faltan agallas y por eso ríes
con las complicaciones pueriles del sombrero
de paja y el caballo, la boda y los adúlteros,
el cornudo y el cómplice.
Quieres llorar
porque amas esa fiesta que les reúne

en la escalera, aquí
en lo alto oscuro,
amontonados entre carcajadas, colillas, cenizas,
confesiones, miradas, disfraces aparentes
para reconciliarlos con el tiempo.
(La fiesta es muy extraña.)
El padre fuma en la terraza, la madre
surte con fiambres y bebidas,
y la trompeta tira del pellejo,
penetrando los huesos
bombeando, drenando el corazón hasta sentir
fruncidos los riñones,
hasta la maldición y la blasfemia,
hasta llorar porque otra cosa no quieres hacer
sino sentir, llorando, cómo resbalas escaleras abajo.

DEL AGUA Y OTROS GESTOS

¿Quién vuelve ahora si la tarde llena, súbitamente,
de pequeñas vidas la casa? ¿Quién llegaría al portal
          sino las hojas, lagartijas y arañas que la viven?
Todo aquello que tiembla por escurrirse
          entre pared y alero,
          en los rincones, las rendijas, el suelo de madera
          que cruje bajo los cuerpos de la semipenumbra
          Todo aquello y el viento viven la casa.
                    Gaviotas andrajosas
girando sin reposo hacia ninguna mar, ningún ocaso.
Todo aquello que ni el azar impulsa; sin propia
          voluntad
de estar, de ser para otro día, y sin embargo
          quedan
¿A quién esperan comedor y alcobas, a quién
          esperan?
Si esta tarde la casa se alumbrara con voces
          y miradas,
                    el aliento, pasos y prisa humanos, la mañana
                    del pan y del café al sol, las enramadas lila
                    azul de las glicinas, el patio demasiado breve
                    para olvidar los pájaros picoteando migas,
                    piedras, gusanos de la tierra, algo que está
                    borrándose en la nube.

Y dentro de la casa la mañana de una labor a otra,
                sin descanso
                        oportuno sin hastío
Si fuéramos el agua pedregosa, como el agua
        zapatos y sombrero
                y como el aire abriendo las ventanas
                que se asoman al sol.
El sol que ahora falta a la piedra musgosa,
        a la rama
El sol cuando los puertos amanecen y el muelle
        es una cesta
que prodiga hombres, máquinas, cables y pescados.
Cables tensos, flexibles, que reparten bajando,
        alzando, almacenando el mundo.
Escándalo del mar y de las aves vivas, encantadas
mujeres del otro allá y siempre en todas partes.
Si fuéramos el fuego de la piedra, el hombre que en derredor
congrega al animal prudente y a su dueño.
En esta tarde, si sólo fuera el fuego para siempre.
Toda la tierra, el aire, al agua, el fuego.
        Toda la tierra.
El tiempo. La memoria para encender la casa
        y encendida ir por los cuartos.
                Asombro acogedor de las reuniones
                con la palabra bienvenida y con el gesto
                tímido y exacto
                del que se inicia en cierta indulgencias.
Ternura, cómo no eres la piedad, cómo no eres
        la razón ni eres el miedo.
Ir por los cuartos: bodas, nacimientos inmemoriales,
        galas de otra extirpe.
Alegría, dónde hallarte. ¿A dónde vas que vienes
        por el mismo camino de la sangre,
        la sangre de las aguas?
Cómo volver hasta volver nombrándose esposo,
        hijo, hermano
verdadero, indivisible como las corrientes,
        sedimentando
el cauce donde fluyen hasta volverse tiempo
        que no pasa.
Cómo volver hasta su centro, isla y otra vez isla
        y nada más que isla,
tan sobrecogedoramente sola desde los siglos por
        los siglos,
una y dentro como el día repartida.

Pero si alguien volviera en esta tarde
        bajo la lluvia, con todo
                el cielo encima y pasos ciertos hasta abrir
                la puerta y trasponerla, ¿quién en vela
                queda?
Pero si fuera el mismo que regresa, si fuera
        yo antes que tú,
despierto; mi propia identidad con la memoria.
Casa mía olvidada, si puediera confiarme
        a la distancia que se opone entre mis rotos
        pasos y tu hueso, entre mutuo colmillo
        y garra mutua, al acecho.
No tumba, cuerpo térreo que impide que avancemos
        persiguiéndonos.
Mírame ser, óyeme ser contigo en ti,
        pulsando cuanto afluye firme a las manos.
No es mi muerte, es el sueño de mi amor
        ya despierto.
Cómo soy para esta muerte que alumbro mi propia
        entraña, la piel relampagueando
Mediodía del sol que no se inclina.
                ¿Qué soy que ya no hayas olvidado?
Cómo para mi muerte soy el odio, la ironía,
        el desdén y la intemperie.
¿Qué soy para la muerte no indecisa?
                Casa de siempre.
Afirmación que no interroga al mundo,
        su mirada más justa,
                        casi infinita luz anegando al mundo.
Cementerio movible en un trópico lento gritando
        a todos que la casa es suya.
En el portal entre hojas, lagartijas y arañas
        que la viven, vociferando un nombre
        por devolverla con la tarde al mundo,
        como es ahora y desde siempre el mundo.
¿Qué soy, qué soy historia desasida?

APRENDIENDO A MORIR

Mientras duermen mi mujer y mis hijos
y la casa descansa del ajetreo familiar,
me levanto y reanimo los espacios tranquilos.
Hago como si ellos —mis hijos, mi mujer—
estuvieran despiertos, activos
en la propia gestión que les ocupa el día.
Voy insomne (o sonámbulo) llamándoles, hablándoles;
pero nadie responde, nadie me ve.
Llego hasta donde está la menor de mis niñas:
ella habla a sus muñecas, no repara en mi voz.
El varón entra, suelta su cartapacio de escolar,
de los bolsillos saca su botín:
las artimañas de un prestidigitador.
Quisiera compartir su arte y su tesoro,
quisiera ser como él. Sigue de largo:
no repara en mi gesto ni en mi voz.
¿A quién acudo? Mis otras hijas, ¿Dónde están?
Ando por casa jugando a que me encuentren:
¡Aquí estoy!
Pero nadie responde, nadie me ve.
Mis hijas en sus mundos siguen otro compás.
¿Dónde se habrá metido mi mujer?
En la cocina la oigo; el agua corre,
huele a hojas de cilantro y de laurel.
Está de espaldas. Miro su melena,
su cuello joven: ella vivirá...
Quiero acercármele pero no me atrevo
—huele a guiso, a pastel recién horneado—:
)y si al volver los ojos no me ve?
Como un actor que olvida de repente
su papel en la escena,
desesperado grito:
¡Aquí estoy!
Pero nadie responde, nadie me ve.
Hasta que llegue el día y con su luz
termine mi ejercicio de aprender a morir.

AMANDO FERNÁNDEZ

AMANDO FERNÁNDEZ (1949-1994)

Herir el tiempo. Miami, 1986. *Rostrum.* Miami, 1987. *Perfil de la materia.* Miami, 1986. *El ruiseñor y la espada.* Diputación Provincial de Córdoba. Córdoba, 1989. *Materia y forma.* Dpto. de Publicaciones de Diputación Provincial de Badajoz. Colección Alcazaba. Badajoz, 1990. *Espacio mayor.* Imprenta de la Excma. Diputación de Huelva. Huelva, 1991. *Antología personal.* Ed. por Jaime Campodónico. Lima, 1991.

LA MADRE

La madre, como siempre, cotidiana y sin milagros: la
          casa limpia, el café, la compra semanal,
la ropa blanca, el amoroso almuerzo.
Todo un mundo diario que sostiene presurosa,
exacta, sensitiva,
en servicio constante de amor a lo pequeño,
a lo que no se escribe en grandes libros ni los pueblos
          recuerdan en su nómina de hazañas.
La madre ——gris, serena—— dedicada a tejer la gran historia
          de imposibles y dulces maravillas
cada minuto de cansancio en el dormido mundo de su casa.
Ciertos momentos se detiene y mira
a un difuso oleaje en su memoria, tal vez a un viejo mito,
          a unas ruinas mutiladas.
Pero sólo un instante.
Los monstruos han pasado y la madre vuelve
al café, la compra semanal, la ropa blanca,
al amoroso almuerzo,
presurosa, serena,
                    sin milagros.

DESCENSO DE LA AGONÍA

Tú nada puedes dar pues nada tienes:
ni trozo de pan blanco para el hambre ni un sitio junto al
          fuego que caliente la carne
del que avanza en el frío de la noche,
ni agua fresca que calme la otra sed,
ni flores que hagan olvidar el aire espeso y corrompido del
          hombre que se muere.
Tu verdad está próxima y quisieras ofrecer un incruento
          sacrificio, un íntimo holocausto,
al Dios que te vigila los minutos.
Tu tierra se ha quedado en el silencio del abrojo:
ni el más bajo reptil, ni indeseables alimañas, hacen nido.
No esperes el milagro de la lluvia oportuna
que te salve de ser lo que ya eres:
polvo arenoso, espacio sin prodigio,

lección y ensayo de elegía.
Lo que tienes tú sabes que es lo justo;
por eso, nada tienes.
Pero dispón tu altar, enciende el fuego, ejecura los ritos
        apropiados.
Y sacrifica la víctima.

GUARDIÁN DEL ALBA

como la noche a quien sorprende la menuda vigilia de la llama
Eliseo Diego

(Fragmentos)

(Alguien me grita desde Seír:
"Centinela, ¿qué hay de la noche?...)"
Ha vivido palabras jubilosas
sin ambiciones de recuerdos,
desnudando su urdimbre lentamente
para nombrar las maravillas, la inocencia,
la memoria sin eco, y el olvido.
Ha contemplado el mar y su rumor confuso,
en perfecta armonía con el sueño,
pacientemente, dulce,
persiguiendo la ausencia de luz íntima
en unos labios ignorados.
No fue señor ni dueño de la noche,
ni fraterna piedad de la esperanza,
ni espacio compartido.
Tuvo justa virtud y nítidas sorpresas,
desiertos soliloquios con las horas,
altas luces. Y música olvidada.
Es un hombre cualquiera. Un dios
con rostro humano.

(...centinela,)qué hay de la noche?...)
Desde el nocturno manuscrito
llegan las voces asediadas.
Unos ojos perciben

la oquedad, el agolpado misterio
de una fatiga cautelosa
que con torpeza ama,
prueba la imagen de frescura
y descubre secretos consumidos,
insistentes relaciones
en las estériles palabras,
avidez y vergüenza cuando el pecho
se acoge a la penunmbra
para borrar contornos, memorias, o desdichas.

                                        (segundo día)
La noche está presente.
Es extraño el olor de la penumbra
y cálido el recuerdo.
        El hombre solo
invoca permanencias de íntimas memorias
y desnudos perfiles de un muchacho
con rotos eslabones.
        Casi palpa
aquel temblor adolescente,
        enigmas
de las formas en unas luces contrapuestas,
el tímido color del labio aún puro,
el dócil tacto del deseo.
        (Tan sólo allí
el intangible amor que amor sustenta.)

                                        (tercer día)
Has vuelto solo.
                Y, francamente,
ya estás acostumbrado. No se oye
nada, pues nadie te recibe
o te pregunta ¿qué tal? ¿cómo te ha ido?

En las habitaciones el silencio
que tú mismo proyectas, el murmullo
interior del hombre que convive

con múltiples fantasmas,
y una visión fugaz de algo gastado.

Te acercas al papel. Tomas la pluma.
Con notario fidelísimo
levantas acta de otra muerte.

                                        (cuarto día)
El perfil del deseo
                    se le niega.
Los ojos se deslizan por la herida
sin susto ni amargura.
                    Existe, aquí,
y es lo que importa. Aquello
es parte de la noche y de su ley.
La enseñanza es pasiva, más serena.
El hombre fue prudente.
                    Hace inventario
de su cuerpo y su historia:
                    su existencia
es apremiante fuga hacia la nada.

                                        (séptimo día)
Ha llegado la noche a la ventana y el prisionero ignora su
            presencia. El sigue entre papeles,
su muda geografía, absorto en los instantes
para mejor morir a cada instante.
De su ciudad no conoce la mañana y vive indiferente
pues el suicidio
lo transmuta en un espejo inmóvil. Quiso temor
y semejanzas de familia, métodos probados,
silencios sin final por descansar de su vacío;
y un desorden pásajero que lo empujará hacia lo oscuro,
            o a la difusa libertad.
Como el humilde gris vivió espejismos,
hostiles corazones,
anuladas historias de una historia con ecos de otra música,
predominantes siluetas
sobre el polvo; y, tal vez, la justicia en propia mano,
la lúcida verdad, el codiciado olvido de su centro

en fondo inalcanzable,
la merecida y sola ciencia de perder por recobrar.
Guardián del alba y de la sangre fue, luciendo huellas de un
       castilllo de guijarros,
espumas, y trémulos lenguajes;
reuniendo maderos esparcidos por sostener memorias, civilizadas
tradiciones
y sigilosas fábulas. A cada golpe
fue negado en su precioso afán, en persistentes dosis
de luz o de tinieblas,
semejantes algunas al relámpago y otras al prodigio de los nombres
aquellos,
como de fiera suelta en jaula mínima,
apretada. También fue hermano
de una fiebre en los huesos,
de una flor cotidiana de hombre solo que ya no sufre la pregunta o la
fugaz alegría
de reconciliaciones gastadas por oficio. Su carne
muerde y quema
reclamando purísimas raíces,
maternales aromas, ignorancias. Ahora
es poco más
——tan sólo un punto más——
que un perfil de plegarias en la sombra, de ilusiones y engaño
por mantenerse en una incierta lejanía. Por eso
hunde sus ojos
entre blanquísimos papeles, y escribe;
mientras la noche aguarda.

(...Dice el centinela:
"Se hizo de mañana y también de noche.
Si queréis preguntar,
volveos, venid."
Isaías, XXI, 11 12.)
un estremecimiento de inéditos contornos,
un rumbo de agua sola en el perfil del aire,
un párpado enemigo de reflejada ausencia,
una victoria antigua de alientos padecidos,
una nocturna frente para el perfecto nombre,
una fatiga rota de números y edades,
una senda celeste para la tierra oscura,
una visión de todo, unánime, callada

5

Desde el sigilo ha vuelto lo remoto. Hay una
        sucesión de turbulencias, lunas, gélidos
        venenos, sobre el cansancio de la casa.
La madre busca en torno a su mundo para
            encontrar razones en el tránsito,
                escondidos jasmines, perfumes, cálidas
      luciérnagas.

El hijo ya era muerto desde antes. Era sepulcro
        en llagas y tiniebla, amamantado lobo de
        la muerte.

La madre mira al cielo, Su tributo es mirar el
        alto otoño, la seca rama, el ardido
        bosque.

(NADIR)

Ya es la noche. Y la hierba disuelve su color
        en el silencio de las sombras.

Sé que no es límite la quietud de las gotas de
        rocío, o el inconcluso aire, o el
        espacio que fluye ante los ojos como
        lenta ceniza.

Vive la piedra el ardor del estío y el
        silencio. No se sienten sus voces, pero
        existen.

Su compleja llamada es el fondo palpable y el
        secreto del que camina a oscuras.

No es olvido ni muerte la frágil palidez de
        algunos rostros, no es invierno en el
        árbol, no son desnudos horizontes sus

miradas absortas o imprecisas.

Los vagos bosques de sus sienes vivieron los
        abismos; saben del estupor, de la
        ignorancia.

Han marchado, serenos, bajo el rumor de
        antiguas vestiduras.

Han vivido el desprecio, la gloria, el golpe
        hondo, los aristados frutos.

Fueron, en fin, cadáveres y niños, hirviente
        eternidad e intrascendencia.

Ahora, tan sólo olvidan que es de noche.

EL ESPEJO DE BRONCE

He contemplado tanto la ardiente lejanía
que di al universo un equilibrio exacto,
he contemplado tanto la anarquía de un cuerpo,
serpiente retorcida, que asciende al corazón
como mastín de hierro un golpe rezagado,
he mirado de frente la soledad del aire,
he cumplido la historia de fabulosos símbolos
definiendo la llama que permanece intacta,
he contemplado un cuerpo que se vuelve enemigo,
estos son mis poderes y mis debilidades.

ROBERTO FERNÁNDEZ RETAMAR

ROBERTO FERNÁNDEZ RETAMAR (1930)

Elegía como un himno (A Rubén Martínez Villena). La Habana, 1950. *Patris. (1949-1951)*. Ucar, García. La Habana, 1952. *Alabanzas, conversaciones (1951-1955)*. El Colegio de México. México, D.F.,1955. *Vuelta de la antigua esperanza*. Ucar, García. La Habana, 1959. *En su lugar la poesía*. La Habana, 1961. *Con las mismas manos*. (1949-1962). Eds. Unión. La Habana, 1962. *Historia antigua*. Eds. La Tertulia. La Habana, 1964. *Poesía reunida. (1948-1 965)* Eds. Unión. La Habana. 1966. *Que veremos arder*. Ed. UNEAC. La Habana, 1970. *Cuaderno paralelo*. Ed. UNEAC. La Habana, 1973. *Circunstancia de poesía*. Buenos Aires, 1974; 2a. ed., aumentada, La Habana, 1977. *Circunstancia y Juana* (México, 1980: incluye el libro anterior y además Juana y otros poemas personales, que en 1981 apareció por separado en Managua y La Habana). *Hacia la nueva*. La Habana, 1989. *Aquí*. Caracas, 1995; 3a. ed., revisada y aumentada, Madrid, 2000.

EL OTRO

(enero 1, 1959)

Nosotros, los sobrevivientes,
)A quiénes debemos la sobrevida?
)Quién se murió por mí en la ergástula,
Quién recibió la bala mía,
La para mí, en su corazón?
)Sobre qué muerto estoy yo vivo,
Sus huesos quedando en los mios,
Los ojos que le arrancaron, viendo
Por la mirada de mi cara,
Y la mano que no es mano,
Que no es ya tampoco la mía,
Escribiendo palabras rotas
Donde él no está, en la sobrevida?

¿Y FERNÁNDEZ?

Ahora entra aquí él, para mi propia sorpresa.
Yo fui su hijo preferido, y estoy seguro de que mis hermanos,
Que saben fue así, no tomarán a mal que yo lo afirme.
De todas maneras, su preferencia fue por lo menos equitativa.
A Manolo de niño, le dijo, señalándome a mí
(Me parece ver la mesa de mármol del café Los Castellanos
Donde estábamos sentados, y las sillas de madera oscura,
Y el bar al fondo, con el gran espejo, y el botellerío
Como ahora sólo encuentro de tiempo en tiempo en películas viejas):
"Tu hermano saca las mejores notas, pero el más inteligente eres tú."
Después, tiempo después, le dijo, siempre señalándome a mí:
"Tu hermano escribe las poesías, pero tú eres el poeta."
En ambos casos tenía razón, desde luego,
Pero que manera tan rara de preferir.

No lo mató el hígado (había bebido tanto: pero fue su hermano Pedro
    quien enfermó del hígado),
Sino el pulmón, donde el cáncer le creció dicen que por haber fumado
    sin reposo.
Y la verdad es que apenas puedo recordarlo sin un cigarro en los dedos
que se le volvieron amarillentos,
Los largos dedos en la mano que ahora es la mano mía.

Incluso en el hospital, moribundo, rogaba que le encendieran un cigarro.
Sólo un momento. Sólo un momento.
Y se lo encendíamos. Ya daba igual

Su principal amante tenía nombre de heroína shakesperiana,
Aquel nombre que no se podía pronunciar en la casa.
Pero ahí terminaba (según creo) el parentesco con el Bardo.
En cualquier caso, su verdadera mujer (no su esposa, ni desde luego su
        señora)
Fue mi madre. Cuando ella salió de la anestesia, después de la operación
        de la que moriría,
No era él, sino yo quien estaba a su lado.
Pero ella, apenas abrió los ojos, preguntó con la lengua pastosa: "
¿Y Fernández?"
Ya no recuerdo que le dije. Fui al teléfono más próximo y lo llamé.
Él, que había tenido valor para todo, no lo tuvo para separarse de ella
Ni para esperar a que terminara aquella operación.
Estaba en la casa, solo, seguramente dando esos largos paseos de una
        punta a otra
Que yo me conozco muy bien, porque yo los doy; seguramente
buscando con mano temblorosa algo de beber, registrando
A ver si daba con la pequeña pistola de cachas de nácar que mamá le
        escondió, y de todas maneras
Nunca la hubiera usado para eso.
Le dije que mamá había salido bien, y que había preguntado por él, que
        viniera,
LLegó azorado, rápido y despacio. Todavía era mi padre, pero al mismo
        tiempo
Ya se había ido convirtiendo en mi hijo.

Mamá murió poco después, la valiente heroína.
Y él comenzó a morirse como el personaje shakesperiano que sí fue.
Como un raro, un viejo, un conmovedor Romeo de provincia
(Pero también Romeo fue un provinciano).
Para aquel trueno, toda la vida perdió sentido. Su novia
De la casa de huéspedes ya no existía, aquella trigueñita
A la que asustaba caminando por el alero cuando el ciclón del 26;
La muchacha con la que pasó la luna de miel en un hotelito de
        Belascoaín,
Y ella tembló y lo besó y le dio hijos
Sin perder el pudor del primer día;
Con la que se les murió el mayor de ellos, "el niño" para siempre,
Cuando la huelga de médicos del 34;

La que estudio con él las oposiciones, y cuyo cabello negrísimo se
    cubrió de canas,
Pero no el corazón, que se encendía contra las injusticias,
Contra Machado, contra Batista; la que saludó la Revolución
Con los ojos encendidos y puros, y bajó a la tierra
Envuelta en la bandera cubana de su escuelita del Cerro, la escuelita
    pública de hembras
Pareja a la de varones en la que su hermano Alfonso era condiscípulo de
    Rubén Martínez Villena;
La que no fumaba ni bebía ni era glamorosa ni parecía una estrella de cine,
Porque era una estrella de verdad;
La que, mientras lavaba en el lavadero de piedra,
Hacía una enorme espuma, y poemas y canciones que improvisaba
Llenando a sus hijos de una rara mezcla de admiración y de orgullo, y
    también de vergüenza,
Porque las demás mamás que ellos conocían no eran así
(Ellos ignoraban aún que toda madre es como ninguna, que toda madre;
Según dijo Martí, debiera llamarse maravilla).
Se quedaba sentado en la sala de la casa que se había vuelto enorme.
Las jaulas de pájaros estaban vacías. Las matas del patio se fueron secando.
Los periódicos y las revistas se amontonaban. Los libros se quedaban sin leer.
A veces hablaba con nosotros, sus hijos,
Y nos contaba algo de sus modestas aventuras,
Como si no fuéramos sus hijos, sino esos amigotes suyos
Que ya no existían, y con quienes se reunía a beber, a conspirar, a recitar,
En bares y cafés que ya no existían tampoco.

En vísperas de su muerte, leí al fin *El Conde de Montecristo*, junto al mar,
Y pensaba que lo leía con los ojos de él,
En el comedor del sombrío colegio de curas
Donde consumió su infancia de huérfano, sin más alegría
Que leer libros como ese, que tanto me comentó.
Así quiso ser él fuera su cautiverio: justiciero (más que vengativo) y
    gallardo.
Con algunas riquezas (que no tuvo, porque fue honrado como un rayo de sol,
He incluso se hizo famoso porque renunció una vez a un cargo cuando
    supo que había que robar en él).
Con algunos amores (que sí tuvo, afortunadamente, aunque no siempre
    le resultaran bien al fin).
Rebelde, pintoresco y retórico como el conde, o quizás mejor
Como un mosquetero. No sé. Vivió la literatura, como vivió las ideas, las
    palabras,
Con una autenticidad que sobrecoge.

Y fue valiente, muy valiente, frente a policías y ladrones,
Frente a hipócritas y falsarios y asesinos.
Casi en las últimas horas, me pidió que le secase el sudor de la cara.
Tomé la toalla y lo hice, pero entonces vi
Que le estaba secando las lágrimas. Él no me dijo nada.
Tenía un dolor insoportable y se estaba muriendo. Pero el conde
Sólo me pidió, gallardo mosquetero de ochenta o noventa libras,
Que por favor le secara el sudor de la cara.

PATRIA

Ahora lo sé: no eres la noche: eres
Una severa y diurna certidumbre.
Eres la indignación, eres la cólera
Que nos levantan frente al enemigo.
Eres la lengua para comprendernos
Muchos hombres crecidos a tu luz.
Eres la tierra verdadera, el aire
que siempre quiere el pecho respirar.
Eres la vida que ayer fue promesa
De los muertos hundidos en tu entraña.
Eres el sitio del amor profundo,
De la alegría y del coraje y de
La espera necesaria de la muerte.
Eres la forma de nuestra existencia,
Eres la piedra en que nos afirmamos,
Eres la hermosa, eres la inmensa caja
Donde irán a romperse nuestros huesos
Para que siga haciéndose tu rostro.

OYENDO UN DISCO DE BENNY MORÉ

*A Rafael Alcides Pérez y
Domingo Alfonso*

Es lo de siempre:
¡Así que este hombre está muerto!
¡Así que esta voz
Delgada como el viento, hambrienta y huracanada
Como el viento,
                    es la voz de nadie!

¡Así que esta voz vive más que su hombre,
Y que ese hombre es ahora discos, retratos, lágrimas
                              un sombrero
Con las alas voladoras enormes
                                        —y un bastón!
¡Así que esas palabras echadas sobre la costa plateada de Varadero,
Hablando del amor largo, de la felicidad, del amor,
Y aquellas, únicas, para Santa Isabel de las Lajas,
De tremendo pueblerino en celo,
Y las de la vida, con el ojo fosforecente de la fiera ardiendo en lasombra,
Y las lágrimas mezcladas con cerveza junto al mar,
Y la carcajada que termina en punta, que termina en aullido, que termina
En qué cosa más grande, caballeros;
Así que estas palabras no volverán luego a la boca
Que hoy pertenece a un montón de animales innombrables
Y la tenacidad de la basura!
A la verdad, ¿quién iba a creerlo?
Yo mismo, con no ser más que yo mismo,
¿No estoy hablando ahora?

FELICES LOS NORMALES

A Antonia Eiriz

Felices los normales, esos seres extraños.
Los que no tuvieron una madre loca, un padre borracho,un hijo
          delincuente,
Una casa en ninguna parte, una enfermedad desconocida,
Los que no han sido calcinados por un amor devorante,
Los que vivieron los diecisiete rostros de la sonrisa y un poco más.
Los llenos de zapatos, los arcángeles con sombreros,
Los satisfechos, los gordos, los lindos,
Los rintintín y sus secuaces, los que cómo no, por aquí,
Los que ganan, los que son queridos hasta la empuñadura,
Los flautistas acompañados por ratones,
Los vendedores y sus compradores,
Los caballeros ligeramente sobrehumanos,
Los hombres vestidos de truenos y las mujeres de relámpagos,
Los delicados, los sensatos, los finos,
Los amables, los dulces, los comestibles, y los bebestibles.
Felices las aves, el estiércol, las piedras.
Pero que den paso a los que hacen los mundos y los sueños,

Las ilusiones, las sinfonías, las palabras que nos desbaratan
Y nos destruyen, los más locos que sus madres, los más borrachos
Que sus padres y más delincuentes que sus hijos
Y más devorados por amores calcinantes.
Que les dejen su sitio en el infierno, y basta.

LE PREGUNTARON POR LOS PERSAS

A la imaginación del pintor Matta
y, desde luego, a Darío

Su territorio dicen que es enorme, con mares por muchos sitios,
　　　desiertos, grandes lagos,
　　　　　el oro y el trigo.
Sus hombres, numerosos, son manchas monótonas y abundantes que se
　　　extienden sobre la tierra
　　　　　con mirada de vidrio y ropajes chillones.
Pesan como un fardo sobre la salpicadura de nuestras poblaciones
　　　pintorescos y vivaces,
Echados junto al mar: junto al mar rememorando un pasado en que
　　　hablaban con los dioses
　　　　　y les veían las túnicas y las barbas olorosas a ambrosía.
Los persas son potentes y grandes: cuando ellos se estremecen, hay un
　　　hondo temblor,
　　　　　un temblor que recorre las vértebras del mundo.
LLevan por todas partes sus carros ruidos y nuevos, sus tropas
　　　intercambiables, sus barcas
　　　　　atestadas cuyos velámenes hemos visto en el horizonte.
Arrancan pueblos enteros como si fueran árboles, o los desmigajan con
　　　los dedos de una mano,
　　　　　mientras con la otra hacen señas de que prosiga el festín;
O compran hombres nuestros, hombres que eran libres, y los hacen sus
　　　siervos, aunque puedan
　　　　　marchar por las calles y adquirir un palacio, vinos y
　　　　　adolescentes:
Porque ¿qué puede ser sino siervo el que ofrece su idioma fragante, y los
　　　gestos que sus padres
　　　　　preservaron para él en las entrañas, al bárbaro graznador, como
　　　　　quien entrega el cuello, el flanco de la caricia a un grasiento
　　　　　mercader?
Y nosotros aquí, bajo la luz inteligente hasta el dolor de este cielo en que

lo exacto se hace azul
y la música de las islas lo devuelve todo;
Fente al mar de ola repetidas que alarmado nos trae noticias de barcos
sucios;
Mirando el horizonte alguna vez, pero sobre todo mirando la tierra dura
y arbolada,
enteramente nuestra;
Aprendiendo unos de otros en la conversación de la plaza pública el lujo
necesario de la verdad
que salta del diálogo;
Y conocedores de que las cosas todas tienen un orden, y ha sido dado al
hombre el privilegio
de descubrirlo y exponerlo por la sorprendente palabra,
Conocedores, porque nos lo han enseñado con sus vidas los hombres
más altos, de que existe
la justicia y el honor, a bondad y la belleza, de las cuales somos
a la vez esclavos y custodios,
Sabemos que no sólo nosotros, estos pocos rodeados de un agua enorme
y una gloria aún más enorme,
Sino tantos millones de hombres, no hablaremos ese idioma que no es
el nuestro, que no puede ser el nuestro.
Y escribiremos nuestra protesta —¡Oh padre del idioma!— en las alas
de las grandes aves que un día dieron cuerpo a Zeus,
Pero además y sobre todo en el bosque de las armas y en la decisión
profunda de quedar siempre
en esta tierra en que nacimos:
O para contar con nuestra propia boca, de aquí a muchos años, como el
frágil hombre que venció
al león y a la serpiente, y construyó ciudades y cantos, pudo
vencer también la fuerzas de criaturas codiciosas y torpes,
O para que otros cuenten, sobre nuestra huesa convertida en simiente,
cómo aquellos antecesores
que gustaban de la risa y el baile, hicieron buenas sus palabras y
preservaron con su pecho la flor de la vida.
A fin de que los dioses se fijen bien en nosotros, voy a derramar vino y a
colocar manjares preciosos
en el campo: por ejemplo, frente a la isla de Salamina.

EMILIO GARCÍA MONTIEL

EMILIO GARCÍA MONTIEL (1930)

Squeeze play. Ed. Departamento de Actividades Culturales. Universidad de La Habana, 1987. *El encanto perdido de la infancia.* Ed. Letras Cubanas. La Habana, 1991.

LOS *STADIUMS*

A veces voy a los *stadiums* sólo por tomar aire.
El *stadium* es un gran respiradero en la ciudad podrida.
En la ciudad de las columnas sórdidas, de los lentos portales oscuros.
Entre el cansancio de un hombre que no puede llegar y el letargo de un
       mundo que no quiere salir.
Entre el polvo, el calor y la sed como en una película de guerra
Entre las calles enfangadas como en una película de corrupción moral.
Desde las casas, el cielo es
        dulcemente azul.
Desde los barcos, una nube grisosa que se enreda en el aire.
Bajo esa nube somos demasiado felices.
Bajo esa nube pensamos: la ciudad.
Pero al final decimos: parque, polvorín, iglesia, ayuntamiento.
Ya no hay frescor posible.
A veces voy a los *stadiums* sólo para tomar aire.
En un *stadium* no se juega el destino del país, pero sí su nostalgia.
O más bien la nostalgia de esta ciudad podrida.
Remendada con boleros y con tristes anuncios que ya no significan nada.

LOS GOLPES

Hace ya mucho tiempo ——ahora es muy difícil precisarlo——
yo descubría el mundo bajo el mismo cristal usado y transparente con
       que se ve la gloria. Nada pretendía y nada sucedió que no
       estuviera definido entre el bien y el mal.
Yo imitaba a los héroes con la vieja confianza que da la mansedumbre,
       con su oscura prudencia.
No conocía aún la insensatez de las muchachas:
si alguna imaginé o entendí algo, fue apenas un rubor.
Yo tenía un pupitre, una voz agradable, una ciudad dispuesta.
Los maestros tocaban mis espaldas y decían: muy bien.
Todo era hermoso: desde el primer ministro hasta la muerte de mi padre.
Y perfecto, como debía ser los hombres y la Patria.
Pero eso fue hace tiempo ——hace ya mucho tiempo—— y ahora me es
       difícil precisarlo.

CONVERSACIONES APACIBLES

Yo temo de la muerte como el niño que teme de su madre.
Y es un temor tan simple que ninguna palabra podría definir.
No lo aprendí en la guerra ni en la noche, sino en la asencia de la mujer
    que amaba.
Yo era un muchacho de oro:
era todas las cosas y en todas existía con el mismo delirio.
Después no lo fui más.
Nada de lo que tuve dejó de ser hermoso ni dejé de tenerlo.
Pero ahora, cuando toco los cristales o cuando estrecho la mano a los
    amigos
puedo sentir la distancia de la muerte.
¿Dónde están? ¿Dónde estarán después de que la noche haya pasado?
Esa infinita noche o esta pequeña noche insular y ridícula?
Las palabras podrán salvarme de otra muerte, pero no del temor y menos
    de la muerte verdadera.
Nada me ata a la gloria ni al olvido, sino la devoción de una mujer.

UN DIA DE INOCENCIA

Yo recuerdo a los hombres en el momento mejor de su caída.
Cerca ya de la noche.
Cuando apenas se advierte una sombra, una nostalgia, un temblor hacia
    el fin.
Yo los recuerdo en días apacibles:
hechos sobre un pasado de extraña lucidez.
Graves por la confianza o por la fama, o tal vez por el tiempo.
Pero nunca en la gloria.
La gloria es vanidad para creer que somos fieles, que alguna vez lo
    fuimos.
Tampoco en la tristeza.
Porque nada es peor que la tristeza para engañar a un hombre.
Yo los recuerdo en días apacibles:
loados o innombrables bajo tanta blasfemia.
Doce o treinta y seis:)a qué dios pertenecen las jugadas?
¿A qué dios suplicar no ser ni héroes ni traidores?
Alguna vez estos silencios ya no tendrán sentido.
Alguna vez sobre mis ojos el temor se hará inútil.
Sé que habrá un día ——un día de inocencia—— en que no me será dado

decir más.

Yo lo bendigo, igual que a esas mujeres que tendrán mis palabras.

Que sabrán susurrar: "ha hablado de los hombres en días apacibles".

Igual, a los amigos, que cubrirán mis versos con su rostro.

Para bien ——para mal—— mucho les pertenece.

Yo recuerdo a los hombres en el momento mejor de mi caída.

En el momento de llamarme con simpleza Juan o Rey.

De ni sentirnos héroes ni traidores. De no llegar al fin.

LAS COSTAS DE FRANCIA

Bajo el gustado fresquecillo del amanecer, bajo su fría niebla, yo ví pasar
   las costas de Francia.

Las luces fugadas de los autos iluminaban brevemente el mar, el
   reposado perfil de algunos botes, cierto oro interior.

Yo me dije: he aquí el mediodía de Francia, he aquí su Provenza
   bucólica, ligera en torridez.

Nunca más, nunca más la glorieta de mi pueblo será el centro del mundo.

Nunca más el boticario o el fotógrafo contarán las mejores historias.

El Ródano, que acude tras los sueves dorados, pasa también por mi.

Las mansardas caprichosas donde se quiebra el aire.

Los dragones, los caballos de nervio fino sobre el polvo de Arlés. Toda la
   verdad desconocida pasa también por mí.

Una muchacha que abre las puertas de un granero y queda a contraluz.

Eso me dije y ya no estuve sólo.

La gente se agolpaba en la cubierta, sobre las barandillas.

Yo les oí decir: ¡Es Francia, es Francia!

Y así los vi inclinarse. Con la misma inocencia.

Con la misma seriedad de quien escoge un papel de regalo o una revista
   de modas.

ALBA

Yo imagino una casa y un hogar y unos libros y una mujer sentada en
   mis rodillas.

Imagino lo que tuve y nadie sabe si volveré a tener: el invierno y las
   noches luminosas

la infancia con mi padre y el antiguo esplendor de una ciudad.

Mi belleza no es más que la belleza de esos días y acaso, de algún modo,
      la belleza de Dios.
Yo los espero con toda la inocencia con que se espera el alba, jubiloso y
      terrible
como si nada hubiera sucedido aún.

LA SOMBRA DE TOLSTOI

En el camino que sale de Yasnaya Poliana nos despide la guía.
Al volverse, un viento imprevisto levanta su capote
inclina hacia ella las ramas de los árboles.

El lago, la casa, las hierbas brevísimas que crecen en la tumba:
todo se torna en un momento demasiado gris.

Apenas hay testigos.

Mi asombro sigue al infinito a esa mujer que no se inmuta
que camina despacio y hace girar las hojas sobre el polvo.

No la vi más allá del horizonte.

Pero casi al instante cesó el polvo, el viento, la grisura del día.

Las cosas regresaron a su sitio, a su antigua claridad.

Supe entonces que había estado en la Frontera.

RAÚL HERNÁNDEZ NOVÁS

RAÚL HERNÁNDEZ NOVÁS (1948-1993)

Da capo. Ed. UNEAC. La Habana, 19282. Enigma a'e las aguas. Ministerio de Educación Superior. La Habana, 1983. *Embajador en el horizonte.* Ed. Letras Cubanas. La Habana, 1984. *Animal civil.* Ed. UNEAC. La Habana, 1987. *Al más cercano amigo.* Ed. Letras Cubanas. La Habana, 1987. *Sonetos a Gelsomina.* Ed. Unión. La Habana, 1991. *Atlas salta* (póstumo), La Habana, 1995. *Amnios* (póstumo), Ed. Ateneo, La Habana, 1998. *La columna de seda* (inédito. Se tuvo acceso a la primera versión, de 1987. Se desconoce si hay otras).

ANTE UN POETA

Veo a un niño jugar en la sonriente
calzada de la luz, la provisoria.
Veo a un joven andando en la memoria
la temblorosa piedra, lentamente.

Veo un hombre maduro que camina
llevando un niño de la firme mano.
Junto a un joven filial veo un anciano
leve como la lumbre que declina.

Tiemblo al verlo pasar los urbanos
dédalos con su paso ya rendido
y de pensar que esas sencillas manos

que tantas cosas bellas han reunido
acaben por ser polvo en otras manos...
—Las de la muerte, no las del olvido.

EXPLICACIONES DEL EQUILIBRISTA

No por amor al riesgo se aventura
mi pie por este hilo tenso y leve.
Ni por eterno ser mi ser se atreve
a jugarse la vida o la ventura.

No es la gloria o la fama o la aventura
el fértil viento que mis alas mueve.
No por arte ni amor mi paso llueve
sobre la absorta muchedumbre oscura.

Si huraño huyo a mi rincón de cielo
y si el hilo una cumbre me parece
donde primero brilla la mañana,

no es el amor ni el arte ni el desvelo
de la gloria: es que a veces —tantas veces—
siento el terror de la presencia humana.

MIRA ESTOS OJOS

Mira estos ojos donde el sol declina,
desvistiendo el temblor de los hermanos:
toma los gestos mudos de estas manos
que ya no han de aplaudirte, Gelsomina.

No escucharás mi corazón que trina
pues estarás tocando un son lejano
en la trompeta cuyo ruido anciano
es hijo del claror que te ilumina.

No volverás al páramo del frío
que tiembla huérfano de amor y de arte
con sus helados astros de rocío.

Ni el río astuto robará tu parte.
Acepta sólo el hosco temblor mio.
Y mi piel sin caricia ha de abrigarte.

NO VENGAS

")Te preocupan tus hijos?"
(Bergman: Fanny y Alexander)

No vengas ya en el sueño, con tu anhelo
de hacer mi cama y de poner mi mesa.
Comprende que el lugar donde estás presa
es un oculto inabordable cielo.

Sé que aún estoy vivo en tu desvelo
y que tu ansia de servir no cesa,
que te preocupa mi animada huesa
y estás herida por mi desconsuelo.

Pero comprende que la sombra triste
que te aprisiona, única y desierta,
no da acceso al lugar donde viviste.

Tú no puedes franquear la inútil puerta

donde tu amor fecundo aún insiste.
Tú no puedes cuidarme. Tú estás muerta.

JUNTO AL LAGUITO EXIGUO

Junto al laguito exiguo, entre la sombra,
voy recordando trabajosamente
las húmedas miradas inocentes
y una inscripción frutal que nadie nombra.

Como el mar borra de la arena un día
la leyenda y deshace los castillos,
borró el tiempo en los reinos amarillos
de la memoria aquella melodía.

No vuelve el agua que pasó en el río
con flor y el barquito indiferente
que son agua en el agua laboriosa.

Oscurece. Tengo hambre. Siento frío.
Ya no he de ver tu planta transparente
andar sobre las aguas silenciosas.

QUIÉN SERÉ SINO EL TONTO...

But the fool on the hill
sees the sun going down
and the eyes in his head
see the world spinning round
Lennon y McCartney

Quién seré sino el tonto que en la agria colina
miraba el sol poniente como viejo achacoso,
miraba el sol muriente como un rey destronado,
el tonto que miraba girar el mundo,
guardando en su rostro las huellas de la noche.
Quién seré sino el tonto de siempre atraído por el mar,
aquel que en el mar feroz dejó su nombre.
Quién sino el tonto que lloraba
y lloraba por el mar, las flores, las muchachas, la esbelta luna sonriendo.

Sobre la colina está solo *and nobody seems to like him*,
pero él ve el mundo moverse a su alrededor,
el sol rebotar como una pelota roja
en el horizonte. El sol tragado por el mar, frío entre los peces.
Quién seré sino aquel que ya no mira,
no oye, no palpa, absorto, esas tierras astrales, esos frutos,
las viñas de la realidad, airoso manto.
El que ve la noche descender como un cuerpo
inapresable, el que siente la luna caer sobre sus hombros
como una tela delicada, aquel que en la marisma
jugaba a rey, a payaso, a rey, a oscuro caballo.
Absorto, solo, en la colina, gritando
como loco, bajo los pájaros que emigran
señalando un carcomido rumbo. Yo,
el loco, el tonto que siempre he sido, girando en la burla,
torpe bufón de florida, pirueta, riendo,
con dientes podridos, la realidad inapresable
como implacable cuerpo, a nuestro lado, descansando en las hierbas
brotadas de los muertos, entre sonrisas de nocturnas flores.
Quién seré, Dios mío, sino el loco tonto, el oso bronco, el jorobado
          torpe,
bufón bailando, reuniendo rumbos entre sus brazos, flores
para una mujer que no existe, quien mira al sol dormirse cual tembloroso
          viejo
y al mundo girar en burla alrededor de sus hombros destronados.

(HAY ALGUIEN QUE CUENTA MIS PASOS...)

(Hay alguien que cuenta mis pasos, en su casa de hielo
repasa lentamente los gestos, las olas del corazón.
                                        En su moneda,
el rostro familiar del sol. Alguien, ay, su corazón atado
al mio por un hilo. En su casa de hielo
piensa en mí, guardando bajo llave las huellas de mis manos.
Nada le debo, nada puedo darle
con que pagarle, hay alguien, piensa
en mí, cuenta mis pisadas.
                          ¿Qué entre mí y su vida
a la cual llegué después de un parque?
                          ¿Qué entre mí y su corazón de hule,

y sus manos frías que guardaron las huellas de mis manos?
Ocupo su memoria como un monstruo,
como un animal profundo. Nada. Cuando me vaya,
nada podré dejarle. Nadie sabrá cómo han pensado,
sus canas que comienzan, en mi cabeza de niño,
en las manos que tuve bajo árboles gigantes,
          como ya no se encuentran.
Hay alguien: despacio despacio
voy penetrando en su aliento trabajoso,
descendiendo profundo por mis ojos, y al final del camino
me está esperando mi madre.)

ELLA MIRÓ LOS ALTOS FLAMBOYANES INCENDIARSE

A Alelí

Ella miró los altos flamboyanes incendiarse.
Ella nombró los fuegos de la guerra.
Ella camina dentro de un ojo abierto como el día.
Suspira, y se mueven sus manos sobre una tela oscura como la noche.
En la noche está cosiendo una bandera, siempre la cose,
aunque los muertos hayan extendido sus raíces al corazón de la tierra,
porque siempre es la esperanza que se abre con sus ojos.
Ella, sencilla, prolóngase en palomas porque la tarde es leve
cuando cae sobre sus hombros. Ella crece frente al hombre
que la mira y la celebra con su voz. Árbol frente a árbol bienandante.
Ella vio partir los hombres a la guerra,
se sumergía en la guerra como la primera madrugada en el recuerdo.
Madrugada de la campana y los grillos rotos.
Su corazón hundiéndose en el bosque.
Como un planeta sus destellos, ella envió sus hijos a la guerra.
Aún su mirada puede distinguirse, mientras haya una estrella
solitaria, una palma. De sus manos salían desnudos uniformes,
camisas y secretas luces de bandera.
Ella nació para el amor, arde en el amor presintiendo los frutos,
para el amor su talle ha crecido como márgenes del mundo,
y una profunda paz brota de su pelo y su vestido
pero si siente de la patria el grito
pero si siente de la patria el grito

XI

Si tu alma venía como el buey soñador de la tarde
penetrabas en la aguda nostalgia
cuidabas los mares guardando el horizonte entre tus manos
Nadie se robe el mar. Nadie penetre
en ese oscuro templo
donde el horizonte y los sueños están guardados

Allí
octubre gobierna las habitaciones
de los hombres y el crepúsculo es como un puñal hundido
Las flores son lunas amarillas para los que han nacido
en un huerto de amor con la espada
del aire entre los huesos vegetales
mecidos en el ritmo de la tierra empapados
atrapados en los hilos de la savia
Es un dulce castillo el mar para los que han nacido
en un huerto de amor y han encontrado la luna perdida en sus cabellos

Allí
las llanuras tienen olas como la noche
la noche tiene las estrellas del vientre de la madre
rumor de tienda plantada en el desierto
La tierra es semejante al mar y el mar da frutos
para los que saben alzar sus manos
en un gesto de danzante que nadie comprende
y desoyen a los que dicen
                              que están muy altas las estrellas

Hacia allí querías volver
                    como el viento
que sólo sabe arrastrar su alma sobre el polvo
y cegar los ojos de aquellos que dicen
que el polvo no pesa en sus espaldas
Hacia allí querías volver como la ciega
luz lanzada por un diestro guerrero desde

su castillo de sombras
Mira
allí la luz y la noche tienen un solo rostro de madre
que viene a acariciarnos en el último
instante en que abrimos los ojos sobre la tierra
hecha de cuerpos de guerreros
y comprendemos
   —demasiado tarde
Así ella vendrá sobre el país que se alimenta de tus huesos
donde hallarás la estrella como fruto la ola y el juguete perdido

Allí
está el país que un dedo de niño te señala

FAYAD JAMÍS

FAYAD JAMÍS (1930-1988)

Brújula. Imp. Wilfredo Rodríguez. Guayos. Las Villas, 1948. *Los párpados y el polvo.* Ed. Orígenes. La Habana, 1954. *Vagabundo del alba.* Eds. La Tertulia. La Habana, 1959. *Cuatro poemas en China.* Eds. La Habana, 1961. *La pedrada.* Eds. La Tertulia. La Habana, 1962. *Por esta libertad.* Casa de las Américas. La Habana, 1962. *Los puentes.* Eds. Unión. La Habana, 1962. *La victoria de Playa Girón.* Eds. Unión. La Habana, 1964. *Cuerpos.* (Antología). Prol. de Roberto Fernández Retamar. Eds. Unión. La Habana, 1966. *Abrí la verja de hierro.* Ed. UNEAC. La Habana, 1973.

FÍJATE CÓMO HA PASADO EL TIEMPO

Fíjate cómo ha pasado el tiempo (somos nosotros los que nos deslizamos
a través de los sueños, igual que piedras lanzadas desde una reja):
hoy estamos a 14 de agosto de 1969, yo vivo en la noche de Varsovia
y tú estás enormemente lejos de mí y de todos los monstruos
que cada día trato de convertir en nobleza. Pero allí donde estés
llegará este recuerdo que ahora es como un asedio ineludible,
como un fuego que rodea una torre de ladrillos que la lluvia volvió casi
      negros.
Es ya la madrugada, el aire recorre mi papel y tus ojos me miran
desde una de esas fotografías que la distancia vuelve más irreales.
Te escribo estos reglones en un hotel solemne y aburrido: en un hotel
Pero aun aquí y a pesar de las cosas de que nunca hemos hablado,
y aunque no pienso en ti un instante tras otro como una caravana
de hormigas con sus pedazos de hojas verdes a cuestas,
en esta madrugada en que principalmente he hablado de política
   ——de contradicciones y batallas, de audacia y amistad——,
en esta madrigada en que Varsovia te ignora soberanamente,
de pronto te recuerdo, contemplo tus ojos soñolientos
que nunca se abren del todo como esperando por mis manos,
y te digo buenos días, amor, sabiendo que mis palabras resonarán en el
      vacío
pero que alguna vez las leerás y entonces me ayudarán tus párpados
a dormirme ——a despertarme—— en aquella ciudad donde el sueño/la
      realidad
están unidos por la serenidad de tu mirada.

LA MUERTE, LOS AMIGOS

Yo tengo un amigo muerto
que suele venirme a ver:
mi amigo se sienta, y canta
canta en voz que ha de doler
José Martí

Hommes, ici n'a point de moquerie
François Villon

Un cigarro humea en el cenicero y un disco gira, y me envuelve

esa voz que huele a lo más entrañable de nuestra tierra.
Siempre es de madrugada cuando mi alma despliega su tarot, cuando
la realidad me lanza al rostro su colección de imágenes,
y ahora contemplo el signo del colgado y procuro descifrar
——sabiendo de antemano que esto no es posible—— esa extraña forma de
la muerte.
La muerte y los amigos andan de la mano, algunos ya se fueron, otros
sólo permanecen como el vapor en un espejo (hace tiempo que no están).
Nosotros mismos avanzamos a lo largo de aceras que acaso ya no
existen.
No es aquí el caso de reír, hermanos, dijo el pobre Francisco, aquel poeta
un poco medieval que se perdió en el laberinto. Estoy recordando a los
amigos,
uno a uno me dan el santo y seña, los vivos y los muertos, y es así como
llego
a comprobar que por las calles he caminado a veces con viejos
desconocidos.
Descubro un rostro sonriente que jamás estuvo mano a mano con mis
huesos,
lo miro a usted y me digo: "Este gallo quiere colarse en mi tarot,
entre mis vivos y mis muertos". Por favor, quédese en su lugar, cada cual
en su sitio. En mi recuerdo asoman los amigos, y cuando estoy frente a
mi sopa
escucho el ruido de sus cucharas. Con ellos he compartido el rocío, el
pan
molido a martillazos, las lágrimas, los proyectos de una vida que empezó
después, inexorable y bella como la espuma de esta madrugada. No es
aquí el caso
de trampear, señores. La hora de la verdad puede ser esta misma
(yo declaro solemnemente que esta hora en que escribo es también la
hora
de la verdad). Mis amigos se quedaron para siempre: fieles a nuestras
piedras,
fieles a nuestras guásimas. Mis hermanos se quedaron para siempre
con sus rostros severos: sonríen poco, nunca hablan de amistad.
Son la pobreza que no traiciona. Son la firmeza que no vomita
melodías. Son la verdad sin grandes abrazos, mis amigos y hermanos,
los vivos y los muertos, fumándose la espuma de la madrugada.

LA DESTRUCCIÓN DE LA MENTIRA

La destrucción de la mentira: ese pez de los ojos y de las cabelleras estrellados. La destrucción de los cuartones borrachos de penumbra, donde vivimos una hora de muerte y somos picados, para despertarnos y para mirarnos, por una gran paloma de piernas rosadas y sangre cristalina. ¡Respirar, respirar! Y un mundo de hojas nuevas, la pomarrosa y el solibio sigiloso, cubren de pronto esos surcos profundos en que hemos creído ver la herida de la espada de alguna palabra trascendente, los labios que nos devorarán hasta los restos más antiguos.

EL AHORCADO DEL CAFÉ BONAPARTE

A Pablo Armando Fernández

Para no conocer los abismos del humo
para no tragarse los periódicos de la tarde
para no usar unos espejuelos cubiertos de sangre o telaraña
El que estaba sentado en un rincón lejos de los espejos
tomándose una taza de café no oyendo el tocadiscos
sino el ruido de la pobre llovizna
El que estaba sentado en un rincón lejos de los relámpagos
lejos de los leones morados de todas las guerras
hizo un cordón con una hoja de papel
en la que estaban escritos el nombre del Papa el nombre del Presidente
y otros dos mil Nombres Ilustres
y a la vista de todos los presentes
se colgó del sombrerero que brillaba sobre su cabeza
El patrón del café salió bajo su capa negra en busca de un policía
Armstrong cantaba sin cesar la luna había aparecido
como una gata furiosa en un tejado
Tres borrachos daban puñetazos en el mostrador
y el ahorcado después de mecerse dulcemente durante un cuarto de hora
con su voz muy lejana comenzó a pronunciar un hermoso discurso:
"Maintenant je suis pendu dans le Bona
La lluvia es el cuarzo de mi miseria
Los políticos roen mi bastón
Si no me hubiera ahorcado moriría
de esa extraña enfermedad
que sufren los que no comen
En mis bolsillos traigo cartas estrujadas

que me escribí yo mismo
para engañar mi soledad
Mi garganta estaba llena de silencio
ahora está llena de muerte"
"Estoy enamorado de la mujer que guarda las llaves de la noche
ella se ha mirado en mis ojos sin saber quién he sido
Ahora lo sabrá leyendo mi historia de hollín en los periódicos
Sabrá que me llamaba Louis Krizek
ciudadano del corazón de los hombres libres
heredero de la ceniza del amanecer
He vivido como un fantasma entre fantasmas que viven como hombres
He vivido sin odio y sin mentira
en un mundo de jueces y de sombras
La tierra en que nací no era mía
y tampoco el aire en que reposo
Tan sólo he poseído la libertad
es decir el derecho a sufrir a errar
a ser este cuerpo frío
colgado como un fruto
entre los que cantan y ríen
entre una playa de cerveza
y un templo edificado para adorar el miedo
La mujer que guarda las llaves de la noche
sabrá que me llamaba Louis Krizek
y que cojeaba un poco y que la amaba
Sabrá que no estoy solo que conmigo
va a desaparecer un viejo mundo
definitivamente borrado por el alba
Así como la niebla a veces aplasta
las flores del cerezo
la muerte ha aplastado mi voz"

Cuando el patrón volvió con un policía de lata y azufre
el ahorcado del café Bonaparte
ya no era más que el humo tembloroso de un cigarro
bajo el sombrero
sobre una taza con restos de café

CHARLOT Y LA LUNA

A la memoria de Escardó

En los arrabales del Sur de Londres o Bayamo
los gatos y la luna juegan en los techos
No falta quien les tire una piedra nunca falta
quien quiera darle cuatro tiros a la luna pero también
hay hombres que al percibirla allá arriba cerca del latón de la basura
bajan corriendo las escaleras hacia el bar de la esquina
a poner un disco en la victrola una pieza un poco nublada
que puede ser la dulzura de la primavera o la ternura de unos ojos
perdidos para siempre

A veces un mendigo se pasea tambaleándose con un pedazo de luna
sobre la cabeza rodeada por las moscas
Los muchachos del barrio comienzan a gritarle:
"¡Eh Rey hermosa es tu corona de plata!
Vamos a comprarte otra botella"
Y el mendigo después de bailar un lento vals
se cae al fin sobre el espejo sucio de la acera
Al lado suyo la luna tiembla como una gata friolenta

En los arrabales del Norte en las playas de Cuba
o en una puerta desvencijada del barrio de Vallecas en Madrid
cuando alguien saca su perrito a orinar o cuando alguien tiende
su única camisa al viento de la noche
la luna aparece sobre un poste eléctrico
y entonces alguien empieza a cantar:
"Ya no estoy tan solo
en este mundo..."
En una cocina están friendo dos ruedas de pargo
El olor de las cebollas hace volverse al policía que va y viene
por la calle mientras espera que el primer ladrón
con sus ojillos melancólicos
surja con su enorme saco bajo una ventana apagada

Los bigotitos de Charlot saltan como dos mosquitos furiosos
pero el amo del pargo no lo dejará pasar
Todas esas paredes todos esos pasillos
escaleras hacia el polvo y la noche
están llenos de seres humanos que quieren comer y vivir

a pesar de las telarañas o el cuchillazo por la espalda
quieren vivir
Hasta los huesos retorcidos de los ancianos
quieren vivir
llamas anaranjadas sobre el pasto ríos amarillos del otoño
Ahora mismo la luna resbala por la frente de los miserables
y un avión pasa zumbando hacia otros continentes o hacia las playas del
        vacío

Sobre una botella vacía saltan los niños
sobre una muñeca de trapo sobre el rostro
bermejo de todos los tiranos del mundo saltan los niños
pajaritos de la llovizna pajaritos del sol
Ellos que son capaces de ir hasta Saturno
sobre el cuello de una jirafa
Ellos que saben construir una ciudad
con unos pedacitos de vidrio y de barro
Los capitanes de los solares yermos los conquistadores
de las grandes bestias prehistóricas
Los que guardan a veces en sus cofres
todo cuanto es preciso para comprar un helado

Charlot está ahí soñando entre los niños
Sus zapatos tropiezan en todas partes
Charlot está ahí los grillos han dejado de chillar
De la luna salen doce palomas
que vienen a revolotear sobre el coro de los que juegan
hasta que una se posa en el pie izquierdo de Charlot
"¡Viva la noche del traspatio vivan las palomitas de cristal!
¡Viva el olor de los árboles vivan los helados de fresa!"

A ese lo van a enterrar en un potrero
a ése otro lo van a coronar
a aquel de los ojos de granos de maíz
lo van a sentar en una silla eléctrica
Esto ya está repartido
y el que sólo se alimenta de sombra no es el que tiene diez fábricas
trabajando para su alegría
y el que nació con la nariz muy grande
no es el que va escondido detrás de la llama blanca de una mujer
Allá arriba están los gatos olfateando

los latones de basura
Las chimeneas no despiden ningún humo
el tocadiscos de la esquina va a reventar
igual que un sapo gigantesco
mientras una garganta de madera antigua
dice que todo todo va a volver a empezar
¿Y el loco de la casa de enfrente?
¿y las muchachas de cuello de vía láctea?
¿y mi cigarro que arde sin cesar?
Charlot aparece allá abajo de nuevo
y se pone a bailar al son de un mambo
mientras de su sombrero sale la luna la lámpara dulce del arrabal

JOSÉ KOZER

JOSÉ KOZER (1940)

Padres y otras profanaciones. New York, 1972. *Por la libre.* Nueva York. 1973. *Poemas de Guadalupe*, 1973. *Este judío de números y letras*, 1975. *Y así tomaron posesión en las ciudades*, 1978. *Jarrón de las abreviaturas*, 1980. *La rueca de los semblantes*, 1980. *Antología breve*, 1981. *The Ark Upon the Number*, 1982. *Bajo este cien*, 1983. *Nueve láminas*, 1984. *La garza sin sombras.* 1985. *El carillón de los muertos.* 1987. *Carece de causa.* 1988. *De donde oscilan los seres en sus proporciones.* 1990. *Prójimos / Intimates*, 1990. *Trazas del lirondo*, 1992. *Una índole*, 1993. *Et mutabile.* 1995. *Los paréntesis*, 1995. *La maquinaria ilimitada*, 1996. *Réplicas.* 1997. *La maquinaria ilimitada.* 1998. *Dípticos*, 1998. *AAA1144*, 1999. *Farándula*, 1999. *Mezcla para dos tiempos*, 1999. *Rupestres*, 2001. *No buscan reflejarse*, 2001. *Rosa cúbica*, 2002. *Ánima*, 2002. *Un caso llamado FK.* 2002. *La voracidad grafómana: José Kozer*, 2002. *Una huella destartalada*, 2003. *Y del esparto la invariabilidad*, 2005. *Ogi no mato*, 2006. Stet, 2006. *Trazas /Spuren*, 2006. *Trasvasando*, 2006. *Íbis amarelo sobre fundo negro*, 2006. *En Feldafing las cornejas*, 2007. *Semovientes*, 2007. *De donde son los poemas*, 2007. *De donde oscilan los seres en sus proporciones*, 2007. *JJJJ160*, 2008. *Figurado y literal*, 2009. *Actividad del azogue*, 2009. *Acta*, 2010. *Tokonoma*, 2011. *Satori, Dadaif,* 2013

ORBÓN ENTRE PARTITURAS

Por cada mano un piano, Orbón,
oboes y pífanos y quenas y cantatas
Orbón a gusto y sin recursos ejecutando Bach,
Orbón componiendo llanas partituras y Mozart maestro en el gramófono
Orbón en la bóveda central y siglo nueve de un románico compasivo
Orbón en fa bemol a dúo conversando con Lezama,
Orbón como un clarinete intranquilo cribando el trigo
Orbón en todas las variaciones de una flauta mayor conversando con
Vivaldi en Asturias y en La Habana
y aquí Julián Orbón quieto mirando el rostro único de tres arcángeles,
Julián Orbón aterrado por los aeroplanos,
y quieto Julián Orbón temible la muerte lo asalta entre las partituras,
Orbón amedrentado por el mundo insaciable de los comercios necesita
un par de pantalones
y tieso Julián Orbón quieto con Handel respirando avena solemne por
tierras de Navarra.
Frágil historia del músico Julián Orbón,
cantigas de Santa María fijas en un clavecín,
gravísima historia de un hombre con cinco amigos,
este cholo gravísimo de Asturias,
viene abriendo la muerte, viene segando,
Orbón llorando entre las miniaturas,
piano de cola en la sala de su casa se le quiebran las patas,
 sefarditas de Tesalónica y Egipto plañideros con Orbón llorando España,
escuchaban pequeñas criaturas en el aire flamenco de Bosch,
daba la vuelta al mundo Julián Orbón, reposaba en la cuenca abierta del
puerto de La Habana,
reposaba en el llanto coral, en la olla honda de Tángui,
sufría Julián Orbón uno por uno jueves viejos conversando en La
Habana,
y Lezama se le hundía para siempre, amigo antiguo desfondado como
una cartera abandonada
          de charol,
y hasta luego Eliseo, Cintio adiós
adiós Alejo: graves pañuelos de almidón por el aire estupefacto.
La mesa, cuatro copas.
Sólo la del anfitrión aparece manchada: húmeda y grana.
La visita llegará puntual (así demuestran su interés) deshaciéndose en
reverencias para el último

poema de Tu Fu, jamás desbancado
(en nuestra opinión) por Mei Yao Chen por Li Po.
Tu Fu, que amó las blusas.
(Veneraba a su mujer, digamos que con un ojo clínico puesto en la
literatura).
Y que hoy nos recibe, su sonrisa un pabellón de sauces inclinados: ropas
ajadas, ojos ebrios, su público
            una quimera de salmones.

ROMANTICISMO (II)

Al principio, curioseaba entre mis libros, subía las escaleras
canturreando, recítame (por favor,
            en el original) los poemas de Antero do Quental.
Su ajetreo en la cocina: una verificación.
"A tu lado, sé que me desenvuelvo" (la frase es suya) y colocaba dos
granadas (tenedor y cuchillo) en el
            plato de los postres.
Y luego: "los besos son azules". "Hablemos de Balzac". Dijo: que su
felicidad sería completa si yo contara
            con un gabinete de lectura y ella un potro, caracolear
por los riachuelos. Y abría los postigos (ay, si pasara un ave), quería
(empezó a echármelo en cara) prender
la chimenea a mediados de septiembre y que avivara el fuego
            ("pon otro leño" y yo: chica,
que nos asfixiamos, pero ella: "*c'est romantique*" anda "*be wonderful,
you used to.*"). La distraía
con jerez y una yema. Imposible
sin embargo, atajarla: había incubado
la quimera. Y "amor, amor, escucha lo que dice Leonardo en sus
Cuadernos". Citaba. Y yo, "cavilemos".
            Y para mí: habrá que leer
acto seguido ese volúmen, no
puedo tolerar (sería el colmo) que esta chiquilla sepa algo que yo, etc. Y
tomaba su mano
entre mis manos ((suelta el libro!), la luna
se filtraba por las persianas, estriaba (lo que le dio por lla mar) nuestras
nupcias, debí advertirlo
(pues trajo rosas)
cuando se mudó conmigo, y dijo: "dividamos la buhardilla en

conformidad con nuestra propia
dimensión espiritual."
(Y así ha sido) desde entonces nos amamos (sin un quejido).

MI PADRE ESTA VIVO TODAVÍA

Mi padre, que está vivo todavía,
no lo veo, y sé que se ha achicado,
tiene una familia de hermanos calcinados en Polonia,
nunca los vio, se enteró de la muerte de su madre por telegrama,
no heredó de su padre ni siquiera un botón,
qué sé yo si heredó su carácter.
Mi padre, que fue sastre y comunista,
mi padre que no hablaba y se sentó a la terraza,
a no creer en Dios,
a no querer más nada con los hombres,
huraño contra Hitler, huraño contra Stalin,
mi padre que una vez al año empinaba una copa de whisky,
mi padre sentado en el manzano de un vecino comiéndole las frutas,
el día que entraron los rojos a su pueblo,
y pusieron a mi abuelo a danzar como a un oso el día sábado,
y le hacían prender un cigarrillo y fumárselo en un día sábado,
y mi padre se fue de la aldea para siempre,
se fue refunfuñando para siempre contra la revolución de octubre,
recalcando para siempre que Trotsky era un iluso y Beria un criminal,
abominando de los libros se sentó chiquitico en la terraza,
y me decía que los sueños del hombre no son más que una falsa
literatura,
que los libros de historia mienten porque el papel lo aguanta todo.
Mi padre que era sastre y comunista.

GAUDEAMUS

En mi confusión
no supe ripostar a mis detractores, aquellos
que me tildan
de postalita porque pronuncio la ce a la manera castellana o digo tío por
tipo (me privan) los mestizajes
(peruanismos) (mexicanismos)

de la dicción y los vocablos: ni soy uno (ni otro) ni soy recto ni ambiguo,
bárbaramente
romo
y narigudo (barbas) asirias (ojos) oblicuos y vengo del otro lado
del río: cubano
y postalita (judío) y tabernáculo (shofar y taled) violín de la Aragón o
primer corneta de la Sonora Matancera: qué
más quisiera uno que no haber sido ibis migratorio (ludibrio) o corazón
esporádico
hecho al escándalo de quien a la hora nupcial, a la hora
del festín
cruza el umbral y aspira un olor a jarabes (olor) a frutas tropicales y
eneldo: pues soy así, él
y yo, cisterna y limbo (miríadas) las manos que trepan por la escala,
contaminan
el pensamiento
de tiña y verdín (aguas) imperturbables: sin nación, quieto
futuro
y jolgorio de marmitas redondas (mis manos) son mi raza que hurgan en
la crepitación
de la materia.

TUMBA (FÉNIX) DE AMOR

Fue, entre mis propias manos que estuvieron sus huevas
y la tarde
en que atravesamos la avenida del puerto en Ostende
y le gritaba nombres, ahí
la devolví
a su taza carnal (callecitas de Brooklyn)
y a su entraña
bajé (postración) besé sus heces (cuántos seríamos) mi última
persignación entre sus corvejones, postreras
lametadas
a su camaleón (exultaciones) su yerbazal empezaba a clarear, su maraña
aún rompía en pimpollos, supe
anudar (secreteos)
mis ojos clínicos a su gata incorpórea y le mentí: iremos (juntitos) al
hontanar quejica de todas las aguas
            (al Po al Tíber al Arno) veremos

las calles palaciegas
y sabré trasladarnos al mirador del flujo, terraza inmaterial de los
peldaños para siempre y para siempre
        (juré) las cúpulas y balaustradas, su domo (épico)
besaré
en efigie: creí que la enterraba (un ajuste de cuentas) opípara
meó a mis pies el costurón de los cielos en un chorro azul, su centeno en
mi boca.

ESTE ES EL LIBRO DE LOS SALMOS QUE HICIERON DANZAR A MI MADRE

Este es el libro de los salmos que hicieron danzar a mi madre,
éste el libro de las horas que me dio mi madre,
éste es el libro recto de los preceptos.
Yo me presento colérico y arrollador ante este libro anguloso,
yo me presento como un rabino a bailar una polca soberana,
y me presento en el apogeo de la gloria a danzar ceremonioso un minué,
brazo con brazo clandestino de la muerte,
yo me presento paso de ganso a bailar fumando,
soy un rabino que se alzó la bata por las estepas rusas,
soy un rabino que un Zar enorme hace danzar ante los bastiones de la
muerte,
soy el abuelo Leizer que bailó ceñido ceremoniosamente al talle de la
abuela Sara,
yo soy una doncella que llega toda lúbrica a dilatar las fronteras de esta
danza,
yo soy una doncella dilatada por un súbito desconcierto de los tobillos,
pero la muerte me impone un desarreglo,
y hay un búcaro que cae en los grandes estantes de mi cuarto,
y hay un paso lustroso de farándula que han dado en falso,
y son mis pies como un bramido grande de cuatro generaciones de
muertos.

LA CASA EN LOS RISCOS

La mano en la aldaba.
La mano en la falleba que cierra la puerta al gabinete de estudio.
Un juego
de helechos y rombos al pie de la balaustrada.
El tapiz de Chiraz en el rellano.
Un giro
y por la galería se llega al gomero en su tiesto florentino a un escudo de
armas y al ventanillo (otea)
           no se atreve.
un giro a la derecha ahí estaban los guantes de cabritilla y el azor en la
inmensa pajarera de pie,
           la mano (acaso) en el pomo (acaso) de la puerta.
Se cercioró.
La mano en la falleba un crujido un aldabonazo.
Al pie
del lecho nupcial el escabel y unas pantuflas, el orinal de oro blanco (se
lo obsequió, era una broma)
           quizás huela
aún a lejías debajo de la cama. Aquel juego ordinario de jícaras está en el
alféizar (el botellín de anís
           en la charola) gotas
de valeriana. La mesita
del póker
y la bandurria desmadejada (unos naipes, unas fichas) :ahí jugaron a las
tablas reales pasada
la medianoche. Está
puede que algo corrida la sobrecama, espléndido jalbegue en medio de la
habitación. Los encontró
desnudos: el otomano
en pie (barba persa) todo rapado y a ella boca abajo (una larga trenza)
curva la espina dorsal en su
           ascenso (un simulacro) ambas manos abrían
(como si orara) sus nalgas.

EN LA MONTAÑA DE NEBO

Ésta es la tierra... Te la he puesto
ante los ojos, más allá no has de pasar.
(Deuteronomio 34:4)

Es
lo que vio en la estepa: diez percherones bayos, pacer. Entre
la avena
aún verde, mascaban. Iba, se aproximó al pozo surgido y se inclinó: el
musgo
en el brocal
cuando apoyó los antebrazos y un ánsar cuando echó la cabeza hacia
atrás. Y miró, encima
la estela
y el fondo, se despeñaron sus ojos hacia el fondo del pozo y vio en todo
su vigor la arboladura de los mares, diez
soles
blancos y aquella luna hembra que lo orientaba. Era la orilla, el filo: y
blandió
la cimitarra.
De un tajo dividió las aguas y se sumió en la luna que dividió de un tajo
en el fondo
del pozo: aquí, se edificarán las ciudades. Las contempló ascender del
sueño y descender, ciudades
       destituidas.

NATURALEZA MUERTA DE FRANZ KAFKA

Le cupo amar los gorriones.
Porque era un hombre abundante y detestable quiso creerse oscuro como
si fuera un habitante
       de la ciudad de Viena condenado a inspeccionar el mundo desde
       los ventanales que Stalin concibió en el Kremlin.
Pero soñaba también con los cañaverales.
Vio un día que lapidaron la imagen de San Juan de Patmos en los ojos
rasgados del fuego.
Y se sintió circundado de palomas.
Vasto en exceso, conoció momentáneamente las desdichas de la
ambigüedad.
Creyó verse asesinado entre los matorrales por los gendarmes.

Por su falta de clarividencia conoció el futuro.
En la piedra de los holocaustos comprendió su significado.
Dejaba demasiadas circunstancias por terminar.
Nadie compareció: llamaban a los fiscales en la piedad.
Lo empezaron a buscar por Praga o en la incesante garúa de Lima
pero sólo desenterraban el veredicto que dejó en las bibliotecas. Nadie
entre tantísimos documentos
       lo quiso consolar.

BODAS DE FRANZ KAFKA

Con la señorita Milena Jesenská, tienen a bien invitar a Ud. y a su
distinguida, etc.
Aunque lo principal es que Franz haya dicho que no quiere prole.
Se comprende, también, su horror a las flores: le traen un recuerdo tan
malo del porvenir.
La ceremonia se habrá de celebrar en un tranvía.
Franz ha comprendido lo que Milena sacrifica; Milena entiende lo que
significa para Franz la
       tranquilidad.
O querer, por ejemplo, lo siguiente: la frialdad.
De no poder asistir ningún amigo, la ceremonia habrá de celebrarse,
puesto que es inevitable,
       en la Selva Negra.
Acudan, por favor.
De hecho, ciertas celebridades ya han dicho que sí: Bertold Brecht ha
dado el visto bueno y el poeta
       Franz Werfel, de quien se dice sería incapaz de abandonar a su
       tocayo.
Sólo, por desgracia, el poeta Federico García Lorca no podrá asistir.
Al recibirse la noticia y ante el estupor de la concurrencia, uno se
inclinaría a suspender la boda.
Todo presagiaba algún percance.
Pero es que Franz temía tanto dar la vuelta: a qué negarse cuando
aquello era más bien algo pulmonar.
O es que a alguien se le podría ocurrir pensar que Franz no sabía que en
veinte años la tuberculosis
       no sería más que una enfermedad del pasado.
Que en veinte años un golpe de viento repentino contra una flor no

podría alterar el azogue insostenible
        del reposo.
Sinceramente ──y Milena lo supo──, Franz no concibió otro heroísmo.
No se podrá negar que se mostró
        valeroso por los pasillos camino del altar.
O fue en la Selva Negra aquel encuentro: tampoco hubo de asistir la
Señora Milena.

EL FILÓSOFO MO TSE ENSEÑA...

Para Juan Pedro Castañeda

El filósofo Mo Tse enseña: refutarme es como tirar huevos a una roca.

Se pueden agotar todos los huevos pero la roca permanece incólume.

El filósofo Wo agota los huevos del mundo contra una roca y la
conquista.

Primero, al hacerla memorable.

Segundo, porque en lo adelante y dada su amarillez excesiva

quienes acuden a la roca confunden la luna y los caballos.

Y tercero, aún más importante: un veredicto actúa sobre otro veredicto,

anula la obsesión de sus palabras.

FELIPE LÁZARO

FELIPE LÁZARO (1948)

Despedida del asombro. Madrid, 1974. *Las aguas.* Eds.
Comunicación Literaria de Autores. Colección "Rosalía de Castro".
Bilbao, 1979. *Ditirambos amorosos.* Madrid, 1981. *Los muertos
están cada día más indóciles.* Ed. Betania. Madrid, 1986. *Un
sueño muy ebrio sobre la arena.* Betania, 2003. *Tiempo de exilio.
Antología poética (1974-2014),* Ed. Betania. Madrid,2016.

TENDRÁS CASAS INVISIBLES

Tendrás casas invisibles
      en el espacio desterrado
varios hogares coloridos
      —ascua vidriosa—
en el tiempo congelado de palmas,
compartiendo el pan del olvido coagulado.
Así despertarás,
          fatigado,
                    de todo sueño esperanzador.

LLUEVE

Caen goterones zigzagueantes,
líneas inconclusas,
               iluminadas rayas
que lloran la desierta ciudad
ennegrecida,
        apagada.

La calle, empapada de lágrimas,
sudada de la labor diaria,
descansa en la noche húmeda.

Todo se moja dilatadamente.
El suelo adquiere un brillo
especial de espejo,
donde quiero verme
             y no me encuentro,
sólo agua,
      sólo lluvia
arrasando toda brizna,
quitando
      y
          removiendo polvo.

En realidad,
      sólo llueve.

DESPEDIDA DEL ASOMBRO

Este abismo de la extrañeza
    el estar fuera
    el brusco cambio
        acostumbrarse a través del silencio
        robot atónito de la nostalgia.
Esta llaga: ansiedad agrandada en el tiempo
    como las nubes pasan aireando el recuerdo
        las mismas manos de un ayer truncado
    voz ronca de lamentar a gritos la huida
        —despedida del asombro—
    ese resurgir en los murmullos del agua
    ser de granito en la inmensa playa
    son las últimas olas llevándose la esperanza.
Estos ecos tropicales
    en su selvática forma
        repicando en el asfalto
    mientras contemplo
        la inmensidad de distancia
        lo que nos une y separa
        este vaso de tinto mar
    -desperdicios de guerras
    cuerpos mancillados
    los cavernarios
        en sus utensilios prehistóricos
    los saturnianos
            devorando a sus secuaces-
    con la cara despedazada
        hecha añicos
        reconstruida
            una y otra vez
        pero más extraña
          solitaria ajena
    y las venas saltando como trampolín
        por la sangre teñida de tierra
        sin llevar pañuelo-manto albergue
    así entro al agua universal
        esperando beber todo mar
                hasta
                llegar

                    caminando

                              rodando

                                        a rastras

                                                  pero
                                                  llegar...

CUARTO TRINCHERA

Las escarchas del silencio
                    caen sobre el pelo hirsuto
en carrera loca nuestros latidos a galope.
La piel humeando al transpirar,
los cuerpos blandos
                    vibrando aún
se estremecen
              tiemblan
                        se bañan en sudor
y es el sudor un alivio
y una inmensa satisfacción jugar con el sudor.
Los cabellos unidos
                        -libertades entrelazadas-
cual nuestro cuerpo un solo cuerpo
nuestras caras juntas con el beso
                                        el interminable
                                        beso.
Incansables nuestros movimientos porque en ellos
                        recobramos la existencia perdida
naturalidad de dos cuerpos que se integran
                                        se contemplan
se maravillan de la belleza de la desnudez
de los temblores que es capaz un cuerpo
                        -hambriento de amor-.
La alegría que significa estar juntos
derrotar la soledad
reírse de los farsantes
de las leyes inhumanas elaboradas por fariseos
y por primera vez sentirnos plenos
                        hombre y mujer
                                        libres
                        darnos cuenta de nuestro ser

contemplar nuestra semejanza.

Que nos golpee la vida
                la realidad implantada
esa hipocresía de las horas cotidianas.
Nosotros en un cuarto trinchera
          cambiamos el mundo
allí reside la esperanza humana
allí con una sinceridad de luz hermanada
construimos nuestro mundo verdadero.

CÉSAR LÓPEZ

CÉSAR LÓPEZ (1933)

Silencio en voz de muerte. Eds. Unión. La Habana, 1963. *Apuntes para un pequeño viaje.* Eds. La Tertulia. La Habana, 1966. *Primer libro de la ciudad.* Ed. UNEAC. La Habana, 1967. *La búsqueda y su signo.* Las Palmas, 1971. *Segundo libro de la ciudad.* ed. Ocnos. Barcelona, 1971. 2a ed. Unión. La Habana, 1989. *Quiebra de la perfección.* Eds. Unión. La Habana, 1983. *Ceremonias y ceremoniales.* Ed. Letras Cubanas. La Habana, 1984. *Consideraciones, algunas elegías.* Ed. Orígenes. Madrid, 1990. *Doble espejo para muerte denigrante*, Ediciones extramuros, La Habana, 1991. *Seis canciones ligeramente ingenuas*, Taller Tórculo II, España, 1992. *Pasos, paseo, pasadizos.* Udine, Italia, 1996. *Tercer libro de la ciudad*, Sevilla, 1997; Editorial Letras Cubanas, La Habana, 1999. *Libro de la ciudad*, Ediciones Unión, La Habana, 2001. *Manos de un caminante*, Editorial Oriente , 2005. *Cumbre Poética Iberoamericana*, antología de Salamanca. Fundación Salamanca, 2005.

SE DESCUBRIERON OTRA VEZ...

A Julio Cortázar

SE DESCUBRIERON OTRA VEZ las calles de la ciudad
su complicada y nueva extensión, expuesta, a punto
de surgir, de convocar un mundo diferente.
Sus rutas disiparon las antiguas figuras, sus sombras o sus nombres;
se poblaron de héroes, de seres diferentes; y desde cada puerta,
balcón, accesoria o humilde cuartería
salieron hasta los más recatados habitantes
para reconocerse a sí mismos, para olvidarse al propio tiempo,
envueltos en el brillo habitualmente despiadado del sol;
y como al crepúsculo en los trópicos, y aun a pesar de que muchos
querrían salir para observarlo,
la rapidez, el curso vertiginoso, sumergió súbitamente a la ciudad en
sombras.
Llegó, y resultó necesario que se prendieran todas las luces.
En medio de ese alumbramiento ya más que cegador, y para algunos
inconcebible y un tanto estrafalario, comienza y se proclama
el saldo, la liquidación, a la manera tradicional que la ciudad sostiene.
En venta
los cuerpos, las voces, la inmensa opulencia indiscutible, lo que no se
venderá jamás.
Lo que los judíos no han vendido.
"Aunque se sabe que los judíos constituyen un grupo aparte,
una disgresión de los sentidos o del propio destino de la ciudad;
sus grandes o pequeños establecimientos, oscuros, descuidados,
apilados de sueños, de capital sin brillo, sus familias
en las que las mujeres son gordas y tetonas, lentas se arrastraban de
guerra en guerra
por las playas del mundo,
hasta que vinieron a dar a los clubs de segunda categoría de las afueras,
expulsados de aquí y de allá. ——No olvides espantar a los perros y a los
judíos,
esos enemigos del hombre, del hijo del hombre,
exagerados amantes de las celebraciones, las circuncisiones y las
crucifixiones,
porque hollando entre tus escombros, ciudad, lo desenterrarán de nuevo.
¿Y, sin embargo, quién que es no es, en éste y todo caso, judío?
¡Pueblo de masturbaciones y de café con leche, quién te ha enseñado a

huir de la ira que vendrá,

  sal a la calle en busca de la gloria y no beses, frívolamente, la
  mejilla al Mesías!"

En venta las traiciones anteriores, el hambre y la sed de justicia, todo
tipo de opresión y de
  discriminación.

Los barrios de indigentes, la escasez, los hechos infamantes, el polvo,
las tiendas exclusivas. Liquidación total de las humillaciones, venta de la
falta de libertad.

Todo lo que separaba a los habitantes de la ciudad ha de ser vendido,
o en su defecto lanzado al mar. Al mar, al mar. *A la mar de junio, niña.*
Lunes, hay sol, novilunio.

Porque las playas, en enero, quedarán para el beso de aquellos que
regresan.

En un pueblo escogido, desconocedor de las reinas putas, pero orgulloso
coleccionista de cierta
  sabiduría en materia de pirámides,

se dicta más de una sentencia respecto a las costumbres:

——Pues a quién se le ocurre organizar las playas en enero,
cuando las playas son para el verano. Ya es invierno.

——Fue el tiempo de expulsar a los tiranos. Sueña. Que ya es invierno.

Las elegantes tiendas han cambiado la decoración de sus vidrieras.
Las señoras confían, aunque es enero, en que lo seguirán haciendo.
Frívolas, ignoran que todo será vendido. Todo. Durante el tiempo que
dure el jubileo.

Los vendedores no están finalizando el saldo.

Ellas tendrán, pues, que esperar, para darse cuenta, a que las vidrieras,
vacías, no cambien con las supuestas estaciones.

Ignoran que, de rechazo, ciertas obstinaciones conducen a la más
absoluta carestía.

entonces los hombres mismos no tendrán más esperanzas que liquidar.

Y será la alegría aterradora para la multitud.

Sólo entonces la ciudad estará lista para el milagro; mientras, irá *a la*
mar, lección expresiva de
  geometría clásica.

Por allá van los barcos precozmente cargados, se van a la traición y hacia
el exilio.

SALMOS Y COMENTARIOS

IX

A causa de la cada de Jehová nuestro Dios buscaré bien para tí.

Y en los mejores lugares habitará las gentes y serán limpiadas de piojos y lombrices, y se abrirá
> el mar y sus playas para todos los negros y mulatos. Lavarán
> sus cabezas, destronarán los juegos del azar y los barrios de
> putas.

Serán organizados bellos campos sembrados de tomates.
Cada vez que aparezca una vieja siniestra se le triturará y en su lugar aparecerá una hermosa
> muchacha, culta y delicada, rubia o morena, pero siempre
> mestiza.

En presencia de los triunfos, el poder y la abundancia, seremos rodeados por nuestros
> angustiadores.

Y cada día tendremos más enemigos y aún entre nuestros amigos de hoy serán contados nuestros
> enemigos de mañana y de siempre.

Y el bien consistirá en la abundancia de todas las cosas que son y de las que todavía no han sido.
Y durante un largo tiempo el bien consistirá en el anuncio de la abundancia y de las cosas.
Y el sufrimiento será recompensado.
Y habrá fusilamientos y prisioneros, guerras, comentarios e intrigas.
Y nadie tendrá necesidad de gritar ni de tener hambre ni sed de justicia.
Ni ninguna otra clase de hambre ni de persecuciones.

Y ay de los que establecen leyes injustas, y determinando prescriben tiranías
Y de los que especulan con el poder y la gloria y con las confidencias y con las calabazas,
> la carne y la mantequilla.

Por que todo el que desee sepultar a la ciudad será inmediatamente condenado.
Y la condena consistirá entre otras cosas en volver a la casa para siempre, y en juntarse con los
> que le decían que a ella debían ir.

Y en cada una de las casas estará la vieja multiplicada y sin dientes perpetuamente dictando
sus asuntos.

Y a los que se marchen les atormentará el deseo de la vuelta, la picazón de las axilas y el tropezar
constante de las palabras en una lengua extraña.

Y por eso organizarán invasiones y fracasos y fumarán marihuana sin saberlo.

Y por un tiempo la carne de cerdo será considerada sucia y sólo se podrá encontrar durante los
carnavales.

Y las mujeres no se podrán teñir de rubio por falta de colorantes.

Y muchos serán considerados frívolos y decadentes.

Y muchos de los considerados frívolos y decadentes morirán en los ataques y en la defensa
ardiente de la ciudad.

Y nadie alzará los ojos a los montes de donde no vendrá ningún socorro.

Y si llegan por mar serán barridos.

Y si por tierra, en un tren militar, ni siquiera habrá necesidad de barrenderos.

Porque no habrá Adelita para que se vaya con otro.

Sino que cada uno habrá de aceptar su destino cualquiera que éste sea.

Y aceptar su destino no significará disparar cohetes y fuegos artificiales, sino vivir diariamente
en la agonía y superar todas las deficiencias.

Y algunas veces ser expulsados de los puestos de confianza por falta de confianza.

Y otras veces ser reubicados en los puestos de confianza.

Y habrá un momento en que no se podrá bailar y otros en que sí se podrá.

Y cada uno será libre para comprender la significación y el sentido de la casa de Jehová
o de las casas de Dios.

Y de todas formas será lo mismo porque nadie se preocupará por ello.

Y dejarán a Dios que se vaya con su música a otra parte (acaso de existir Dios y de tener
acompañamiento musical).

O dejarán a Dios que se quede a condición de que ayude y asista al trabajo productivo, aunque
tenga que persistir en su costumbre de descansar los domingos
y las fiestas de guardar.

Y no perseguirán a las vírgenes porque habrán dejado de existir y no
habrá ninguna necesidad
    de reinventarlas.
Y la fornicación será libre y nadie será acusado por amar furiosamente.
Porque no habrá
    preocupaciones ni maledicencias.
Y se leerán todos los libros, tanto los ortodoxos como los heterodoxos.
Y los ortodoxos serán heterodoxos y los heterodoxos ortodoxos.
Y todas las cosas serán vistas y serán hechas por cada uno de los
hombres de la ciudad.
Y todos los hombres de la ciudad serán iguales.
Y algunos serán más iguales que otros.
Y vendrán discusiones y polémicas y toda pugna será magnificada.
Pero algunas discusiones, polémicas y pugnas no serán convenientes y
menos alentadas.
Y sus propiciadores serán amonestados o declarados conflictivos.
Y muchas cosas perderán su importancia y envejecerán con ridiculez y
enorme prisa.
Y aunque exista la casa ya no será un problema ni una necesidad ni una
nostalgia.
Porque más acá de los muros estará la vida.
Y la dificultad sólo consistirá en comprenderla, hacerla y aceptarla.
Y se cerró la puerta.

CEREMONIAS Y CEREMONIALES

VI

Más allá de la puerta cerrada, cerca de su recinto,
separada hábilmente por tiestos florecidos y cortinas,
por el recuerdo y por la propia voz, que ya es un poco ronca.
Rodeada, sin embargo, por la vida constante. Reclamada.
La vieja madre hilvana sus memorias y, famosa,
rumia despacio su equívoco presente.
Cuando repasa cartas y papeles, cuando esconde
referencias ocultas, viejas rencillas, flores disecadas, está sufriendo más,
se está encontrando sola
(lo contrario del huérfano es la madre sin hijos,
la madre que ha perdido sus criaturas,
arrebatadas por la muerte o el exilio). ¡Qué rara

confusión, qué espanto contenido,
envuelta en las historias que no entiende del todo!
Afirmativa en el momento más alto de la lucha,
esta mujer se pierde y se desvela
cuando piensa en el hijo que le queda, en el hijo
que persiste e insiste. Que la llama
y quiere arrebatarla de la tierra
donde sus niños héroes se enraízan. Quiere
su parte turbia, compleja, en el cariño.
¡De qué tamaño será el vocablo usado
para calificarlo! Ese secreto
adjetivo, que no puede surgir sin que lo envuelva,
culpable, la vergüenza. Esa caricia desdibujada
que se pierde en el aire, que tropieza
con el claro perfil de los hermanos muertos.
¡Ah, extraño culto de la antigua madre! ¿Quién conoce
el abismo, la hondura de su seno dividido?

ORISHA

Dame la gracia y dame, dame mejor
toda la sabiduría
acumulada por el tiempo en estas islas,
en esta sola isla donde en viento
a veces arrebata, donde la calma reina
en apariencia y la rabia tascada
entre los dientes va devorando el alma.
¡Di de dónde vinieron
los ancestros oscuros con sus ritos,
busca entre otras montañas tus montañas,
animal hembra o macho, mezcla
de nieve derretida y delgada
y de criaturas fieras o elegantes
que a dioses llaman y a dioses se asemejan
con ritmo omnipresente, indescifrado,
como un signo perpetuo entre los cuerpos!
Una suma total, todos los símbolos
superiores y hermosos te sostienen,
diosa o leyenda, bosque
o sabana donde en pastos trémulos

bestias de dulce mirar y regio porte pacen,
pacíficas descansan o se mueven.
Escapó la tarántula del monte,
el sinuoso majá dejó su fatalismo inveterado
y ya se purifica el aire por el agua,
del cielo al fuego entre tus piernas arde.
El tomeguín, la tórtola, la tojosilla al monte
se fugan para siempre y allá acampan contigo.
Dame otra vez lo que te he suplicado,
para ser nuevo aquí donde la vida,
aquí donde la muerte, en fin, aquí,
para que exista la atrevida imagen
que todo tiene y con orgullo altiva
como señora de los tiempos llevas.

PRESTANCIA DE LA CEIBA

La ceiba se quedó sola,
y solitaria
protege y sombra ofrece;
entre sus ramas, fantasmales
recuerdos colgados estremecen
enteras las conciencias,
la historia propia de la patria.
Su misterio es abierto,
entre sus claros
han venido deidades a posarse;
ramas, hojas y tronco
dibujan su ríspido celaje
de sacrificios y adivinaciones.
¡Ampárenla del rayo, salvaguárdenla,
cielo y luz tamizados!
Déjenla allí distante,
sin columpiarse al viento,
fijo color en el deslumbramiento
de la pradera, acosada
por la manigua, altiva,
inmóvil casi,
retadora del tiempo y los ciclones.

PERMANENCIA EN EL AIRE O EN SU AROMA

Pequeño jardín, nocturno
cerrado en su perfume,
que disolvió en recuerdos
el tacto de las flores.

Eficaz escondite,
escolta la corteza de las ramas
y al deleite convoca
de una inscripción furtiva.

La reja que se cierra
cancela el tiempo ido,
pero deja su aroma
y afirma otro paisaje.

Minúsculo jardín,
como una mariposa,
se ha quedado prendido
en el hueco vacío de la noche.

LUIS MARRÉ

LUIS MARRÉ (1929)

Los ojos en el fresco. Eds. R. La Habana, 1963. *Canciones*. Eds. La Tertulia. La Habana, 1964. *Habaneras y otras letras*. Ed. UNEAC. La Habana, 1970. *Voy a hablar de la dicha*. Ed. UNEAC. La Habana, 1977. *Nadie me vio partir*. Ed. UNEAC. La Habana, 1990. *Techo a cuatro aguas,* Ediciones Unión, 1996. *A quien conmigo va*. Ediciones Unión, 2001. *Hojas de ruta*. Ediciones Unión, 2006.

LOS OJOS

Los ojos en el fresco
quiero abrir, romper el vaho
de estos sueños, mirar por un instante
las cosas bajo el orden y la luz increíbles
del otro sueño, la realidad,
sueño de
Aquel Que Nos Sueña,
y en su momento sorprender la llama
de mi acabamiento.
                    —Sólo
quiero, en fin, un instante lúcido
y entre tanto ardimiento, abrir
los ojos en el fresco.

JUICIO

He aquí que de pronto recuerdo,
y me digo: he vivido.
Aquí, en mí, tengo que decírselo
a alguien, a fin de que corrobore mi certeza.
Una y otra vez digo: he vivido.
Y el incrédulo desmiénteme, replica:
—Conozco cuanto sueñas,
niño mío. Ya
iremos a conocer la vida, a comprobar
los frutos:
quiero de ti un testigo lúcido.

LA VENTANA

No descansa un momento,
padre,
tu voraz pajarita de dos piezas,
alegra con su piar
mis mañanas en tu jardín.

Hoy no iré.

Espero a alguien que no vendrá
pero debo esperar.
Estoy echado boca arriba
—como bajo los clavelones
allá—
y he abandonado el libro que leía
(es tan difícil darse a algo
cuando se espera).

La ventana está abierta,
padre,
y el cielo que por ella miro
pesa en mi pecho como una lápida.

LOCURA

La clueca parda, madre única, ahueca más el ala
sobre su desove de espanto y sueños,
la aún remota gloria de Dios clarea
entre sus monstruosas patas de turquesa,
y un gallo canta en la paz suburbana.

Algún amante, despertando, reanuda
en no soñado cuerpo la caricia abandonada.
Pero yo no he dormido, vigilándote.
Ah, no despiertes.
Sólo restaba mi esperanza:
ya no queda qué darte a cambio de mi sumisión.
Criatura mía habida en la furia,
mi odio te alimenta y necesita.

El canto de los gallos se sucede
como un grito de centinelas
alertas a lo largo de una trocha.

Mi oído se abre al abismo,
puede medir la infinitud.

El último gallo canta en el infierno.

HOTEL LA UNIÓN

¿Sabéis? Estoy perdido. Nada sabe
de mí. Pregunto —me pregunto—
y nada: nadie.
No es que no reconozca el sitio,
las cosas: todo permanece
donde solía: el cuarto, esa mesa
y los libros que no leo.
Todo me niega, nada
me ama.
Soy un extraño
—Lázaro que regresa.

VIENE

Viene desde el crepúsculo con nubes
lilas y nubes áureas, deteniéndose
al paso del soldado, en el portal
junto al trillo del río, y, loca, grita:
—Vámonos con el río hasta la costa,
a aullar en los peñascos. Y se va
tras la jaca bermeja del soldado
mas derrotando siempre hacia mi pecho.

Viene desde el lejano día hasta
mí. Cada paso suyo siento. Viene
llegando siempre desde entonces. Ruda
lengua pone en mi pecho y me derriba.
Su sed me busca el corazón perdido
en un agua sin fondo, luna rota
bajo un amargo belfo, deshilándose
en el ojo que dice:
                    —Está lejos.

AL PREGONERO DE SANTIAGO

AL pregonero de Santiago
al aire príncipe
entre las rosas de mi padre,
a las nostalgias vespertinas
—aquellas de las tardes húmedas
cuando la brisa huele a ramo
de novia muerta—, a
Doña Isabel de Bobadilla,
al viento, al que soy cuando sueño,
hice envíos lunáticos.

Y mi vida perdí
soñando las cantigas
del romero desventurado,
despertando, ay, tan lejos
que nadie entiende esta lengua...

la culpa no conoce el polvo.
                            Espalda
de nazareno no hay que quiera culpa
ajena.
              Vamos a repartírnosla.
                               Tú
porque me odias y no me anunciaste
la proximidad del nuevo día,
eres culpable: somos muchos
a pagar.

        Va
a reventar de cantos la alborada
cuando vayamos a cumplir la deuda
alegres, poetas, alegres
de saber el destinatario...

Porque los nuevos cantos son
para el alba recién nacida.

LA JOVEN MARIPOSA

La Joven Mariposa ensaya débil vuelo y prende sus alas en los techos y los árboles. Un polvillo dorado se agolpa en las rendijas y hiende la tiniebla de los cuartos cayendo dulcemente en los párpados extendidos. En las casas más pobres, alguien acuña monedas de cambiantes efigies: viandantes, palomas, ramas movidas.

Mariposa de oro, joven luz, ajena luz siempre lejana de mis dedos, miraré tu holocausto en la cúpula del día, tus cenizas manchando el muro donde mi corazón golpea.

RUINAS, SUEÑOS, VENENOS

Ruines! ma famille!
Ch. Baudelaire

I

Y también hube una estancia en el infierno, donde encontré a mis amigos los que tienen comercio con alguna de las musas. —Mis amigos aún pertenecen a esta vida, pero el infierno es eterno y ubicuo, es decir, existe desde siempre en cada hombre y hasta siempre con todos los hombres—. Huele allí el aire a libro recién impreso, a óleo fresco, y a algo aún más deleznable. Es que un estrecho pero impetuoso río de excremento lo atraviesa. Este río baja desde un monte deslumbrante —apenas se le puede mirar— y cuya forma es la de una grupa humana. No sé cómo supe que el monte no es otro que el Culo de Venus y el río nada menos que el Discurso Poético, pero, ahora, al hablar de monte y río tales, esos nombre vienen a mi memoria.

Así de pronto me encontré caminando sobre la orilla del Discurso Poético. El rumor de la corriente me arrastraba peligrosamente, tal una música de sirenas. Me sobrepuse enseguida, sin taponear con cera mis oídos... Mas lo que oía... Anda que te anda, me entré en un cañaveral de la orilla. Qué escándalo el de las ninfas allí ocultas. Me salí de las cañas y fui a echarme al pie de un cocotero. No estuve mucho rato sin compañía, de la copa bajó un mono que se puso a mirarme extrañado, para luego hacer mil travesuras a mi alrededor sin lograr divertirme. Convencido de mi inmutabilidad, el endiablado animal se volvió a la copa de un salto. Arriba había ahora cuchicheos y risitas.

—No te ha reconocido.

—No me ha reconocido el pobre idiota.

Y el mono bajó de nuevo, esta vez seguido de otros más pequeños hasta el número de seis. Siete monos. Catorce ojos de monos mirándome seriamente. El mayor habló:

—Somos los hermeneutas. Pocos nos conocen y nadie nos reconoce. Tú eres de los nuestros, pero aún no has sido iniciado... Sin embargo, oirás una de mis lecciones.

Los monos menores quedaron ensimismados y reconocí en ellos a mis amigos más queridos, unos con los piojos a medio camino de la barriga a la boca, y otros con las manos en los ojos o en la boca. Sólo el mono sabio permaneció irreconocible, a pesar de mis esfuerzos por identificarlo y la admiración que hacia él me crecía... Idiota, idiota y mono que fui; aquella admiración me convirtió en el séptimo mono menor; oía al maestro, me abstraía, y otras veces bajaba y subía a la copa del cocotero en un par de saltos, como un mono más a la orilla de aquel río asqueroso.

¿Cómo regresé? No sé. Un día un repentino ataque de locura y me encontré de nuevo en mi vieja piel y en el aire fresco de esta vida. Mi salvación fue aquella oportuna locura.

EL DORADO

(¿1958?)

Un día no muy lejano dejé a mi madre llena de lágrimas diciéndome adiós levantando el paño de cocina purísimo bajo el rosal de la huerta. Su último beso dejó de arder en mi frente cuando estuve bajo el balcón de la hija del arriero. Regresaría a su quehacer recordando quién fue la madre de mi novia, repitiendo:

—Dios lo guarde, Dios lo guarde.

El sol se ponía cuando mi amiga me dejara volver al camino, temerosa de que el padre regresara y sorprendiera la enternecida despedida. Con el fresco de la noche me sería menos fatigoso el viaje a la gran ciudad, a la que, según mis cálculos, hechos sobre una vieja carta, llegaría a media mañana si no descansaba en el camino toda una noche. También elegí en el emborronado pergamino la vía más corta y menos accidentada.

Era un bosque de frescura aquella noche y a cada paso me adentraba más en la misteriosa entraña toda llena de ojos repentinos y vuelos oblicuos. Poco a poco me fue ganando una rara ebriedad. Si me detenía a descansar no llegaría a ala gran ciudad a la hora deseada. Pero olvidé mi propósito. Dejé caer la bolsa con mis pertenencias y me senté sobre una gran piedra. Un pájaro oculto cantaba cerca. Su canción es lo último que recuerdo de mi viaje.

Ya era la media mañana cuando desperté con el sol en el rostro. Restregué varias veces mis ojos: no podía ser cierto lo que veía: había dormido en una plaza con árboles, sobre las piedras renegridas de un monumento ruinoso. Esta plaza no podía ser una de las muchas que suponía en la gran ciudad. Me había confiado a una carta errónea y estaba perdido. Numerosas vías desembocaban en la gran plaza arbolada. En la piedra que dormí había esta inscripción:

"Para salir, perdeos"

Eché a andar por una calle cualquiera para salir de la ciudad y continuar mi viaje. Caminé rectamente, calle arriba, pero mi asombro no tuvo límite cuando me encontré de nuevo donde había despertado. Ese mismo día hice otro descubrimiento: aunque las palabras que oía pronunciar eran las de mi lengua, aquí había sido subvertido el viejo significado de las mismas. Apreciado a la ligera, esto parece insignificante, pero cuando tuve necesidad de hacerme servir, me vi obligado a valerme de la mímica.

No tengo cuenta de las veces que he intentado buscar una salida y vuelto al punto de partida. Las únicas palabras que no han sido subvertidas son las de la piedra que me sirve de apoyo en mis descansos. También he podido comprobar que esta gente, tal su lengua, ha degenerado, aunque a la primera impresión la creamos de la nuestra.

Ya no volveré a buscar una salida. En mis paseos no me aventuro más allá de los límites de la plaza. Bebo el agua de una fuente abandonada y me alimento de los frutos de los árboles. Mi ocio lo divierto frotando con la manga de mi chaqueta las grandes letras en relieve de la inscripción que he citado. Cualquiera puede leerla claramente, gracias a mi trabajo, desde el extremo de la plaza.

A veces alguien de la ciudad se detiene y me dice:

—Buen trabajo, maestro.

Así se me trata aquí, de maestro; y se me conoce por el Sabio. Claro que en la lengua de esta gente esto no es más que una burla, porque piensa que no he logrado descifrar el sentido de la inscripción. Bien que lo sé, pero no quiero, no quiero...

CORRESPONDENCIAS

Un hombre mira desde su ventana del hotel *Rossia* la soberbia catedral dedicada a San Basilio y la plaza donde nieva; pero tras los cristales reverberan la humilde torre de la parroquia de su barrio y azoteas con sol. Piensa "a esta hora son las siete en casa", piensa en su mujer que habrá abierto la ventana y mira más allá del campanario el cielo por si ha de llevar la capa o la sombrilla.

Una mujer ha abierto la ventana y mira más allá de la colina y el campanario de Jesús del Monte, como todos los días porque puede ser que llueva, y mientras pliega sobre las persianas las dos hojas ha creído ver las cúpulas de esmalte y oro de una catedral bizantina.

EL SAPO

Nada como la noche para crear.

Sentado sobre un loto, ensarta las palabras de un manifiesto, una a una -semillas de santajuana-pero el hilo se escurre y se deshace sobre el agua verdinosa.

Todo conspira para descentrarlo: el enjambre de apetitosos mosquitos, la tropilla que viene a beberse la luna y la piara hambrienta de fango y raíces de loto.

Sin embargo, nada como la noche para crear.

Casi al amanecer, asoman rana y jicoteas entre el verdín aguanoso. "Es mi momento", piensa y salta sobre una hoja de nenúfar. Aspira una gran bocanada de aire y mosquitos, se dispone a lanzar su manifiesto ... y sólo dice "¡croac!".

CARLOS MARTÍ

CARLOS MARTÍ BRENES (1950)

El hombre que somos. Ed. UNEAC. La Habana, 1976. *En las manos nuestras*. Ed. Letras Cubanas. La Habana, 1979. *A finales de siglo*. Ed. Letras Cubanas. La Habana, 1987. T*e llamaré Logor* (1995) *En un abrir y cerrar de siglo* (1998). *Aquí la sombra es la luz* (2000).

LA FIGURA DE MÁRMOL

Mirar en la lejanía y rozar con los ojos
la figura que se alza contra el mundo,
la que escupe y discrepa: tu figura.
El sudor es una gota de mármol
endureciendo la piel y es un no
a tu doble: el que se aleja,
te entierra, te maldice y se marcha.
Qué esperas para seguirlo y detener la caída.
Somos él, su llaga; y él es como tú.
Empújalo de una vez al tormentoso vagar
de los cristales lamiendo el silencio;
hazle saber que no será siempre
el impoluto y el seguro que no indaga
en el espacio negro, todavía infinito.
Hazle saber que los desconocidos imaginan
en tus heridas las penurias, los dedos
marcados por la llama del crepúsculo.
Qué aguardas; ya sabes y tienes la respuesta.
Dile que no habrá otros como tú, que eres
el último de los que miran y enmudecen.
Dile que los cuerpos exhaustos alumbran
como lámparas amontonadas y que la sombra
humilla al que reniega de la figura:
del mármol que perdura y nace. Hazlo.
Quizás te ha reconocido pero es débil.
Se incorpora y no regresa
como invocando que es él
quien discrepa de ti y de la muerte
haciendo el guiño de la figura de mármol.

HOY ES EL DÍA DE VIVIR

¿No te has dado cuenta de que sólo puedes ser un hombre:
un solitario abatido y glorioso con iniciales
que no se desvanecen por el tiempo ni las moscas?

Vivir la serranía húmeda, para ti inmarcesible; la niñez volviendo de
    muy lejos a poblarte

con sus manos vacías;
la cuerda floja de la familia almorzada; vivir ese rostro
que irrumpe en la fotografía el espacio de tu primavera; vivir con el
navajazo sobre las
           fechas y aún vivir.

¿No atribuyes el símil a la arcilla
que amasa las íntimas, casi graves, memorias
y prefigura la materia tenaz del monumento?

Somos, soy, seremos la cúspide de los turistas
afanados en su revelación de cicatrices bajo la llaga:
el estremecimiento de las generaciones que cumplen
con diafanidad sus asombros y angustias de vivir.
O es que no comprendes que hoy es el día
de tarjar el nombre propio de la muerte
en los siglos de epopeya: el día tuyo de vivir.

HAY UN CUARTO CERRADO...

Hay un cuarto cerrado que ya no respira
hundido en mi tórax. Pero es mi escena:
es decir, una habitación muda, sin ejes
sobre los que volver a ser. Sin madejas
que cuidar, sin ropas. En fin, un trozo
de la ciudad que Logor incrustó
en sus costillas humeantes de silencios.

LOGOR, UNA VOLUNTAD ENTREDICHA:

Entre realidad y sueños

                              una hilera de labios
Entre la muerte y el ámbar

                              un transeúnte que cruza
Entre el mar y la noria

                              una semejanza
Entre las sábanas y la lejanía

                              un credo
Entre el emperador y la fiera

                    la certeza

Entre el temblor y el suicida
                    la añoranza

Entre las calles y la razón
                    la copa de los árboles

Entre los dedos y la pared
                    una caricia

Entre la voz y el mantel
                    el paraje de las horas

Entre la multitud y la lluvia
                    el resplandor

NUESTRO HIJO ES UNA MANZANA...

Nuestro hijo es una manzana podrida
dentro de tu vientre. Es una caricia agria
que dejamos olvidada en la despensa.
Nuestro hijo tiene sus manos enceradas
como la piel de tus mejillas y es alto.
Pero nos mira absorto las llagas que hereda.
Nos reprocha ese corazón desaliñado
que pusimos en su pequeño pecho desnudo,
ese temblor erótico de esponjosa eficiencia.
Así es nuestro hijo y lo vamos a cuidar
para que crezca y nos una para siempre:
Nuestro hijo nunca muere
de tanto parecerse a un dios.

CONCLUYÓ LA GUERRA

Concluyó la guerra
y estás tendido bajo un puente.
Si vives, debes ordenar tus ideas:
Saber dónde acecha el enemigo
y cuál es la orilla de tu pasado,
ese cotidiano recurso de la nostalgia
a donde debes acudir si logras al fin
incorporarte y dejar esa mirada yacente
de aparente reposo, casi reptil,

si los contornos de tus piernas
no fueran tan humanamente veraces.

EL NAÚFRAGO SALVA...

El náufrago salva inesperadamente
sus pulmones inflamados de presagios.

La playa es ahora la respuesta,
el espejo reversible del océano
y comienza en el horizonte la frontera
bajo los pies llagados.

Este es el vaso de agua que lo salva.

¿Y las algas ardientes?
¿Y las manos lustrosas
de la sobrevida?

El náufrago está solo
en su planeta deshabitado.

Nadie está muerto...

Nadie está muerto de dolor,
nadie es un ángel cuando copula,
nadie es inocente.

Somos las memorias culpables
de haber vivido un presentimiento.

Somos la caricia perfecta
de las cenizas.

Esta es razón suficiente
para que volvamos a ser
marionetas de un caluroso día.

NUEVA ELEGÍA DEL BOSQUE

El bosque de mis dichas confidente
Luisa Pérez de Zambrana

I

Andamos el camino
desbrozando el olvido que gime
bajo nuestros pasos.

Atrás queda el campamento
ordenado en torno al fuego acogedor
cuando se alejan jubilosas
las herramientas que han de sembrar
los nuevos bosques.

Andamos el camino y todo sorprende
a los recientes ojos que incursionan
las texturas imprecisas de la luz
en el ramaje.

El tocororo y el carpintero real,
sobre la gruesa corteza de los árboles
olorosos de resinas;
en el caimito, la anécdota de una siesta
mientras las mochilas cuelgan como extraños frutos
y las bocas se empapan de rocío.

Los camiones ronronean y se marchan.

Hablamos de la piedra calcinada por un rayo
del guayabo que suspira y el conjuro de las aguas;
del fraile alucinado que ahora vemos
en la oscura roca que reposa junto al vivero.

Pero las hachas no aguardan
surcan la húmeda ausencia
y el eco testimonia las canciones
que se aproximan al alba.

II

Cuando la vicaria de los trillos refleja
la primera rozadura del sol
siento que a mi lado tu cabello
trenza con sus hilos nebulosos
nuestro lecho.

Te acercas al manantial que se desboca
cuesta abajo:
acaricias el frío decursar de su corriente
y hay nubes que ofrecen al instante
en que sonríes
la blancura contrastante
y la solemne impresión de eternidad
de todos los recuerdos,
porque en la fragancia ungida
a tu amable mirada
un hondo silencio antecede
la llama inmensa de los cuerpos.

III

En el vasto candor de la penumbra,
roza el mimbre la insaciable
fiesta de los domingos.

Los aires de la tarde colman
de cal y aroma de hierbas
los confusos saludos tributados
a nuestro arribo.

Y quizás los árboles retan la elegancia
porque sintieron rumores
de rastrillo;
quizás las frágiles lluvias se acercan
a los jardines sencillos
porque aquí estamos, bajo los encajes
del seto, el cupey y las tallas
del espino;
porque ya se oficia la siembra
de los nuevos pinos.

IV

Ya en las frescas manos del paisaje
renacen los bosques hirsutos;
elogian los sinsontes la espesura,
el colibrí ha vuelto a sus livianas hazañas
y los confusos murciélagos
devoran raudos los laberintos del follaje.

Sobre los gallos
como un abrazo lento
asciende el mediodía.

LILLIAM MORO

LILLIAM MORO NUÑEZ (1946)

Ha publicado los poemarios *La cara de la guerra*. Madrid, 1972. *Poemas del 42*. Madrid, 1989, *Cuaderno de La Habana*. Madrid, 2005. *Obra poética* casi *completa*. Miami, 2013. *Contracorriente*, ganador del Premio Internacional de Poesía "Pilar Fernández Labrador". Salamanca, 2017. *El silencio y la furia*. Miami, 2017. *Tabla de salvación*. Ed. Betania, Madrid, 2018. *Viaje hacia el horror* (Betania, 2018), colección separatas N° 11.

RECORDANDO A LA ISLA

Sobre los árboles
por las calles calientes y agitadas
los dioses africanos auscultan el destino de la ciudad.
Piensas, registras tus bolsillos,
auscultas el horóscopo,
la casa de la madre.
Recordar a la Isla es dejar un instante
la carta que estamos escribiendo
o soltar la cuchara indefensa sobre la mesa
sobre los árboles
sobre las noches guardadas como un tesoro infantil
los dioses africanos reparten culpas,
oraciones.
Bajas por una calle
estás atrapado irremediablemente por la muchedumbre
atrapado irremediablemente por la época.
El hallazgo de un pájaro
te parece un hecho milagroso
una hoja verde aún te trae de golpe un álamo
o la ceiba hueca donde viven los dioses
donde acercaste tu voz de adolescente a pedir un deseo.
—En La Habana todas las calles conducen al mar—
Pones tu disco preferido
das un beso
inventas el futuro —uno distinto cada día—
Recordar a la Isla
es flotar en Madrid, en Londres, en Miami,
es un mantel manchado en una esquina,
son las pobres comidas inventadas por tu difícil madre
—te compras el periódico—
las flores a la abuela
—tomas café con leche, recuerdas, imaginas—
un ídolo africano, tus zapatos
—revisas el buzón todos los días, tus deudas, tu paciencia—
es una casa llena de cucarachas
un pedazo de pan entristecido
—bajas las escaleras,
coges un metro y te confundes—
una llamada por teléfono
—tropiezas con la gente
como queriendo echar sobre ellos

la pena que te sobra—
son unos ojos, unas fotografías irreales
—conversas con Velázquez,
consultas el horóscopo—.
En el Mundo todas las calles conducen a ninguna parte.
Los dioses africanos tiran los caracoles del futuro
hacen sus rogativas
planifican el aire, el fuego, la tristeza.
Recordar a la Isla
es un sol poderoso, un malecón interminable
largo como la Historia
y tú y yo de la mano inventando la vida.
Recordar a la Isla es vivir en Europa
es dormir en pensiones alquiladas
es tener mucho miedo
mucha prisa,
mucha distancia encima
y un avión que echa sombra sobre mi cuarto solitario
sobre el azul del mar.

AMOR

And what you do not know is the only thing you know
And what you own is what you do not own
And where you are is where you are not.
            "East Coker" (Four Quartets)
                    T. S. Eliot

Para A.

TU MANO SE DETIENE SOBRE LAS COSAS QUE PASAN
lo que ahora te rodea es ya el recuerdo de lo que estaba antes
pero a pesar de todo cambias, mueves objetos,
sombras será mejor decir,
y todo lo que haces es como si lo hicieras para siempre.
Andas y vives y te mueves
y estás rodeada por enormes espejos
donde lo que ahora eres fue sólo esa fugaz imagen reflejada,
disuelta en no se sabe dónde.
Sólo lo que no dices te pertenecerá
sólo lo que no haces será el acto absoluto
lo no estrenado nunca
lo que está por venir.

CREÍAMOS TENER TODAS LAS RESPUESTAS
incluso todas las preguntas habían sido formuladas
a media tarde
pero he aquí que la borrasca trajo la destrucción
la marea subió más de lo debido
y sólo sobresalen los techos
y este pobre amor mio haciendo gestos tan ridículos
con el agua al cuello.

Creíamos que los días
estaban perfectamente integrados en el mes
que habíamos conseguido
un bioritmo aceptable de sobrevivencia
pero ocurre que los espejos empiezan a romperse
y nuestros rostros hechos trizas en el cristal
es la única imagen coherente que ponemos.

Como ves, amor mio, ahora mismo
esta cierta desazón que nada tiene que ver con el deseo,
este comedimiento o discreción
que ni siquiera es diplomacia,
es el miedo simplemente, el antiquísimo miedo
que se abre paso entre tus ropas
y se acuesta contigo como si fuera yo.

CUANDO ACARICIO TU CABELLO, A TIENTAS
doy con tu soledad, doy con las ganas
de algo que quiso ser
de alguien que junta los trocitos
de otro día perdido.

(Ya ves, ahora es de noche
y cómo hemos matado tantas cosas!)
No desesperes, sin embargo, duerme ahora:
ya sabes que la noche todo lo vuelve breve
y algún día será el día de mañana.

A sir John Everett Millais

OFELIA FLOTA SOBRE LAS AGUAS VERDES,
su cabello enredado entre nenúfares,
los juncos de la orilla.
Los pececillos de colores entran en sus oídos
con su batir de aletas diminutas
reproduciendo el perenne murmullo de la alucinación.

Ofelia flota y está inmóvil.

Bajo sus párpados conversa la imagen última:
el fugaz pajarillo, la abeja sobre el lirio,
las ojeras del príncipe de Dinamarca.

La conciencia se desvanece lentamente con su cerebro
que ya descompone.
Pero no habrá descanso para la dulce Ofelia:
la locura no es alimento de la muerte
y flotará —como ella ahora—
sobre los ruidos del cuerpo reventándose,
sobre el hedor de sus emanaciones
y aun cuando todo esto haya pasado
persistirá en los ordenes desconocidos,
en los recuerdos que en los demás pervivan,
en el remordimiento del ojeroso príncipe.

MEDITACIONES DE ODISEO

Penélope.-¡Forastero! Hay sueños inescrutables
y de lenguaje oscuro, y no se cumple todo lo
que anuncian los hombres.
        Odisea, Homero

I
La ventaja del mar sobre nosotros
es que es el mar.
Un golpe más agua y todo habrá pasado.
        Son propicios los dioses
        —se piensa en ambos grupos—
        pero sólo el azar tiene sus reglas,
        sus preferencias y sus elegidos.
Un golpe más de agua y todo
—nuestras noches de amor,

los ojos almendrados de Penélope—
habrá pasado.

Encendamos el fuego.
Qué noche
qué pájaro sobrevolando
los deshechos del sol.

Llegas con un susurro tenso,
con un sonido lleno de rencor,
tan majestuosa
extraña joven de los pies descalzos
cómo te llamas, dilo, para saber qué responderte.

Un golpe más de agua sobre mi rota nave
y todo habrá pasado
y nunca llegaremos a las playas de Ítaca.

El mar dice que no
dice que no, que es demasiado tiempo
descalza inmemorial
dice que no
con maderos podridos y revueltas insignias
por las que alguna vez luchamos
dice que no.

No es posible que todas las ciudades
se incendien con la nuestra.
                              Haz leña, fuego todo,
                              haz una pira humeante
                              y descifra las vísceras
                              del animal que sacrifiques.
Oh Circe
si guardas los designios dame una tregua al menos,
descúbrete los ojos para saber qué responderte
que es demasiado tarde
que dice el mar que no
que ha caído la noche y tengo miedo.
                              Pero el oráculo no miente:
                              y el hijo de Laertes pudo llegar
                              a Ítaca,
y Atenea lo protegió a él solo,
y Odiseo consumó la matanza
de los pretendientes.

II

Se prohíbe todo pensamiento de derrota
no habrá cabida para el pesimismo. Porque los árboles
de Ítaca
son los verdaderos árboles. Imagen o espejo
lo demás
y no da sombra la invención de los hombres
ni rumor de hojas
ni olor a húmeda tierra
única tierra
Itaca.

La desesperanza se desmorona ante una sabia decisión
el usurpador está en el tiro de mi flecha
mi sirviente, mi techo, quien comparte mi cama es mi universo
afuera sólo existe algún triste proyecto de existencia
un lamentable ir y venir
un tropezar de cosas y de gentes.
No permitiré a los emisarios
más buenas nuevas que las de mi llegada:
cualquier siniestra noticia rodará con la cabeza del importuno.

Sólo quiero silencio:
que la felicidad necesita del eco
para perpetuarse.

III

Bienaventurados los locos como tú
que intentan asaltar el paraíso
con un cuchillo de cocina oculto entre las ropas.
IV
Hombres uniformados
abren y cierran rejas
y dan grandes zacadas por los pasillos de la vida.

No tiembles. Que no vean que te mueres de miedo,
que no sepan que no tenías para casos así
ningún poema preparado.
Miente, por favor, miente:
¿qué verdad hay tan grande para momentos como estos?

V

En el sueño de Dios ocurren cataclismos,
bofetadas, suicidios, delaciones.
En el sueño de Dios alguien está gritando
alguien corre y arrastra su falda estrafalaria
barriendo la ciudad con su terror a cuestas
llamándose, llamándose.
¡Qué grito el de su rostro embobecido
qué a pulmón lleno raja, está rajando
ese cielo impasible
para que Dios despierte de una maldita vez!

VIII

Para ti todo ha terminado.
Ya sólo eres un hombre que muy pocos recuerdan.
Ha sonado el portazo de Dios
y estás del otro lado.

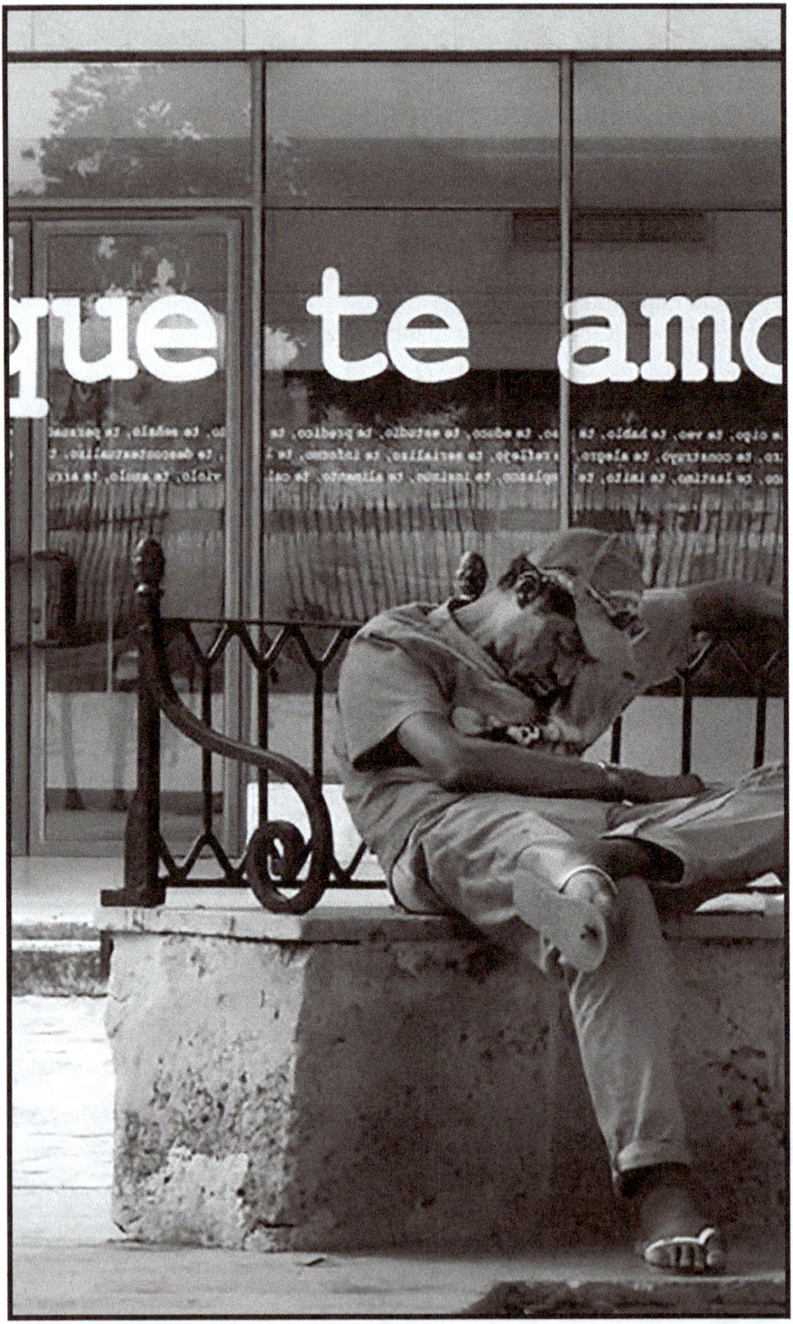
que te

LUIS ROGELIO NOGUERAS

LUIS ROGELIO NOGUERAS (1945-1986)

Cabeza de zahanaoria. Eds. Unión. La Habana, 1967. *Las quince mil vidas del caminante*. Ed. UNEAC. La Habana, 1977. *Imitación de la vida*. Casa de las Américas. La Habana, 1981. *El último caso del inspector*. Ed. Letras Cubanas. La Habana, 1983. *Nada del otro del mundo*. Ed. Letras Cubanas. La Habana, 1988. *La forma de las cosas que vendrán*. Prol. de Guillermo Rodríguez Rivera. Ed. Letras Cubanas. La Habana, 1989.

PÉRDIDA DEL POEMA DE AMOR LLAMADO "NIEBLA"

Para Luis Marré

Ayer he escrito un poema magnífico
lástima
lo he perdido no sé dónde
ahora no puedo recordarlo
pero era estupendo
decía más o menos
que estaba enamorado
claro lo decía de otra forma
ya les digo era excelente
pero ella amaba a otro
y entonces venía una parte
realmente bella donde hablaba de
los árboles el viento y luego
más adelante hablaba algo acerca de la muerte
naturalmente no decía muerte decía
oscura garra o algo así
y luego venían unos versos extraordinarios
y hacia el final
contaba cómo me había ido caminando
por una calle desierta
convencido de que la vida comienza de nuevo
en cualquier esquina
por supuesto no decía esa cursilería
era bueno el poema
lástima de pérdida
lástima de memoria.

ETERNORETORNÓGRAFO

El joven poeta murmuró cerrando el libro de Apollinaire:
"Este sí es un poeta..."
Y Apollinaire, el soldado polaco Wilhelm Apollinaris de Krostowitzky,
enterrado hasta la cintura en el fango de la trinchera cerca de Lyon,
mirando la noche estrellada del 4 de agosto de 1914,
la tierra reseca, florecida de estacas y alambre de púas,
sembrada de minas esa noche de 1914,

mirando las bengalas azules, rojas, verdes en el cielo envenenado por los
      gases
apretó el húmedo librito de Rimbaud mientras sobre su cabeza pasaban
      silbando los obuses.
Y Rimbaud, haciendo sus maletas en Charlesville, echó junto a su ropa
      los versos de Villón.
        Y Villón, el doce veces condenado, el apócrifo, el inédito, pensó
        ante el patíbulo en las tres cosas que más había amado: su mujer
        Christin, su leyenda, la de él, la de Villón,
y el borroso recuerdo de unos versos que hablaban de la noche
      del 711 en que Taric se apoderó de Gibraltar.
Y el sombrío poeta árabe que escribió aquellos versos la
      calurosa noche del 711 apoyándose en la cimitarra
imitaba los versos que su abuelo le leía en la lejana Argel;
y el abuelo de Argel había leído a Imru-Ui-Qais,
        al que Mahoma consideraba el primer gran poeta árabe;lo había
        leído una interminable jornada en el desierto de Sahara (más
        húmedo ahora que entonces)
en la lenta marcha de los camellos y las teas encendidas.
Y es probable que Imru-Ui-Qais escribiera en la lengua de Alá
imitaciones de Horacio,
y Horacio admiraba a Virgilio,
y Virgilio aprendió en Homero,
y Homero, el ciego, repetía en hexámetros los extraños poemas
        que se susurraban al oído los amantes en las estrechas calles de
        Babilonia y Susa,
y en Babilonia y Susa
los poetas imitaban los versos de los hititas de Bog Haz Keui y de la
capital egipcia de Tell El Amarna,
y los poetas del 4 000 a.n.e.
imitaban a los poetas del 5 000 a.n.e.
Hasta que el hombre de Pekín, en la húmeda caverna de Chou-Tien
viendo arder lentamente sobre las brasas el anca de un venado,
gruñó los versos que le dictaba desde el futuro
un joven poeta que murmuraba cerrando un libro
de Apollinaire.

Habana, 6, III, 69

Ya nadie pone en duda hoy que Luis Rogelio Nogueras el "autor" del poema "Eternoretornógrafo" no existe. Ambos (el poeta y el poema) se deben, según parece, a la imaginación y el sentido del humor del escritor cubano Wilfredo Catá.

La impostura literaria puede exhibir una larga tradición: Osián, la *Canción de Bilitis* ...Según Samuel Butler, *La Odisea* fue escrita por una joven de Drepanum (la Trapani moderna, en Sicilia), que se incluyó a sí misma en el relato con el nombre de Nausikáa. No han faltado quienes afirmen con vehemencia que las comedias de Terencio, la *Eneida* de Virgilio y las odas de Horacio, son en realidad obras escritas por monjes del medioevo; que el *Beowulfo* fue compuesto por el rey Alfredo; que *El Paraíso Perdido* fue redactado por un equipo que presidía Ellwood; que el *Quijote* pertenece íntegramente al Greco; que Corneille es el verdadero autor de las piezas de Molière y éste,a su vez, de las fábulas de La Fontaine; que el más celebre poema de Tennyson ("In Memoriam") lo hizo su esposa; que Shakespeare era sólo el testaferro de un genio que quiso mantenerse en el anonimato (dicho sea de paso, para algunos Shakespeare y Bacon eran una misma persona); que Goethe le pagó una fuerte suma a un estudiante amigo para que le escribiera el borrador del primer *Fausto*; que Proust se encontró el manuscrito de *En busca del tiempo perdido* en una tienda.

MIRANDO UN GRABADO ERÓTICO CHINO

Mirando un grabado erótico chino
tú me preguntaste
qué cómo era posible hacerlo de ese modo

Lo intentamos
¿recuerdas?
Lo intentamos

Pero fue un fracaso

China tiene sus arcanos
China tiene sus secretos
China tiene sus murallas infranqueables

ACERCA DE UN BREVE POEMA QUE LO HIZO INMORTAL

I only wrote it for you and me
Billy Preston

En el sencillo lenguaje de la vida
él escribió un breve poema dedicado a tus ojos.
Ninguno de sus versos sobresaltaba por lo audaz;
no tenía giros deslumbrantes,
ni ideas originales,
ni artificiosos en——
cabalgamientos.
Era, más bien, un poema levemente chapado a la antigua,
compuesto solo para que tú lo leyeras,
con esos benditos ojos oscuros que provocan estremecimientos,
y sobre los cuales, justamente, él hablaba en sus versos.

Pero un amigo le aseguró que había pasado por alto
la intensidad y la altura;
que no había tenido en cuenta
la función denotativa de las metáforas
y, citando a Píndaro, le hizo valiosas sugerencias para mejorar el final.
Otro descubrió confusión y redundancia
y hasta insinuó (con tacto, es cierto)
que el isomorfismo de algunos pasajes
era francamente de mal gusto,
y, citando a Petrarca, le hizo modificar varias estrofas.
Otro más, blandiendo a Poe, se refirió al notorio desbalance entre forma
y contenido,
y lo indujo a transferir el género a la especie (y viceversa).

No falto quien le recordara
la opinión de Platón sobre los poetas,
ni tampoco quien le exigiera, citando a Péret,
imágenes de un cierto sabor entre dadaísta y automático,
pero con un toque sutil de angustia pascaliana
ante la infinitud helada y silenciosa del Universo.

Y él cortó, cambió, agregó, modificó, suprimió, depuró, rimó, midió,
persiguiendo quedar bien con aquellos amigos
y con las ilustres autoridades que habían esgrimido;

pero también
con los que habían hecho mención
de Pound,
Pope,
Prudencio,
Proust
y el abate Prévost.
(El no tuvo en cuenta, es justo reconocerlo, a quienes habían citado a
Pemán, Pereda y Pérez de Ayala.
                    Los dioses los perdonen.)
Por fin, la historia conocida;
El poema apareció en revistas y florilegios,
en periódicos y antologías.
Fue traducido a todos los idiomas
y por él recibió medallas, abrazos, distinciones.
Fueron pasando los años
y cultos profesores alemanes le dedicaron voluminosos estudios al poeta.
Finalmente, alguien murmuró, en tono circunspecto,
que ya era hora de que
se le otorgara ese premio sueco.
¡Y fue complacido!

Sí; parece que, después de todo,
resultó ser un gran poema.
Pero consta que no eran ya más
los claros y sencillos versos dedicados a tus ojos,
escritos en el lenguaje de la vida
para que sólo tus bellos y oscuros ojos lo leyeran.
No era ya *su* poema.

UNA MUCHACHA

Para el profesor Johannes E. Bacher,
que me ayudó a fijar el concepto de
teoría en su profunda relación
dialéctica y ontológica con la praxis,
y para Yuya, bombón.

En la misma calle,
pero en distintas casas,

307

un filósofo,
un poeta,
un guerrero
y un alquimista
tejían y destejían los enigmas del Universo.
El filósofo meditaba sobre el Ser,
se preguntaba una y otra vez
por qué existe lo que existe
y por qué existe de este modo y no de otro.
El alquimista molía lentamente en su mortero de mármol
polvos que quizás lograrían engañar a la muerte,
buscaba en su retorta un elixir
para preservar el cuerpo de su fatal corrupción.
El guerrero trazaba sobre un mapa
los esquemas de relampagueántes ofensivas,
movía sus ejércitos invisibles,
trataba de adivinar el flanco débil del próximo enemigo.

Y el poeta emborronaba incontables cuartillas,
desgranaba las palabras del idioma
en busca de un verso muy nuevo
que tratase de asuntos muy viejos
como el amor, la verdad y el mañana.

Por fin venció el cansancio.

Y en distintas ventanas
de la misma calle
asomaron cuatro hombres fatigados,
que intercambiaron un leve saludo
desde sus mundos distantes.

Y cada uno permaneció en sí mismo
hasta que pasó una muchacha hacia el mercado, con una cesta bajo el
          brazo.
Entonces,
como se acallan los instrumentos de la orquesta
cuando el director baja con gesto decidido la batuta;
como desaparece el paisaje cuando caen los
párpados,
se acallaron, desaparecieron

alejandrinos y marchas forzadas,
razones vitales y pócimas,
y ocho ojos fijos
siguieron el leve temblor
de los senos puntiagudos
de aquella muchacha
que caminaba sin prisa hacia el mercado.

AMA AL CISNE SALVAJE

ama tus ojos que pueden ver,
tu mente que puede oír
la música, el trueno de las alas,
ama al cisne salvaje
Robinson Jeffers

No intentes posar tus manos sobre su inocente
cuello (hasta la más suave caricia le parecería el
brutal manejo del verdugo).
No intentes susurrarle tu amor o tus penas
(tu voz lo asustaría como un trueno en mitad de la noche).
No remuevas el agua de la laguna no respires.
Para ser tuyo tendría que morir.

Confórmate con su salvaje lejanía
con su ajena belleza
(si vuelve la cabeza escóndete entre la hierba).
No rompas el hechizo de esta tarde de verano.
Trágate tu amor imposible.
Ámalo libre.
Ama el modo en que ignora que tu existes.
Ama al cisne salvaje.

EL ÚLTIMO CASO DEL INSPECTOR

El lugar del crimen
no es aún el lugar del crimen:
es solo un cuarto de penumbras
donde dos sombras desnudas se besan.
El asesino
no es aún el asesino:
es solo un hombre cansado
que va llegando a su casa un día antes de lo previsto,
después de un largo viaje.

La víctima
no es aún la víctima:
es sólo una mujer ardiendo
en otros brazos.

El testigo de excepción
no es aún el testigo de excepción:
es solo un inspector osado
que goza de la mujer del prójimo
sobre el lecho del prójimo.

El arma del crimen
no es aún el arma del crimen:
es solo una lámpara de bronce apagada,
tranquila, inocente
sobre una mesa de caoba.

JOE BELL

Por falta de pruebas, no queda otra alternativa que aceptar como legítima la tesis que hace más de treinta años viene sosteniendo con denuedo el crítico inglés Thomas Hogarth: "Murder"fue escrito por un antiguo maestro de gramática de Conan Doyle llamado Joe Bell, en cuyo rostro afilado,extravagantes gustos y curiosa habilidad para notar ciertos detalles está inspirado en parte Sherlock Holmes.

Muy poco se sabe del tal Bell. El propio Hogarth puede ofrecernos escasos datos concretos sobre el enigmático modelo del inmortal Holmes. La carta de triunfo que ha enarbolado el crítico inglés para defender su tesis es una escueta nota,aparecida en la página correspondiente al martes 11 de febrero de 1888 del libro de cuentas del desaparecido periódico londinense *Express* en la quese consigna:

> Fueron pagadas 17 guineas a nombre de Mr. Joe Bell, autor del poema "Murder" que apareció en la edición del 8-2 firmado por William Eliot, seudónimo.

Hogarth afirma que el director de *Express*, Sir Gilbert Cuff, era íntimo amigo de Doyle y que, probablemente, fuera este quien le remitiera el poemita de su antiguo maestro.

La traducción (en versos libres) de "Murder" ha sido hecha por Samuel Espada, quien ha preferido titularlo "El último caso del Inspector"

FRANCISCO DE ORAÁ

FRANCISCO DE ORAÁ (1929-2010)

Es necesario. Eds. Belic. La Habana, 1964. *Por nefas.* (1954-1960).
Ed. UNEAC. La Habana, 1966. *Con figura de gente y de razón.* Ed.
UNEAC. La Habana, 1969. *Bodegón de las llamas. (Antología).*
Colección Mínima. Ed. Unión. La Habana, 1978. *Ciudad ciudad.*
Ed. Unión. La Habana, 1979. *Desde la última estación.* Ed. Letras
Cubanas. La Habana, 1982. *Haz una casa para todos.* Ed. Unión.
La Habana, 1986. Bodas. *La rosa de la ceniza (1947-1986).* Ed.
Unión. La Habana. 1990.

LAS MISTERIOSAS VISITAS

Las misteriosas visitas
traían el mundo a la casa
y traían mi imagen de cuando seré mayor
con el tamaño de la noche y el olor del tiempo como un duende
El tío nos llevaba al parque al atardecer
y cerrando los ojos oíamos
el zumbido de la noche
del mundo
el terror misterioso de las máscaras
la noche contigua de los insectos
Aún abuela hacía su paseo de la cocina a la sala
a ver pasar la tarde por el balcón
Aún recibía a las pulcras delicadísimas señoras
las viejecillas dulcemente almidonadas
tocábamos el sueño de aquellos tiempos dulces
en su conversación
Cuando pelaba papas en su regazo tibiamente insondable
Su piedad apañando la muerte del potrico
Aún zarpaban los barcos en la zanja con lluvia
zozobrando en futuro
Yo con manos cortadas
en la visita más honda
la del violín color de vino
Yo oía al tío en su taller herrando sueños
la maravilla agazapada como una araña en el
escaparate de las herramientas
Las ferrovías daban al contén de la noche
donde yo adulto me esperaba a mí mismo.

LA INFANCIA ERA UN OLOR ...

La infancia era un olor de envase de manzanas
A veces visitábamos el pueblo terroso decorado del teatro
Era una casa sin paredes cimentada en la lluvia
techo metido entre vísceras de la noche
rodeada por el mar
Una mirada oscura se esconde en el jardín
un sueño entre los huesos de la casa

Visitas que pasaban a comer permanecían años
Un corazón del que ha comido pueblos
Ha entrado una mujer
es una casa oscura de sótano en el tiempo
De pronto no te he visto nunca
Y de este amor que pensarán los muertos
Con desesperación de dos condenados a muerte nos amamos
Trajo un sueño enemigo
Ya se desvaneció la infancia guardada en el armario
y mi ser con raíces de lluvia hecho de noche
sufre ya locura que es sustancia del mundo
Un confesor enfermo por los secretos que conoce
¿Esta mujer perturba el sueño de mis muertos?
Ella es la ventana que llenó de pájaros el cuarto
A través de sus ojos las palomas salían del infierno.

PIENSO EN EL CUERPO DE LA NOCHE....

Pienso en el cuerpo de la noche y en la sombra del tiempo
        cuya mirada cambia como las estaciones del almendro
Se secan las imágenes en los ojos del niño
No es el día esplendor sino pobreza en la familia
De tiempo en tiempo muere Abel
Mi tío desterrado de herrero a pescador a cortador de caña a carbonero
        acógese a la casa de la madre como en el seno de la muerte
Asesinaron a Jesús
Aquel adolescente el silencioso en las reuniones tenía sólo imágenes
para cambiar el mundo
Siempre viví como si agonizara
Anda escalera al hombro y pega sueños del pueblo en las paredes
Jesús muere en Abel
Muere otra vez Jesús en los asesinados y los perseguidos
De casa en casa compañeros
Reúne al pueblo Jesús con su piedad de árbol inmenso
Bajo sus infinitas raíces los muertos se reúnen
Todos los compañeros un árbol gigantesco un árbol rojo

Me duelen los recuerdos de lo que no he vivido
Cómo dejar de ser un animal histórico

En la memoria de la ciudad nada se pierde
tampoco se transforma
Lo sucedido sigue siendo para siempre
Lo que sucederá está ya sucediendo
Rumiamos un infierno en incesantes
vueltas en torno a un mismo árbol
Quiero que ciertos hechos nunca hayan sucedido
Cómo cabrá la vida en el pedazo que nos tocó vivir
y el mundo en una momentánea constelación
Siento a veces nostalgia de los días en que fui desdichado
eran días de agua llameante
La incesante memoria me ha hecho enloquecer
porque he vivido innumerables veces
Y todo ha sucedido por error

NO HAY CUERPOS ...

No hay cuerpos no hay ciudad
Hay una casa única de una sola habitación
y tú parado en medio de la noche
Qué importa el punto ciego donde tiempo y espacio se cruzan
No hay viaje a país alguno
sino este vuelo entre los jazmines nocturnos
sin pared
los cabezazos dentro del gran vientre estrellado
No hay verja que separe tu sueño del jardín
y no hay placa sensible que registre lo que piensa el árbol
las imágenes que vuelan oscuras en su fronda
Hay tanto sueño en la forma de una hoja
como intenciones en la luz
y conciencia en la nada
Tus ojos no dividen el desnudo balcón y el cuarto oscuro
No estás dentro ni fuera sino en la piel virtual de los espejos
obligado a correr la escalera mental cuyos extremos
                    (están en ningún lugar)
                              cruzan el cielo y el infierno
No hay ya macho ni hembra
y ni siquiera distinción entre tú y yo
nada más que la ciega sustancia de la noche
un olor innombrable y una música absorta

Condenados a ser únicamente
condenados a estar despiertos en la noche

Contemplarás eternamente la guerra feliz de los astros
Tu espanto será en vuelo la insignia de Orión

NO HACEMOS YA LA CEREMONIA

No hacemos ya la ceremonia
con que la luna sale a la terraza
y luego la arbitraria constelación
que llevamos a todas partes.

No hacemos ya la conjunción de llamas
ni de los cuerpos una sola noche.

Eres la que está dentro,
separada
en la oscura verdad del mundo
que es la costumbre de tus ojos.

Vas del miedo a las flores.

"YO NO SÉ COMO VOY A NO SE DÓNDE"

Cuando soy uno que anda por la calle
                              A dónde voy
Cuando estoy en el sueño a tantos metros encima de mi cuerpo
Cuando gasto como el tonto que soy esta ración de tiempo que me dieron
o me esfuerzo separando la noche para sólo palpar una imagen
o hago con una azada huecos en la tierra para que mi deber   sea
saciado
Cuando estoy solo o cuando río contigo
o cuando me pregunto: ¿Quién querrá
recoger tanto amor sin uso acumulado
guardarlo en su corazón como en una vasija el rumor de la lluvia?
Porque preguntarán: *"¿Qué hiciste del tiempo que te fue dado a*
        consumir?
Enterraste tu corazón pero ya no se sabe en qué lugar de la noche"

Cavilarán: "*Era su corazón una botija llena de porquería*"
(Pero lo que me dieron fue este amor a las imágenes del mundo)
Y sé que pesarán tiempo y corazón cumplidos preguntando:
"*¿Es esto tu única contribución contra la muerte?*
¿para que aprietas en tu corazón esas imágenes de seres
que ya se te están muriendo
que ya la noche está mordiendo suavemente?"
Y juzgarán: "*Este es quien para huir se emborrachaba con el tiempo*"

       A dónde voy dentro de mí
A dónde voy que nadie ve mis pasos.

LUGAR DONDE SE SIENTE EL TIEMPO APENAS

Lugar donde se siente el tiempo apenas
y es más espacio, cielo sin corriente.
Se vuela en agua luminosamente,
se flota en luz sin formas, tan ajenas...

Quedan abajo, atrás, amor y penas;
arriba, afuera, música fluente
donde ya ni el estar ni el ser se siente
y la mirada mueve alas serenas.

Soledad de la luz, piel aparente,
infierno deseoso del vacío
y su desorden frío y transparente.

Sobre la nada —tiempo de este río—
a pasitos de son vámonos yendo
al silencio total, de nada riendo.

A PIE DE OBRA HASTA LA MUERTE...

A pie de obra hasta la muerte, hasta
que no puedan mis hombros con el mundo,
de pie en la nada a cada instante fundo
el ser que no termina, que no basta.

Y hago forma de luz la noche casta
que llama silenciosa en lo profundo,
para que me ame con su amor que aplasta
y yo sea un olvido de este mundo.

Construir casa al espíritu en el habla,
enamorándola que huye y hostiga
la luz que busco pero nunca nombro.

Habla —pobre ladrillo, pobre tabla—,
carga serás al hijo que me siga
y haga su obra de pie sobre mi escombro.

CELEBRACIONES CON UN AIRE ANTIGUO

Como un blando animal tu imagen lleva
mis ojos, si no la noche.
No sé si te amo a ti en tu espejo
si no la noche.

Oh qué distinta de la muerte;
como a la muerte, no se te sospecha:
te escondes como un árbol de tan oscura gloria
que no se te sospecha.

Tan niña así en tu claro olvido
que el aire se hace delicado;
hay tanta luz en tu silencio
que el tiempo se hace delicado.

Las estrellas están
para que las ames conmigo;
para qué se hizo el tiempo
sino para que lo sufras conmigo.

Somos dos árboles que juntan
una sola raíz en la noche;
seamos dos árboles que juntan
cabezas estrelladas en el tiempo.

No se te sabe, nunca se te sabe
—y haces las llamas en la noche.
Ciegos los animales de la música
—y danzas lejos en la noche.

Pues yo regreso como ciego
al agua de donde vengo;
pero tú subes aclarando
al tiempo abierto a donde vamos.

Más allá de tu noche, entre las aguas solas,
no hay nadie, nadie;
y más allá del tiempo, entre las aguas,
oh, nadie, no habrá nadie.

Ningún espejo; todo blanco.
Solo tus ojos.
Solamente tus ojos. En la muerte
solo tus ojos.

HAYA UNA FLOR

Haya siempre una flor para alumbrar la casa.
Alúmbrenos su olor casi intocable,
casi visible, y su cristal de dama
haga posible sitio el paraíso,
nos abra en cruz el sueño, dé pies a la esperanza.
Nos guarezca su párpado de madre.
Ofrézcanos su piel para acoger el tiempo
y bálsamo de luna para cuando nos falte.

HEBERTO PADILLA

HEBERTO PADILLA (1932-2000)

Las rosas audaces. Eds. Los nuevos. Artemisa, Pinar del Río, 1948. *El justo tiempo humano*. Ed. UNEAC. La Habana, 1960. *La hora*. Eds. La Tertulia. La Habana, 1965. *Fuera del juego*. 1ª ed. UNEAC. La Habana, 1968. 2ª ed. Barcelona, 1970. *Provocaciones*. Eds. La gota de agua. Madrid, 1973. *El hombre junto al mar*. Ed. Seix Barral. Barcelona, 1981. *Un puente, una casa de piedra*, 1998. *Puerta de Golpe*, 2013, antología hecha por Belkis Cuza Malé. Linden Lane Press. Estados Unidos. *Una época para hablar*, antología que contiene prácticamente su poesía completa. La Habana: Luminarias/Letras Cubanas, 2013.

MÍRALA TENDERSE

Mírala tenderse
sobre tu cama cuando te yergues.
Tiene la forma de tu cuerpo,
la prisa de tus manos,
tu propio sexo; deja tus huellas
y se ahueca
como lo hace tu pecho
y nunca la oíste respirar
y ella conoce
el temblor de tu labio,
la cuenca de tu ojo,
y está latiendo ahora en tu vida
y no sabes
que es ella tu ansiedad.

Frecuentemente
oyes sus pasos como en invierno
el soplo de las primeras ráfagas.
No has hecho fuego
para nadie.
No es ella la invitada.
A menudo sorprendes
un asalto de sombra en los zaguanes
y es inútil
la presión de tu mano
para salvar la llama: siempre
quedas a oscuras.
Es tarde, pero es ella quien habla con la voz de la errante
que cruza los canales y los puertos
de la ciudad adonde vas,
adonde siempre quieres ir,
(¿buscando qué?)
y canta en tus oídos
la eterna fábula de horror.

Solitaria, constante
va junto a ti, vigila tu caída.
No le des nombres.
No le tiendas trampas.

No apresures el paso sobre la tierra.
No levantes el rostro
si ahora sientes un golpe sordo
en la escalera.

Gran taladora,
cada día del mundo
abates nuevos árboles,
pero es interminable la floresta.

INFANCIA DE WILLIAM BLAKE

I

Mujer de la lámpara encendida,
ya velaste tres noches. Miras la llama
que tiembla y se achica, y sueñas.
¿Quién puede regresar por la noche de Soho,
entre la ennegrecida primavera de Lambeth?
Antigua que en la hora final
regabas el almizcle para que trascendieran
más sus telas, ¿pensabas que en otra quemante
primavera inundaría también sus tierras,
y crecería allí el hacinamiento y la desidia,
y que un viento más ancho que la noche
destrozaría las tablas del alero?
¿Pensabas al hablarle
del silencio o del tiempo, que era ya algo
hecho en el viento que nutría una muda corriente
en sus huesos livianos?

II

Sé tu temor, girando como tu ala más dichosa,
¡pájaro de susurro y lamentación!

Es la noche. Ya nadie llama.

Pero a través de la ventana cerrada
él oye crujir la vaina de aquel árbol,
y es como si alguien golpeara.
Su más secreto juego se ha llenado de astucia.
El ve, desconsolando, en la negra llanura,
el humo de las casas que arden de noche,
y el paso de las bestias contra el fuego.

No abras la puerta. No llames.

III

En la orilla remota, un pájaro
hunde en su pecho el pico centelleante.
En la orilla remota está gritando.
La última barca se desprende.

*"Al cobarde hay que dejarlo en la otra
orilla..."*

Amarra ese viento encantado
para que no la mueva. El quiere gritar,
su piedra está manchada en sangre
de la paloma destruida.
¿No sientes en sus ojos esa oscura desdicha,
sitios que no penetra y ama?

De repente es la lluvia,
y las ovejas más pequeñas balan.
El viento las dibuja en la colina, tiritantes.

*"Vengan, mis niños; el sol ha desaparecido,
y he aquí el rocío de la noche.
Vengan, interrumpan sus juegos hasta que la mañana
reaparezca en el cielo..."*

IV

¿No sientes ese peso de mantenida
soledad que flota en las caletas de altas aguas,
sobre las garzas muertas, ya para siempre
pedregosas?

¿Y el camino del bosque, la cruda,
alegre luz del alba en la resina de los troncos;
el cuchillo cantando, la guirnalda de robles
y de arces y el ruiseñor que sólo puede ser encontrado
en el Yorkshire y el cuerno de venado
y la hoja verde?

Eso que cae y cruje, ¿es eso viento, es agua
entre los árboles, o es sólo el perro
destrozando las ratas muertas
en el granero abandonado?

V

Mujer, deja tu lámpara encendida
y abre la puerta y cúbrelo.
Su sueño interrumpieron los visitantes
que a cierta hora se dispersan.
"Buenas noches, señora Blake... Oh, fíjese,
esa escarcha: la primera del año..."
La nieve cubre el techo, crece a la altura
del portal, (en Lambeth es así).
Y en la profunda casa de madera,
ya ni la magia familiar, ni el golpe de la lluvia,
ni tus pasos cuando llegan
deshabitando el agrio terror
de la penumbra, podrían consolar a estos ojos
sino el perro del bosque
levantando su parda cabeza entre los gansos
salvajes.

Eso que cae y cruje,
(entre las hojas húmedas hace un ruido

solitario y enérgico) del más remoto
sitio del mundo te señala.
Medrosa, detenida en las puertas
más lejanas y crueles.
Te asustan indudablemente esas llamas.
No puedes recordar más que voces difíciles.

VI

Te decían:
Los niños como tú, William,
serán negados por el ángel;
blasfemas, robas en la despensa;
tienes la cara sucia;
andas siempre con claves
y grabados
y láminas...

Tú, arqueado el cuerpo, sonreías.

¡Ay, Blake, el siglo veinte
no es un simple grabado
en que batallan el arcángel y el diablo!
Es la trampa
en que luchamos, es esta lluvia
que nos ciega. Han arrasado las despensas
y no hay señales
ni claves
que no pueda entender
el Ministerio de Guerra.

Entra, aún estamos en vela.

Cualquier día
me gritan a la puerta:
"Un hombre con paraguas, mi señor"
(No puedes conocerlo. Es de esta época)
Cualquier día
penetran en mi cuarto.
"Mostró insignias, señor"

Cualquier día
me obligan a salir a la calle,
me apalean; me lanzan como a una rata
en cualquier parte.

(Tú no puedes saberlo. Es de la época)

Contra mí testifica un inspector de herejías.

VII

Esta noche
me basta tu silenciosa presencia.
En mi cabeza turbada
tu poesía alumbra mejor que una lámpara
sobre mis círculos de miedo.

No me distraigo.
Tengo los ojos fijos en la negra ventana.
Pasan camiones con soldados,
gentes de las líneas de fuego.

En mi casa resuenan las consignas violentas.

VIII

La vieja profecía
que no te pertenece, extiende
como el agua
tus dominios
Y ese viento te borra,
ese camino que debes proseguir
guarda un instante
tu desdicha;
esas bestias enanas
soportan equipajes de usureros.
Delante
de tus ojos el mundo
exasperado resplandece.

¡Alegría!
se han perdido
todas las llaves, todas
las puertas se han cerrado,
y las flores anoche
se cubrieron
de un rocío de vasta anunciación.
Los árboles voraces,
las flores venenosas
mueren al fondo de la verja,
entre animales temibles.

Y aquí, William, te han puesto.
Aquí la vida te edifica;
hay algo aquí, nocturno,
que quieres descifrar
para mis ojos: símbolos,
dones tuyos
brillando en lo desposeído.

Tu hogar
es este mundo de bandidos
colocado en el centro de los árboles.
Las tablas húmedas
de que están hechas nuestras casas,
son el olor tormentoso
de tu alma.
¡Alumbra, Blake, esta sencilla
majestad!

IX

Abre la puerta, y en la alta noche, sale.

Síguelo, perro del otoño,
lame esa mano, el hueso conmovido
de la última piedad; síguelo,
¡Oh centro pedregoso del otoño,
animal del otoño,
centro grave, robusto del otoño!

Es el desesperado, recién salido,
pálido desertado de tus tardes.

X

Noche, tú de algún modo le conoces.
Por unas cuantas horas
permite, al fin, dormir a William Blake.
Cántale, susúrrale un fragante cuento;
déjalo reposar en tus aguas,
que despierte remoto,
sereno, madre, en tu heredad de frío.

EL HOMBRE AL MARGEN

El no es el hombre que salta la barrera
sintiéndose ya cogido por su tiempo, ni el fugitivo
oculto en el vagón que jadea
o que huye entre los terroristas, ni el pobre
hombre del pasaporte cancelado
que está siempre acechando una frontera.
El vive más acá del heroísmo
(en esa parte oscura);
pero no se perturba; no se extraña.
No quiere ser un héroe,
ni siquiera el romántico alrededor de quien
pudiera tejerse una leyenda;
pero está condenado a esta vida y, lo que más le aterra, fatalmente
condenado a su época.
Es un decapitado en la alta noche, que va de un cuarto al otro,
como un enorme viento que apenas sobrevive con el viento de afuera.
Cada mañana recomienza
(a la manera de los actores italianos)
Se para en seco como si alguien le arrebatara el personaje. Ningún
espejo se atrevería a copiar
este labio caído, esta sabiduría en bancarrota.

EL QUE REGRESA A LAS REGIONES CLARAS

Ya dije adiós a las casas brumosas
colocadas al borde de los desfiladeros
como el montón de heno en la pintura flamenca,
y adiós también a las mujeres
que más de una vez me conmovieron
—sobre todo aquéllas de ojos color de malaquita—,
y los trineos quedaron colgando como gárgolas
inservibles en las ventanas que desde ayer
están cerradas.
Porque el sol me ha curado.
No vivo del recuerdo de ninguna mujer,
ni hay países que puedan vivir en mi memoria
con más intensidad que este cuerpo que reposa a mi lado.
El sitio —además— donde mejor
puede permanecer un hombre
es en su patio, en su casa,
sin gentes melancólicas que acechen en los muelles
la carne atroz de las pesadillas.
Un nuevo día entra por la ventana
—estallante, de trópico—.
El espejo del cuarto multiplica su resplandor.
Yo estoy desnudo al lado de mi mujer desnuda,
encerrados en esta luz de acuario;
pero éste que huye a través del espejo,
con bufanda y abrigo,
escaleras abajo;
el que saluda a toda prisa a la portera
y entra en un comedor atiborrado
y se sienta a observar
la fachada de una estación de trenes
que el invierno devora
con su lluvia podrida como un estercolero,
es mi último espejismo
que ya ha curado el sol,
el último síntoma de aquella enfermedad,
afortunadamente transitoria.

CANTO DE LAS NODRIZAS

Niños: vestíos
a la usanza de la reina Victoria
y ensayemos a Shakespeare:
nos ha enseñado muchas cosas.
Sé tú el paje,
y tú espía en la corte, y tú
la oreja que oye detrás de la cortina.
Nosotras
llevaremos puñales en las faldas.

Ensayemos a Shakespeare, niños;
nos ha enseñado muchas cosas.

Del carruaje
ya han bajado los cómicos.
¿Divertirán de nuevo a un príncipe danés,
o la farsa es realmente un pretexto,
un bello ardid contra las tiranías?
¿Y qué ocurre si al bajar el telón
el veneno no ha entrado aún en la oreja,
o simplemente Horacio no ha visto al Rey
(todo fue una mentira)
y ni siquiera Hamlet puede dar fe
de que existiera
esa voz que usurpaba
aquel tiempo a la noche?
Ensayemos a Shakespeare, niños;
nos ha enseñado muchas cosas.

GUSTAVO PÉREZ FIRMAT

GUSTAVO PÉREZ FIRMAT (1949)

Carolina Cuban. Ed. Bilingual Press. Tempe, Arizona 1987.
Equivocaciones. Ed. Betania. Madrid, 1989. *Bilingual Blues.* Ed. Biligual Press. Tempe, Arizona, 1995. *Cincuenta lecciones de exilio y desexilio.* Ed. Universal. Miami, 2000. *Scar Tissue.* Ed. Bilingual Press. Tempe, Arizona, 2005. *The Last Exile.* Ed. Finishing Line. Lexington, Kentucky, 2016. *Sin lengua, deslenguado.* Ed. Cátedra. Madrid, 2018. *Viejo verde.* Ed. Main Street Rag. Charlotte, North Carolina, 2019. *Carolina Cuban.* Ed. Bilingual Press. Tempe, Arizona 1987. *Equivocaciones.* Ed. Betania. Madrid, 1989. *Bilingual Blues.* Ed. Biligual Press. Tempe, Arizona, 1995. *Cincuenta lecciones de exilio y desexilio.* Ed. Universal. Miami, 2000. *Scar Tissue.* Ed. Bilingual Press. Tempe, Arizona, 2005. *The Last Exile.* Ed. Finishing Line. Lexington, Kentucky, 2016. *Sin lengua, deslenguado.* Ed. Cátedra. Madrid, 2018. *Viejo verde.* Ed. Main Street Rag. Charlotte, North Carolina, 2019.

LA LLUVIA

Extraño la lluvia.
Esta noche que por fin vuelve a cántaros
sé que la lluvia
ciñe la casa y la protege.
(Por la lluvia volvemos a ser isla).

Esta noche sé que el auténtico paraíso
no fue el jardín sino el arca:
Noé con vástagos y criaturas
dormidos entre tablas:
piel con piel, boca con boca,
y el corazón contiguo.

Esta noche sé
que no hay mayor bien que la intimidad
ni mayor lujo que el aislamiento.

Por eso quiero que llueva hasta el fin del mundo,
para que nadie nunca deje mi casa.
Hijos, ánclense a mí,
hay tormenta para rato.

DOS ALAS ENORMES Y BLANCAS

Tengo un hermano en la cárcel
y a un hijo enfermo.
O a un hijo en prisión
y a un hermano agonizante.
Tengo dos alas enormes y blancas,
me pesan como una genealogía.
Dos alas, una sobre cada hombro,
una sobre cada hombre de los que soy
y no puedo despegarlas.

Es un pegote de alas, una plasta de plumas
y cartílagos sobre mis hombros de antiguo atleta
y no puedo despegarlas.

Qué no daría por dormir sin alas
(estoy dispuesto a sacrificar los hombros)
Qué no daría por dormir sin alas
(estoy dispuesto a sacrificar la estirpe)
Qué no daría por dormir sin alas.

LA VIDA ENTERA

(por Virgilio)

¿Y si la vida entera se reduce a esto:
un extravió de juguetes y toallas y la cama sin hacer?
¿Y si mi casa, que fue nido,
se convierte en laberinto?
¿Y si este resultase ser mi texto definitivo,
mis últimas palabras?

POEMA DE LA CENIZA

Me pides que recuerde mi casa
(esa donde me crié): no puedo hacerlo.
Mi casa eres tú, y los niños,
pues ya no presumo de otro hogar que el nuestro.

Si alguna vez tuve padre: ceniza.
Si alguna vez tuve madre: ceniza.
Lo que fue ombligo: ceniza.
Lo que fue matriz: ceniza.
Todo mi pasado vinculante: ceniza.
Sopla una brisa del sur y fulgura algún rescoldo: ceniza, ceniza
ochocientas treintitrés millas de ceniza.
Treinta y seis años de ceniza.
Dos libros y este poema, ceniza.

Ceniza soy
(sin fénix).

TRES POEMAS MARTIANOS

One

Conozco al monstruo,
he vivido en sus entrañas.
Saben bien.

Two

Conozco al monstruo,
he vivido en sus entrañas.
Yo también soy monstruo.

Three

Conozco al monstruo,
y el monstruo me conoce a mí.
Somos felices en nuestro conocimiento.

VIVIR SIN HISTORIA

He viajado poco, he vivido menos.
No se explica este cansancio y sin embargo
estoy cansado.

Desde mi margen contemplo
a los hombres-pararrayos, a los hombres-volcán,
a los hombres-liebre.
Contemplo al héroe de última hora
y al mártir del momento.
Contemplo las inmolaciones, los sacrificios,
las bellas catástrofes que harán historia.

Yo no tengo historia
y sin embargo estoy cansado.

Cansado de la historia, entre otras cosas,
y de las inmolaciones
y de los sacrificios

y de las bellas catástrofes
y sobre todo de los héroes
y sobre todo de los mártires.
Pudrirse de grima en una cárcel
puede ser mala suerte o mala leche.
Mas ya cansa tanta tragedia:
tanta viuda atrincherada en su luto,
tanto hijo huérfano,
tanto exilio, tanto padecer.

La orfandad es bonita pero también cansa.
El dolor de los demás es bonito pero también cansa.
Atención bayameses:
bajad las voces
detened la marcha
deponed las banderas
y las bayonetas.

Traigo un secreto que confiaros:
vivir sin historia es vivir.

VOCACIONES

Hoy guardé el Webster
y desempolvé el Sopena.
(De madre)
(De muerte.

O fundo o me fundo.
¡Me fundo!

FIRMAT DIXI

Humo sum:
nada cubano
me aliena.
¡puta!

JOSÉ PÉREZ OLIVARES

JOSÉ PÉREZ OLIVARES (1949)

Papeles personales (UNEAC, 1985). *A imagen y semejanza.* Universidad de La Habana, 1987. *Caja de Pandora.* Letras Cubanas. La Habana, 1987). *Examen del guerrero.* Visor, Madrid, 1992. *Me llamo Antoine Doinel* (plaquette). Ediciones Extramuros, La Habana, 1992. *Proyecto para tiempos futuros* (plaquette). UNEAC, La Habana, 1993. *Cristo entrando en Bruselas.* Renacimiento, Sevilla, 1994). *Háblame de las ciudades perdidas.* Renacimiento, Sevilla, 1999. *Lapislázuli* (Letras Cubanas, 1999). *El rostro y la máscara* (UNEAC, 2000). *Últimos instantes de la víctima* (Instituto Alicantino de Cultura "Juan Gil-Albert", 2001). *Los poemas del Rey David* (Tierra de Nadie, Jerez, 2008). *A la mano zurda* (Fundación José Manuel Lara, Sevilla, 2014).

EXAMEN DEL GUERRERO

Mis probabilidades de acabar por obra de una puñalada en el corazón, o una caída de caballo van disminuyendo cada vez más: la peste parece improbable: se diría que la lepra y el cáncer han quedado definitivamente atrás.
Memorias de Adriano. Marguerite Yourcenar

Puedo morir de una puñalada en el corazón.
(Alguien, en la oscuridad de cualquier callejuela, me esperará;
sólo veré el relámpago de unos ojos).
O tal vez me derribará del caballo alguna flecha caledonia:
mi cuerpo quedará tendido para siempre sobre la hierba
a merced de buitres, hormigas y escorpiones.
Cualquier cosa puede sucederme:
la lepra y el cáncer.
O morir de asfixia bajo las aguas.
Un guerrero ha de estar preparado
para las contingencias:
            la fatiga, el hambre
y otras amargas responsabilidades.
Ha de saber
que la vida es un viaje
en la proa de un velero,
                        con una espada en la mano.
Un guerrero es un cuerpo henchido de viento y humedad;
máquina perfecta
que irrumpe en la noche con todos sus mecanismos;
haz de músculos que reaccionan,
y a la orden
            acometen ciegamente.
El guerrero sólo se tiene a sí.
Aprendió a matar para seguir viviendo.
Su vida reside en la punta de la espada;
detrás de ella
están las ciudades, las mujeres y los hijos,
los campos donde transcurrió su niñez,
y en el mejor de los casos,
esperará el final de sus días.
El guerrero no puede temblar delante de la sangre,
ni siquiera palidecer
a la hora precisa.

Está obligado a abrir los ojos y ver el espanto del combate,
esos cuerpos destrozados,
las vísceras palpitantes de amigos y enemigos.
Un guerrero, cuando más,
sólo podrá pedir a su dios
—pero con humildad—
que lo ayude a escapar del cerco
prometiéndole a cambio
                    sacrificios y ofrendas,
pero esto,
es un ardid para entrar al combate
lleno de vitalidad;
una pequeña estratagema frente al alarido
y a la convulsión.
No es más
que otra forma cualquiera
de esperar la muerte inevitable.

MONOLITO

(Parque Vigeland, Oslo)

Doscientas sesenta toneladas de carne
hay en este monolito.
Doscientas sesenta toneladas de hombres y mujeres
                    jadeantes,
doscientas sesenta toneladas de cuerpos que luchan, día tras día,
por abrirse paso hasta la cima.
Y en la base hay otros cuerpos:
            danzan, desnudos, en la ronda perpetua,
            alzan los brazos al sol,
            se arraciman en un lánguido ejercicio
            con una mueca sufriente.
En la cima del monolito están los triunfadores.
¿Acaso es distinto el mundo desde allí,
más transparente, más dócil a los distintos?
¿O se trata de un espejismo por que avanzan en fila los elegidos,
un trampolín por el que regresamos, en hermosa parábola,
                    al centro de la nada?
Lo peor se halla a la mitad el monolito:
los cuerpos se retuercen y luchan con estupor helado,

con un odio parecido a la vehemencia,
una vocación cercana a la lujuria.
Están petrificados en el gesto del artista,
y sin embargo, son tan humanos
como el sueño que representan.
Sé que siempre estarán fingiendo una realidad superada,
más real que la eterna lucha de los hombres
en la búsqueda de algo que todavía no sabemos
(o sabemos
y no sabemos todavía hacer posible).
Una realidad hecha de memorias y gestos
donde caben la cobardía y el heroísmo,
la traición y la fidelidad.

En este monolito estamos todos, feroces y palpitantes
en la espiral de las horas.
Por él asciende la sangre y la saliva y el semen
de la humanidad.

ENEMIGOS

Los dos hombres combatieron en la vieja guerra que todos, o casi todos, olvidaron.
Combatieron —cada uno en un bando opuesto— en el viejo frente de una vieja guerra. Estuvieron a punto de matarse en aquel ataque, en aquella vieja y despiadada escaramuza durante la cual ambos ejércitos se despedazaron minuciosamente.

Los dos hombres regresaron de la vieja contienda con viejos uniformes y viejas medallas. Regresaron a sus viejos hogares, a sus viejas mujeres envejecidas, pero no siempre encontraron a sus viejas madres. No siempre encontraron a sus viejos amigos. Ni pudieron recobrar aquella vieja juventud interrumpida por la guerra, extraviada entre las viejas y lóbregas calles de un viejo y lóbrego mundo.

Lo único distinto que pudieron encontrar fue una vieja y juvenil melodía. Entre jarras de cerveza y grandes volutas de humo aquella melodía terminaba casi siempre adquiriendo la configuración de una mujer. Una mujer que miraba igual que una madre. Una mujer con el rostro de todos los amigos.

LA LIBERTAD CONDUCE AL PUEBLO

En este cuadro ha estallado una revolución.
Así la vio Delacroix, con sus ojos de pájaro marino,
inservibles para otra cosa que no fuera el arte,
incapaces de hacer más nada que seguir, como un buitre,
la huella del pincel,
pero atentos al pulso de la época.
Quizás Delacroix no tuvo valor, o no quiso, empuñar el fusil.
A última hora, viendo a los parisinos levantar barricadas,
tuvo miedo. Pensó
que no es fácil entregar la vida
a la Historia.
Hizo cuanto podía hacer: pintar un cuadro
donde unos hombres —y hasta unos niños—
avanzan entre cadáveres, lamentos y metralla.
Donde una mujer, con una bandera,
señala hacia nosotros.
Y como se sabía incapaz de tomar un fusil,
se pintó, en medio del humo
con el arma entre las manos.

Fue así de simple.
Y ahí está, con su pueblo,
avanzando con la Historia.

LA COSA

I

He diseñado un aparato insólito.

II

Invertí parte de mi vida sumando datos,
cifras y ecuaciones malditas
que sólo yo pude desentrañar con feroz paciencia.

III

En silencio fui construyendo cada una de sus partes:

engranajes preciosos y precisos, como de reloj;
poleas y tuercas necesarias, hasta llegar al alma del objeto.

IV

Y al cabo de tanto desvelo,
lo descubro ante vosotros, mis semejantes,
para que nadie lo olvide,
nadie pueda siquiera ignorarlo.
Está situado en el centro de esta plaza,
listo para funcionar al despuntar el día.

V

Podréis contemplarlo cuando abráis vuestras ventanas
(yo sé que os quedaréis petrificados,
que todos creerán vivir el efluvio misterioso de un sueño,
aunque este sueño
ahora sea la realidad de otro, más denso y terrible.)

VI

Entrego a la humanidad mi obra maestra,
esta cosa exacta e impecable,
este invento que nadie solicitó,
y sin embargo
hará las delicias de los verdugos.

VII

Hombres,
tenéis delante de vuestros ojos un patíbulo.
Lo derribaréis, es cierto, tarde o temprano:
a golpe de hacha y pico
saltarán mis preciosos engranajes,
toda la ciencia de mi fantasmagoría.
Pero en cada amanecer surgirá otro
(siempre habrá alguien
capaz de hacer posible el milagro).

VIII

Y cuando mi invención se convierta

en algo demasiado primitivo,
cuando otros inventos lo superen
en armonía y perfección,
y en vez de miedo
provoque una oscura carcajada, entonces,
podréis entregarlo a los niños:
ellos sabrán usarlo como juguete especial.

MUCHACHA DE FAYUM
(Siglos II-III a.n.e.)

Vienes de la noche y del tiempo.
No sé quién eres,
qué buscan tus grandes párpados extraños.

Recorro con el dedo tu piel,
            la siento cálida,
                        distante
en las arenas de Fayum.

¿Cuántos siglos atrás
                        te inmortalizó el pintor?
—Dicen que fuiste una intocable,
que viviste en el silencio de los dioses,
que amaste cosas
                        incomprensibles
                                    para mí.

Ahora, sobre la tierra calcinada,
en el polvo de tus antepasados,
en el viejo esplendor de tus dioses
te hallo con esa mirada
que recuerda la humedad de las horas.

Vienes de la noche y del tiempo
            y estás viva:
Bailarás otra vez
a la luz de las antorchas.

AVE, CÉSAR

Estoy acostumbrado a inspirar odio
Los idus de Marzo
T. W.

Nada más estúpido
que *dar al César lo que es del César.*
Porque César no es dueño de nada.
César ni siquiera es dueño de César.
Lo que César posee fue robado a Publio, a Cayo Valerio,
        a Asinio Polión y a Augusto,
que a su vez robaron a Octavio, a Lucrecio y a Clodio.
Lo que César posee no es más que el cuerpo de la violencia,
y con él construye sus palacios,
con él levanta un imperio dúctil como el metal,
un imperio que se erige a la sombra de los banquetes
donde se hartan y embriagan todos los ladrones de la Historia.
Lo que César es se lo debe a lo que César no es,
lo que César no ha sido ni será.
Sus órdenes son pura fantasía
que sus generales cumplen al pie de la letra;
pero tampoco sus generales son seres de carne y hueso:
        simples fantasmas,
cadáveres que alimentan los pobres sueños de grandeza de César.
Y qué decir de los ejércitos,
convierten en ruina las hermosas ciudades
que otros hombres levantaron contra la Muerte;
se pavonean irrumpiendo en el sitio
donde moran los dioses,
destrozan la oscura belleza de los mitos,
cabalgan por los recintos
donde yacen degollados los eternos inocentes.
Pero César no duerme.
Sabe que la gloria del poder embriaga
(es la droga de todos los dictadores).
Y que una noche —cualquier noche—,
entrará Bruto en escena
con el acero relampagueando en la mano.

DELFÍN PRATS

DELFÍN PRATS (1945)

Lenguaje de mudos. Ed. UNEAC. La Habana, 1968. *Lenguaje de mudos* (Madrid: Ediciones El Puente, 1970). *Para festejar el ascenso de Ícaro*. Ed. Letras Cubanas. La Habana, 1987. *El esplendor y el caos*. Eds. Holguín. Colección de la ciudad. Holguín, 1991. *Cinco envíos a arboleda*. Ediciones Holguín, 1991. *Abrirse las constelaciones*. Ediciones Unión, 1994. *Lírica amatoria*. Ediciones Holguín, 1994. *Striptease y eclipse de las almas*. Ed. La Luz, 2006. *Antología personal*. La Habana. Colección Sur, 2009. *Exilio transitorio*. Ed. Mantis Editores, 2009. *Aguas*. Ediciones Holguín. Holguín, 2010. *Los mundos y las sombras*. Ediciones La Luz. Holguín, 2011. *Lenguaje de mudos*. Betania, 2013. *Obra poética*. Ed. Hypermedia. Madrid, 2014. *El esplendor de las palabras*. Ediciones Cumbres. Barcelona, 2013. *Palabras harto conocidas*. Editorial Andes Graund. Chile, 2015. *Hay tiempo aún*. Editorial Cuadernos Papiro. Holguín, 2016. *El brillo de la superficie*. Ediciones La Luz. Holguín, 2018.

HUMANIDAD

Hay un lugar llamado Humanidad
Un bosque húmedo después de la tormenta
Donde abandona el sol los ruidosos colores del combate
Una fuente un arroyo una mañana abierta desde el pueblo
Que va al campo montada en un borrico
Hay un amor distinto un rostro que nos mira de cerca
Pregunta por la época nueva de la siembra
E inventa una estación distinta para el canto
Una necesidad de hacer todas las cosas nuevamente
Hasta las más sencillas:
Lavarse en las mañanas mecer al niño cuando llora
O clavetear la caja del abuelo
Sonreír cuando alguien nos pregunta
El porqué de la pobreza del verano y sin hablar
Marchar al bosque por leña para avivar el fuego
Hay un lugar sereno un recobrado y dulce lugar llamado Humanidad.

ENTRE LA MULTITUD DE ARMAS

También yo
  he buscado
    el placer
en cuerpos como el tuyo,
    y ante ti
  por primera vez
me dije:
"nada la diferencia de las otras"
Aunque
  un aire extraño
    una leve llama
  en tus ojos
    me advirtió
aun entonces
  que tú eras
    un universo
    cerrado
que en tus vastos espacios
los potros salvajes
    eran acosados

                    por el viento
y el sol
        rompía
                sobre las rocas
                        desoladas
Eso me dijo
        tu rostro
antes de que tus labios se abrieran
                        mucho antes
aquella noche
                ¡Cuántas estrellas
que no vimos
                porque la ciudad
        las cegaba!
                Y luego
        tus manos
        abrieron los caminos
hacia tu espacio verdadero.
Me aproximé
        al borde del abismo
                lentamente:
        un castillo
de altas puertas cerradas
        y adentro:
                oscuridad
había un olor
                a flores
        intactas que se secaban
        se escuchaba
el cuchicheo
        de muchas voces:
        un ejército
confuso
entre la multitud de las armas.
Lejos
        muy lejos
yo estaba extraviado
        en esa país extranjero
y no conocía
        el camino
de regreso.

JARDÍN

1

La página blanca
   —cielo sin dioses—
es el camino hacia el jardín.
Y sus rosas distantes, invisibles
conservan para nosotros todo el misterio
de un perfume que el viento
   —silbando en la colina—
a su antojo reparte.
¿Recuerdas el viento sobre tu casa provisoria,
y noviembre, acampado entre los árboles?
Ese mes nublado
   era tu jardín tan sólo
porque al florecer
   nos deparaba el tiempo
esta porción de tierra
   cercada por alambres.

Para que no se marchitaran del todo
   dispusimos una mesa en el suelo.
Fue ésa la posibilidad de que un día
   los niños del pueblo enriquecieran el jardín con sus juegos
Y esa noche
   o antes
ascendían
   por el sendero
     apagado
      del cielo
misterio menos tormentoso
desde que conservaban su mirada
llena de alegría para los días de viaje.

Su corazón era un paraje tranquilo
    —árbol o techo—
adonde habían venido a reposar las palomas.

2

El viento
       que dispersó las cenizas
              no era
el mismo viento
          que alborotaba sus cabellos
Las casas
         de puertas blancas
         serán
por el amor vueltas a abrir
Breve
       el instante
en que dos desconocidos se despiden:
       un adiós
para siempre
          sus labios
humedecidos por el rocío
de las aguas que apenas escuchamos
no crecerán
       como las rosas
         del jardín
y su pasado
       una estación
donde tampoco estuvimos
          puede ser esta Isla
cercada por la noche.

3

Querías
       descifrar los secretos: un cosmos
         entre las hojas del manzano
Así ascendiste al último jardín donde tu canto
se volvió más ávido: tu corazón
turbado por unas manos y unos ojos
"Amor" ——dijiste
creyendo que en su cuerpo
estaba contenido el Universo
(un alma)

que los antiguos llamaron inmortal
(en un montón de palabras desesperadas)
Ascendiste
       (a través del dolor)
Atrás quedaba la raíz oscura
       (la tierra)
y te elevaste
       (a través del dolor)
Tu avidez
te hizo inmensamente poderosa y sabia
llenaste arcas y arcas
con el oro de tu avidez
Construiste
       con la riqueza de tu sueño
una ciudad
       (en el desierto)
y ese jardín
       para ti construido
hoy canta
       una canción de flores
y los árboles
       en todas partes fieros
levantan
al cielo de la noche
       su fragante promesa.

4

Escucha el canto de los que ascienden por tu savia
camino hacia la estrella
       rumbo
de lo que se transforma
En otros sitios
también otros almendros
       trepan
al cielo de noviembre
¿Cómo llenar con sus ramas
       o con sus flores
o con las voces
de los niños que juegan allá afuera

ese surco profundo
                              ese vacío
que en nosotros dejaron
los que tomaron el rumbo de los ángeles?

5

Recuerda
              junto a la antigua casa
                              el sol
Los vecinos
              reunidos
Y luego
              salió la multitud
y caminamos lentamente
——yo entre ellos—— (uno más)
Debía llevar dolor
              desnudo de las flores
                              de tu jardín
La primavera
              (estaba)
                      en el cielo
el aire
              (claro)
                      entre las cañas
Y el Otro
              al descender
                      al fondo
                              de la fosa
ascendía también
por el camino de la savia del almendro hacia la noche:
un ángel más. Eso supe
más tarde. Quede libre
                      de remordimientos
por haber escapado el primero
para buscar
              unos labios
                      en la ciudad
No nos amábamos
pero nos era grato

(a ambos)
abrazarnos bajo la noche
y beber vino

6

Qué cerca estabas de la muerte
y, sin embargo, año tras año
cultivaste un jardín breve espacio
del mundo, cercado por alambres.
Allí estábamos, juntos.
Mirábamos crecer la ávida maleza
y dentro de la casa
era siempre de noche: entraban
las ramas de las rosas
desde el desierto: un cielo sin estrellas.
Hubiéramos querido escapar,
correr,
hacia el lugar profundo
donde las aguas nacen,
subir más tarde la colina, siguiendo
el rumbo de aquellos ángeles tan humanos
que tanto habíamos admirado
en el estudio del artista.
Quizás su única obra perdurable.

MAÑANA DE LA DEMAJAGUA

Árbol mío
tu apetencia de espacio y tu poder
de fundación son infinitos.
Tus raíces se pierden
hacia lo hondo de esa tierra
antaño tenebrosa;
tierra
que un día
una será con nuestros cuerpos.
Tú, raíz,
eres un rojo coral que a través de la limpia

breve llanura que del mar nos separa
hasta sus faunas azuladas llegas.
Tú buscas el secreto de la vida
como en su vientre esta muchacha
bella y amable como una diosa antigua.)
                                Y tus playas, árbol,
más que un desierto lívido en la arena
son la apacible invitación
para que jueguen estos cuerpos
que finos y transparentes cruzan la mañana, victoriosos de la luz.
Bata el viento y gima en tus últimas ramas
hacia el cielo empinadas como en desafío,
y déjanos oír ——haz que oigamos——
la voz del Padre que se alza
para hacernos nacer.

ANDRÉS REYNALDO

ANDRÉS REYNALDO (1953)

Escrito a los 20 años. Ed. UNEAC. La Habana, 1979. *La canción de las esferas*. Salvat Editores. Barcelona, 1987.

RETRATO DEL ARTISTA ENVEJECIENTE

Ha visto morir a los amigos.
Trabaja de sol a sol para pagar la renta
y el cuerpo interrogante de una extranjera.
Tuvo su caso con la justicia y sus dudas con Dios.
Le gusta mojarse, aunque ha comprado paraguas.
Conocía cada recodo de una ciudad
a la que hoy no puede y mañana no quiere volver.
Nadie se atreve a darle un pasaporte
y sabe que no hay nada en la tierra
imposible de hallar en el bar de la esquina.
Miembro de imperiosas cofradías.
No le temblaría la navaja en la nuez del enemigo.
Le escandaliza Ulises.
Quien va a partir no debe darse el lujo de un hogar.
Desconfía por oficio. Calla por beneficio.
Guarda una movida foto, un mapa, una campana,
un par de fantasías sexuales, la llave del padre.
Se afeita con la misma espuma.
Nunca descubrirán en cuál costado
le afincaron la empedernida lanza.
Consulta, por pura maldad, los diccionarios.
Apuesta con el más duro licor.
No lo toques, no lo devuelvas cuando al fin se duerme.
En abril lo obsesionan las rosas
y el paso de una sombra ante su lámpara.
Así está el lobo en su caverna.
Roto el cántaro se le olvidó la fuente.
Al amanecer comprueba si Venus resiste sobre el mar.

MANHATTAN A.M.

La mañana comienza con un destello azul,
plácido al tacto, al filo de las ventanas.
Una gaviota duda en recobrar el Norte
cuando Venus, rara moneda, rueda hacia el mar.
Un rumor a café se entorpece en la brisa.
Los porteadores dejan el diario en los umbrales.
Vuelven las mujeres que han cumplido su vicio;

zapatos en la mano y gastadas voces.
Dormirán hasta mediodía sin quitarse el maquillaje.
La estufa se apaga con un lento crujido
y el humo se derrama bajo los muebles.
Una campana llamando a misa.
Finalmente salta el sol sobre los pinos
y la ciudad recobra ese hálito virgen
de los libros del primer día de clases.
El domingo es un fugaz meridiano
que separa el ocio de la ilusión del ocio.
Una larga y evasiva carta.
Madre, quiero cantar una canción contigo.
Hablar de tu noviazgo con ese hombre puntual y generoso.
Tomaríamos un helado al salir de la escuela.
Nos perderíamos—— ¿una, tres horas?—— por las llovidas calles.
Alarmado, nos recibiría ya sin uñas.
La fingida cólera duraría hasta la cena.
(Nadie ha cortado el pan con esa gracia.)

El rostro que hoy dejo en los espejos
se parece al que tú le conocías
antes de parecerme a los dos.
¿Qué liturgia embriaga al extranjero
cuando asoma al nevado jardín
y le sirven el plato último y cortés?
En una desolada avenida busco una imprecisa dirección.
¿Por qué no castigaron mis vocaciones de payaso?
Una muchacha insiste en quedarse
pero estoy a la caza de otro alarde.
El niño terco y susceptible no ha terminado su educación.
Anda con malas compañías.
Debe tres meses de alquiler.
Sale con una mujer casada.
Frecuenta cines pornográficos.
Dobla con el semáforo en rojo.
Juega con dados cegados.
Tantas cosas se me han caído en el camino
que apenas bienvenido tendré que regresar.
Las aves se agitan en los mugrientos nichos.
Las ruinas de una fábrica, en la baja niebla,
se confunden con un barco en la baja marea.

Torres mutiladas. Carcomidos mástiles.
Los adultos no condescienden.
Los amigos no renuncian a su marcado naipe.
Un olor a pan confirma la aurora.
(El pan huele mejor antes de comprarse.)
Las cerraduras retienen el invierno y la noche.
Insomne, desgajado de ti, presiento abominables visitas.
¿Dónde? ¿ Ayer también tuve esta suerte?
El débil, rígido helecho tiembla en la luz.

LETRA CON SANGRE

La lluvia ha dejado en las ventanas
minúsculos ríos de cauce polvoriento.
En la cornisa pelean los gorriones.
Huelen semejantes la madera mojada
y las tapas del viejo cuaderno. Memorias.
Huellas entre llamas. Virtuosamente retenidas.
Visitantes extraños. Siestas en un parque.
Cruzadas historias, deleite del inquisidor,
mal se repiten en los zaguanes de La Habana:
cuenca de sombras. De quién ya soy nadie?
Estrella Andrade, mi señorita Estrellita:
duros labios, ojos azules, nostálgico lunar.
¿Estábamos en 1962?
De ese año no recuerdo el rostro de mi padre,
acaso menos triste que en las fotos.
¿Qué hablaron de mí una tarde?
"Serás un escritor", anotó despacio, muy seria,
y cantaron para mí las esferas. Tinta indeleble y roja.
Tengo de usted las vocales abiertas,
la t egoísta, perversión por las almendras.
Crónica policial o sección literaria,
el barrio daba sus fracasos y glorias
en las peores páginas de la época.
¿No bastaba que me hiciera capitán de barco
y besara a la imposible y abusadora Antonietta?
Memorias. Vidrios hundidos en la arena.
Su piel, lujoso misterio de esa edad
en que la mujer toca fondo en los espejos.

El collar de mi perro y la casa del fantasma.
Memorias. Hebras de un falso tapiz.
Me lancé de la escalinata. Rompí un farol.
Hice anillos de humo y arregladas apuestas.
Mutilado por el adiós, ¿a dónde no regreso?
Treinta y dos años. un exilio, libros
que no atrevo releer. Una cometa hoy no vuela.
Escribir, señorita Estrellita, será este vicio
de ensartar agujas en tinieblas; este desayuno
con las tostadas eternamente frías; este salto,
¿inmortal?, sin red, sin partitura. ¡Oh memorias!
Puentes quebrados en medio del abismo.
Faros que disimulan el puerto.
Mujeres cansadas de esperar el triunfo.
—Para ellas el arte es un interminable cóctel—.
Amigos que traicionan por un adjetivo.
Dolorosos juguetes para un niño excepcionalmente ingenuo.
Usted me enseñó la panoplia;
nada habló de la guerra.
He derrochado las fortunas de un hombre común.
He deshecho las ocasiones de un hombre feliz.
Memorias. Largos y desordenados capítulos
que no entregaré a tiempo. Itinerarios,
imprecisos objetos que confirmo a solas,
mientras oigo las pisadas en el pórtico.
Ahora sólo me queda una espada
oculta en quién sabrá cuál cofre
Las luces de Key West en la madrugada.
Las luces de Manhattan en el ocaso.
(Claroscuros de un retablo
donde echaré las suertes.)
La nieve. Usted no me advirtió de la nieve.
El estilo. Usted no me dispuso a un estilo.
Memorias, ráfagas de mordiente barro.
Cursos y recursos. He atravesado el vórtice.
Culto en cenizas, nada impide el ritual.
La hoja en blanco, el lápiz, la taza de café.
Quiera Dios que no la defraude. No hay patria,
ni familia, ni moral, cuando cantan las esferas.
El invierno se derrumba en las torcidas avenidas.
Grazna el alcatraz sobre las olas.

Un niño escribe una palabrota en los muros.
Cristal con estrellita

"El invierno más frío del siglo"
comenta *The New York Times* con excelentes fotos.
Los pocos transeúntes del domingo
declinan los ritos de la nieve.
Descabezados colosos, elefantes
sin trompas, monstruos a media garra,
esperan encarnar tras la tormenta
y luego diluirse, inadmirados.
La niebla otorga a los colores
develadas y rígidas densidades.
Casi todo está en su sitio.
Los pronósticos invitan al brandy.
(La libertad comienza por el paladar.)
Extraño día para un exiliado
que buscaba un libro de César Vallejo,
a quien no supone con bufanda,
fuera de París, en paz, silbando.
Qué deseos de escribir anónimas cartas,
de confesar que sumida inútil se aquejaba.
Perdida la irreprochable cantidad
vamos de alternativas a evasivas.
Cada uno es digno de sus renuncias.
Ahora en La Habana son 69° Fahrenheit.
Mi madre se ha puesto el vestido a cuadros
que estrenamos en su secreto cumpleaños.
Se le resistirá el broche de la espalda.

Estarán mudas las fuentes de la Plaza de Armas,
umbrosa de ceibas. Duerme un perro
bajo los arcos del Palacio del Segundo Cabo.
Mi mejor amigo, recién cumplido de la cárcel,
caminará por Obispo hacia el puerto
(hálito de rotundos aceites)
y se detendrá en la puerta de mi casa
con un cigarro de leales memorias.
Siempre quisimos escapar.
No habrá sol en los balcones
de la acera izquierda de Obrapía:

unánime humedad de tiestos, rejas, tactos.
Un poeta hablará mal del gobierno
en las terrazas de El Patio.
¿Volverán las oscuras golondrinas?
Tres mujeres coincidirán en ciertos síntomas
relacionados con el atardecer desde mi cuarto.
A una regalé la pórfida, cantada luz de los tejados.
Mi nombre, en letras de 1968,
persistirá en los muros del Castillo de la Fuerza.
La próxima ráfaga de hielo borrará la estrellita,
parecida a un corazón de pollo,
en las ventanas que asoman a Union Square.
Estoy solo en mi tiempo, es decir, en la barra.
Sacudo las migajas del abrigo.
Me dejo el sombrero en el espejo.
he de alcanzar el ómnibus a Gutenberg, New Jersey,
para vencer la noche con gente de mi tribu.
 Un niño jugará sus fugaces puentes
en el charco de Chacón y San Ignacio.
de lo que falta se vive, o se naufraga.
El árido artículo de la página 8
me distraerá del lentísimo viaje.

PISO 38, APARTAMENTO 8

Diez años ayer,
a la luz de una sucia lámpara
en una buhardilla de La Habana Vieja,
escribí largos, repentinos poemas.
Escaso de papel y gastado el lápiz.
Malos versos, a la buena manera principiante.
Bastaba una sonrisa en los pasillos de la escuela,
el fugaz perfil ——puede que feo—— en la multitud,
las pálidas manos de una extranjera en el ómnibus.
Fáciles, mortalmente, se imponían las palabras.
Unos ojos azules, a través de una ventana,
provocaron semanas de confesiva fiebre.
Todavía me afeitaba por pura academia
y no retenía, siquiera por piedad, los orgasmos.
La ciudad apuraba ese alerta instante

que precede las definitivas catástrofes.
Yo amaba tantas mujeres. Yo estaba en mi salsa.
El roce de una pierna, una voz tras la cortina,
exigían los vehementes adjetivos de la medianoche.
(Medianoche suponía finas lluvias.)
¡Qué total estuve! ¡Qué de carne y hueso!
Una bailarina de atormentada coreografía
y pechos para beber de un trago. Una señora
con pubis de labios sagitarios, casi vírgenes.
Al fin una muchacha de torpes modales,
pelo capaz de todo aire y carnes morbosamente griegas,
aceptó la cena y guardó la servilleta
donde encerré su nombre dentro de mi corazón.
En tales tratos lo cursi es síntesis.
La historia mereció arrasantes envidias
y rosas blancas en sus tres aniversarios.
Golpe de dados.
Una foto mordida por la humedad
constituye la prueba de aquel experimento
que hizo madurar las piedras en diciembre
y brillar las aguas de un río sin luna.
Ahora llego tarde a las citas.
Inédito en infames hoteles,
los espejos me responden la mirada
de un hombre que ha bajado del tren
a mil millas de la improbable estación.
Ninguna caída es original.
El turbio resplandor de las ventanas
me recuerda una cara, un parque,
un aroma de magnolias. ¿Yo amé?
¿Yo tuve la certeza de que tú vendrías
a disputar la almohada y sacudir las repisas?
Diez años, par de adioses, apenas unas frases.
¡Qué máscara me ha tocado en esta fiesta!
He buscado una declinación, unos párpados,
que me devuelvan a la época
en que atrevemos cualquier malabarismo
con tal de perder la inocencia: suma
de brutales códigos. ¡Cantad! ¡Cantad, muchachos!
Las fábulas de este mundo a menudo son ciertas.
El astro que zozobra en los recodos del Hudson

y la mujer que jamás vino a las nueve
son variaciones de un tema. ¡Oh tontos, cantad!
No siempre habrá que retirar los cubiertos.
No siempre habrá que apagar los candelabros.
De vez en cuando alguien marca nuestro piso
en el borroso tablero del lento ascensor.

A VUELTA DE CORREO

En el último tren para Long Island
he leído ¿cuántas veces? tu carta.
Largo el viaje y débiles las luces.
Mar revuelto, habitaciones sucias,
comidas sazonadas con avara rapidez.
Te hubieras quejado a gritos.
Hasta el taxi equivocó la dirección
y tuve que pescar desde un puente demasiado bajo,
cara a cara con los peces.
La playa sin caseta ni muchachas.
Sólo ebrios y feos jóvenes,
empeñados en una pirámide:
trepan, caen, reinciden.
Un velero, rodeado de gaviotas, cruzaba los arrecifes.
Sobre la popa un niño gobernaba un papalote.
Cruel oficio (mal pagado además)
que obliga a encontrar un signo
en todo lo que parece juego.
Todavía me atrae el imperioso reloj de las estaciones,
la vulgar ambición de retrasarlo.
Cada uno, pese al prójimo,
reclama su propio meridiano.
Atardece. Tu carta, frente al sol,
es una llama escrita con tu letra.
Ah, el sol de América,
sinfónico, bautismal, quebrado en las colinas.
Dices que han pintado la ventana de mi cuarto,
que abrieron un café en la Plaza de Armas,
que murió el rosal de los Martínez,
que tu hijo rompió el espejo de la sala,
que prohibieron madrugar en los parques.

Ya no vives en la ciudad que yo recuerdo.
La luna en la bahía. Tu olor en el viento.
Una leyenda que asombraría los siglos
se desdeña en el fondo de las gavetas.
la vida imita a las peores canciones.
Fuimos, según testigos, bastantes desafinados.
Las peores, sí, rodeados de implacables extraños
No te contestaré. No me permitiré ese riesgo
en un domingo tan diáfano y ciudadano.
Atrás quedó la edad de bajar en cualquier sitio.
No preguntaré su fue un cedro o mi pasado
esa sombra que arrebató el horizonte.
Un adulto ha de respetar los itinerarios.
Tú no estarás, enrojecida la nariz, en Penn Station.
¿A dónde me escribirás mañana?
La primavera madura en los valles
y los almacenes anuncian nuevas modas.
Las torres se iluminan de golpe.
La muchedumbre impacienta el andén.
Un silbato sacude a las viejas palomas.
La yedra brota de un muro calcinado.
Las nubes se deshilan contra las estrellas.

RAÚL RIVERO

RAÚL RIVERO (1945)

Papel de hombre. Ed. UNEAC. La Habana, 1970. *Poesía sobre la tierra* Ed. UNEAC. La Habana, 1973. *Cierta poesía*. Ed. Letras Cubanas. La Habana, 1982. *Corazón que ofrecer*. Ed. Letras Cubanas. La Habana, 1982. *Poesía pública*. Ed. UNEAC. La Habana, 1983. *Escribo de memoria*. Ed. Letras Cubanas. La Habana, 1987. *Herejías elegidas*. (Antología poética). Ed. Betania, 1998 y 2003. Introducción de Felipe Lázaro. Prefacio y Prólogo de José Prats Sariol. *Vida y oficios: los poemas de la cárcel*. Ed. Península, 2006. *Recuerdos olvidados*. Ed. Hiperión, 2003.

TODOS LOS RÍOS

He atravesado un río
y ahora estoy limpio, fresco, renovado
bajo los árboles.
Primero, las aguas mansas de la ribera
los peces azorados, las hierbas finas
que me envolvían los pies
y el polvo de oro viejo de las arenas.
Después, casi inmediatamente después
sus remolinos, las primeras dudas
las piernas que buscaban
el magro sostén del agua turbia
empeñada en remover el fango
las grandes piedras llenas de peligro
que aguardaban en el fondo
donde nunca faltaron los abismos
cuevas d extraños animales
enredaderas de misteriosos
cambios de temperatura
botellas rotas arrojadas
con odio al río
por hombres solidarios
a los que sistemáticamente
les cambiaron ternura
por frivolidad.
La corriente por último
y yo nadando contra la corriente
cansado y viejo contra la corriente
triste y sin esperanza ya
contra esa corriente poderosa y continua
que se inauguró con la vida del hombre sobre la tierra.
Pero al fin, esta orilla
esta orilla de paz
que ahora contemplo
húmedo todavía.
Aquí bajo los árboles
he analizado el viaje
al tiempo que repaso mis heridas.
Pero tendido como estoy sobre estas hojas secas
adivino otro río cercano

lo presiento.
Y voy. Voy enseguida a buscar su agua fresca
que vuelva a renovarme el corazón.
Queda advertido entonces
todo aquel que esté solo y esté vivo:
Entrar al amor es como entrar a un río.

ODA A LA INTRIGA

Tengo para mis detractores y enemigos
estos versos que lleno de ternura.
Que lleno de ternura escribo para ellos
porque les agradezco
que en sus conciencias
hayan alojado un día mi sombra
hayan intrigado contra mí
y contra mis versos, mi vida y mis amores.
Reconozco la utilidad de esa anónimas
llamadas telefónicas
con las que arruinaron
mis matrimonios arruinados
porque así volví de pronto a la vida
a luchar por el amor auténtico
así lloré sobre mis cuartillas
y escribí versos que después fueron libros.
Así sufrí, sentí dolor y soledad
aprendí la lección del ser humano
y fue más intensa mi mirada al mundo.
Yo pagué mis intrigas
yo pagué nuestras amarguras
con la enorme felicidad de vivir
vivir, vivir.
Agradezco también a ustedes que saquearon mis versos
y luego me detractaron en tontas reuniones literarias
trataron de borrar mi nombre o de olvidarlo
y sí lo escribieron fue con tinta simpática
pero, gracias
porque de la esencia del odio del poeta mediocre
los verdaderos poetas escriben la alegría
del acto amoroso que es siempre un buen poema.

Para mis íntimos enemigos
que me abrazan en lugares públicos
en bares, fiestas, restaurantes
y luego lloran sobre el hombro de los funcionarios
las alternativas de mi destino
gracias porque por ustedes he conocido
la mentira en persona
y eso es un privilegio.
También, amigas mías
os agradezco las promesas de amor eterno
porque duraron la eternidad que merecían.
En fin, convoco a todos
a que sigan así
esa es la vida que ustedes se trazaron
y por vuestra amargura desolada
esa región desértica
está pasando siempre mi felicidad.
¡Adelante y gracias!
muchas gracias por estos otros versos
que mañana pagarán mis editores.

BREVE INVENTARIO DE LA HERENCIA

sin pálpito mi mirada
Alejo Carpentier

Después de este trámite final para el olvido
donde tu nombre cumple en las planillas y en el informe médico
sus últimas gestiones humanas y legales
donde yo doy tus señas, tu edad, tu dirección
como si hablara de un desconocido porque mi voz es otra
y otra la voluntad que impulsa mis palabras
después que te dejamos solo entre aquellas absurdas
flores de papel, bajo aquel sol brillante que trajeron
me he puesto a meditar sobre tu herencia.
En materia de objetos no he encontrado, sino
tu ropa sin sentido, los zapatos humanizados por tu pie
los carnets con las fotos donde miras
con cierta indiferencia hacia la cámara.
En lo que llamabas "el estuche del hambre"

(aquel maletín hecho de prisa en 1952 —debe haber sido en marzo—
donde llevabas tus pobres tijeras, tus peines amarillos
el talco y el perfume aquel que te obsequiara un hombre
que no nombro porque en su historia no caben los detalles)
he encontrado además tu cortauñas, los espejuelos
sin rostro, un almanaque roto y el recorte de un artículo
donde alguien habla de mis versos con más amor que lógica.
Hay también otra huellas en la casa
otras marcas que borrarán pinturas, reparaciones y distancias.
Materialmente no queda ya otra cosa
como no sea la sensación, una ráfaga de aire o de esperanza
que de repente trae el timbre apagado de tu voz
como no sea un gesto mío en que descubro el tuyo original
o me despierte soñando que he soñado
y que en el sueño tú me aclaras que todo ha sido un sueño.
No queda nada más. El reino de la muerte
no ofrece alternativas.
Pero su reino no llega al corazón
su sombra no extingue al hombre para siempre
el hombre es superior y sobrevive, trasciende sus cenizas
(su polvo enamorado) y al menos una brizna del amor
que regó por la tierra testimonia su paso
anuncia que hubo fuego, vida, sangre roja y corriente
en un lugar donde hoy no queda
pálpito ni mirada.

POEMA PEDAGÓGICO

Asoma a nuestras costas
tres viejas carabelas.
Nos descubre justamente a las dos de la tarde.
Por el enorme río tembloroso
que fluye de su mano a la pizarra
navegan mis antepasados
llenos de peces y agua de oro
hacia las manos de los conquistadores.

Ahora, a punto de concluir su clase
mi profesora se indigna con el fuego de Hatuey
y me mira

me alumbra con sus ojos
allá en el fondo
en un rincón del aula
donde yo palidezco
enamorado.

SECRETO DE GUERRA

Dentro de mí se baten dos hombres que son uno
Es a muerte la lucha que inauguran con el alba
después de un alto al fuego que ha traído la noche
la tempestad o el sueño.

Desde el amanecer se disputan mis venas como ríos
se hacen fuertes en vísceras recónditas
acosan mi corazón ensangrentado
y se emboscan, se disparan, se hacen fuego
entre sístoles y diástoles
Hace ya treinta años que dura este combate.
Yo voy venciendo al otro ser humano que he sido.

ELOGIO A LA INDECISIÓN

Escribiré a la melancolía
—me dije—
para agradar a los poetas jóvenes
y recibir la bendición de los santurrones.
Mejor —pensé después— escribiré sobre la primavera
para que los críticos sepan que yo conozco personalmente
esa estación que en mi país se envuelve
en un atroz clandestinaje.
Sería bueno —decidí— ponerme a hablar de la ternura
para exponer mi noble corazón a la intemperie
y mis amigos puedan
en las torvas reuniones donde me devoran
exclamar sobre mi pecho abierto: (oh, oh, pero vean, vean!
Creí oportuno al fin
contratar algunos querubines
trasplantar nenúfares

traer manteles del reinado de Luis VI
y embellecer así mis áridos poemas
para verlos luego resplandecer en una antología en el extranjero.
Perdido en ese laberinto
pensé que sería elegante
entregar un poema suave y complejo
incomprensible
para evidenciar mi erudición
y obligar a los expertos a decir
que mi universo poético
y sus claves auténticas serán sólo dominio del porvernir.
Me gustaría
—medité más tarde—
alcanzar la perfección
y escribir poemas bellos, dulces
inofensivos como pájaros inofensivos
tontos como la muerte
para aliviar el odio
de mis más íntimos enemigos
y estimular a los cronistas de los diarios
a reseñar mis libros olvidados.
Pensé en seguir pecando
de obra y de palabra
para llamar a Dios
y convertirlo en un recurso literario
expulsar de mis versos la vida cotidiana
los problemas del hombre y del amor
cantar a la nada inmaterial
resucitar claveles y palomas
y elevarme limpio, triunfal
de entre las cenizas incandescentes
de la lucha de clase.
Sin embargo
terminé escribiendo a mi mujer un poema de amor
donde le cuento lo difícil
que es para todo poeta verdadero
entregarse a su vida y a su tiempo
para trascender desde la magia de la poesía
y ser útil, favorable como un poco de pan
o una bandera.

PRIMEROS AUXILIOS

He aquí un poema triste
lleno de buenas intenciones
pero triste
porque quiere ser de amor
y a veces se vuelve un jeroglífico.
En el aparecen un hombre y una mujer
que se han quedado solos por su cuenta
han perdido el amor
el rumbo, la distancia, la ternura
y vuelan en los atardeceres de la ciudad
como las palomas de Flourens
deshaciéndose contra los vitrales y los campanarios
extraviados y ciegos con el corazón a punto de estallar.
La conversación de estos solitarios
recuerda a veces las plegarias
y cuando se dan noticias de sus vidas
en ese noble intercambio de fracasos
escogen las palabras que no hieren
y miran con temor los bordes de la mesa
como si hubiera
después de los platillos de café
un precipicio.
Sus besos
los pocos besos que se dan
inseguros y tímidos
por la necesidad con que se ofrecen
y la desesperación que hay en la entrega.
De ahí que en vez de una escena de amor
parece que asistimos a un naufragio.
Hay, cuando se dan la mano
los amantes que protagonizan estos versos
una hermandad remota
familiar casi
que borra toda eternidad.
En este poema triste
pero lleno de buenas intenciones
habitan el hombre y la mujer
que juntos buscan
las huellas del amor.

¡Protégelos, Hermano!
Si los ves por las calles
ayuda a esos heridos
seres desamparados.
No mires a sus ojos porque obstruyes
un viaje hacia la noche única
no te acerques
porque se secan las promesas
y tu presencia puede
anunciar el invierno.
No toques el íntegro, entrañable, casto
planeta que construyen
porque si escuchan un ruido sospechoso
van a salir huyendo
como dos animales.

ISEL RIVERO

ISEL RIVERO Y MÉNDEZ (1941)

Fantasías de la noche; La Habana; Ucar-García, 1959. *La marcha de los hurones;* La Habana; El Puente, 1960. *Tundra;* Nueva York; Las Americas Publishing Co., 1963*. *Songs;* Viena; Agens-Werk Geyer, 1972 (Edición numerada e ilustrada por Marilyn Hakim). *Night Rained Her;* Birmingham, Alabama; Ragnarok Press, 1976 (Edición numerada e ilustrada por Carol Henderson). *Aguila de Hierro* (plaquette); Madrid; La Gota de Agua, 1980. *Nacimiento de Venus* (plaquette); Madrid; *La Gota de Agua, 1*980 (Edición numerada e ilustrada por Justo Luis Rodríguez). *Palmsonntag (Palm Sunday;)* Edición inglés-alemán, Viena; *Brucke Verlagsgesellshaft,* 1981 (Edición numerada e ilustrada por Angelika Kaufmann). *El banquete;* Madrid; *La Gota de Agua,* 1981. *Relato del horizonte;* Madrid; Endimión, 2003. *Las noches del Cuervo;* Madrid,. Vitrubio, 2007. *Las Palabras son Testigos; Words are Witnesses,* poemas en inglés traducidos al español por Benito del Pliego;Madrid, Editorial Verbum, 2011. *De Paso;* Madrid, Amargord Ediciones, 2011. Prólogo de Benito del Pliego. *El Jardín Hambriento,* EmE Ediciones, 2016, Madrid, Postfacio de Benito del Pliego.

*Tundra fue traducido al francés como *Toundra, poeme a deux voix*, por Roger Noel Mayer, publicado por Editions Chambelland, Paris, 1969.

VII
EL MITO. EL CULTO

"solo un dios
líquido..."
Escardó

Soles redondos...,
el ruido de la tormenta que penetra los árboles.
Las ramas apiladas, quietas,
hundiendo uno por uno los cadáveres de los helechos,
y las manos de un hombre recogiendo líquenes desde el agua.
Las nubes crispadas siguieron pisando el viento
y el olor dulce a ínfimos diafragmas de anémonas desprendidas
gemían suavemente desde los sentidos.

Tallos redondos,
desdoblados,
que se extendían por el césped,
y los colores rojos del atardecer apuñaleaban con su luz
a través de los altos abetos.
Inclinaciones, declives de gestos moribundos
en un instante.
¿Cuánto se hubo hablado cada noche?
¿Cuánto se hubo entregado en vano?
Culto de cada tarde,
derramando café aguado sobre las gargantas
y fundiendo lentos cigarrillos a nuestros libros;
lentas tardes,
lentos días, en que el mito se prolongaba de hacerlo imposible...,
el mito de construir por medio de nuestro desgranar de conversaciones...

el adolescente llegó con pies desnudos
para robar el fuego...

La ciudad en bruma,
alfiletero de asfalto y vidrio rasgado.
La ciudad en bruma
y las naves varadas sobre el mar,
contemplando sus mástiles, sus tabiques.
La proa soñolienta,

la popa adormilada,
el incesante digerir del océano
y de los ríos de cada bahía.

                    la ira fue tardía,
          pero los cielos pronto se ennegrecieron.

En cada tarde sinuosa
algo como una canción movía palabras,
mientras, a través del aire frío,

los soles rojos desaparecían débilmente.

               fuimos condenados a reír de impaciencia
                         sobre un acantilado,
          mientras el ave desgarraba nuestras entrañas.

Líneas paralelas de luces...
En collares luminosos se adornan las ciudades;
galas nocturnas
para el cielo solitario, oteando cada destino,
continuamente abrumado por líneas de luces y
collares de huesos estrechos colgados en las estrellas
                         de un charco de lluvia.
Calles,
receptáculos de hombres,
naves aún más enormes soltando bocanadas de hastío
sin motor de brazos en el crujir del silencio...
Bajo alas de neón se cubren las ciudades
—ofrenda de mito para los antiguos,
ofrenda de mito para los dioses—.

                    por vez primera
                    descendió el ave
                    hasta vaciar las entrañas.

Las islas se repliegan entre los mares;
más bien, se balancean...,
dunas de arena que irán desgastando la lumbre de
                    cada párpado expectante,
insomnio,
culto a la vida;
el hombre acomoda el tiempo a sus intentos,

codos sobre el agua
como sobre inútiles tramos de rocío hacia el alba;
...el hombre
cumple su culto cotidiano a la opresión de ser único,
de ser solo...,
desgastándose en las rodillas de las islas,
como los agresivos arrecifes
o las formaciones hundidas en las cavernas.

y una y otra vez
descendió el ave
para vaciar las entrañas.

Grutas por ojos lleva el hombre,
como mito de siniestros musgos,
y llantos que arrastran inconmovibles pesados nombres
entre los labios

la roca se hace espinas en su espalda
cuantas veces más,
cuanto tiempo más,
ha de prolongarse este desgaste de tiempo.

Come desperdicios de historias vencidas,
cumpliendo el acerado lustre de las horas,
el hombre,
olvidando el sostén inmóvil de la tierra
hacia quien continúa aletargado,
llamado por las viejísimas muertes,
rompiendo como en vilo el estatismo de las peñas...,
...pero la tierra se irá solidificando
y el corazón de su latir seguirá endureciéndose al
                                    contacto de las palabras.

el hombre eleva el mito hacia las nubes,
lo inmola y sonríe,
mientras un ligero temblor
abre estrías en las sierras.

Fuego de las aguas,
líquido vibrante;
fuego,
fuego sobre las frentes de los hombres,

llama quieta,
densa,
apagada a veces...,
dulce fuego,
fuego de las aguas.

adolorido,
liberado al concluir el martirio,
el semidiós fue a través de siglos
en busca del laurel
y le llamó sebastián
y se amaron
y nuevamente un cuerpo fue
desangrado.

Aún el cielo también puede rajar sus vestidos
y eludir la protesta,
impostando una noble sandalia sobre su cabeza.
Aún el cielo puede henchirse en reflejos de luces
a través de los espejos de los astros;
aún otros ademanes pueden ser perpetuados
y el mito de la guerra
callar su caliza lengua y esparcirse
en el cósmico enlace de los cuerpos en el polvo.

mil veces más
será esparcida esta sangre
para que las futuras generaciones
encuentren espacios firmes donde cobijar
sus rebaños
mil veces más
el culto del mito,
el martirio,
será realizado sobre pirámides carbonizadas
de cuerpos cremados,
de maderos llameantes.
serán estos, formas de la naturaleza
antes de pasar a la esencia
del
polvo.

LA ESPADA Y EL ÁNGEL

En la torre en la torre un ángel anda caminando sobre sus alas
el ángel de barbas negras y pechos opulentos
notas estalladas por las trompetas brillantes

DIOS MÍO DIOS alta deidad atrofiada en tu mismo sexo
innovación perenne de Dios
ante ti el ofrecimiento de cada muerte
ahullada
ahondada
en las nieves que van cubriendo el aire

Es un espacio largo
es un espacio largo infinito
donde la mesa comienza
donde la mesa termina
donde la mujer es desmembrada
donde el ave es cortada en fragmentos con las tenazas que esgrimen los
herreros

Caen las alas
el ángel
las coyunturas se desprenden
hacen un leve sonido de silencio
de hojas secas
y se dilatan las pupilas
las manos de los invitados van limpiando esas bandejas con la yema de
los dedos
y el sol vuelto nombre vuelto ojo tapiado por mantos
cae indeciso
entra indeciso
por qué tiras de mis cabellos más largos con tanta furia
por qué llevas mi cuello hasta el suelo para que sirva de alfombra a los
pasantes
a los que bailan agachándose
a los que bailan creciéndose en las arabandas

El golpe
el tambor sincopado
es el puñal magnífico que desmiembra una vez más a la misma mujer de

cristales azules
a la misma mujer de tez suave de tez como llanura
Las caballerías avanzan
las formaciones de banderas ahora
sobre las cabezas de los invitados como penachos reales avanzan
cuando tú señor entierras la rodilla en el fango
y proclamas que es la tierra más bella más hermosa
alguien creyó ver
alguien entre los bandidos
alguna lágrima
alguien entre los tripulantes te sirvió también las vísceras de indios
reales
y yo aprendía a escribir con manchas de vino
con uvas sobre mis labios
sin saber aún de la ceniza de los semitas
arrojada por las chimeneas desde los lugares terribles
donde la humanidad se nutría de carne

Ángel
ángel nuevo
tus pechos llegan a mi boca
y mi lengua juguetea con tus líquidos
pero el peso de tus alas
no recae sobre mi raíz para hundirme en esta tierra
mi raíz está torpedeada a través del mar
y busca
y hurga
un nuevo pedazo de mineral de roca
que vuelve diseminada hacia el cielo
ángel
vehículo espacial
embarrada tus manos por diversos petróleos
escribes las firmas de los crímenes sobre mi espalda
y sonreímos todos
cuando una vez más tiras de mi cabellera señor
para barrer el piso
para que mi cuello sostenga como un hilo tenue
el paso de tus invitados.

CONSAGRACIÓN DE LA INFANTA

Una vez más la oración quieta frente al espejo
un murmullo de legiones dispersas en los reflejos
Para estar en el momento
dentro de las circunstancias de un abrazo total completo
para estar en el minuto
y reír
mientras mi lengua repite otros mensajes
tomas mis rodillas para jugar sobre el campo
para jugar sobre la arena

Hay quejidos entonces de hijos en mis latidos

Me tiendo sobre la mesa como una danza
donde la pelvis es el arco es el soporte a los puntales del viento
Me tiendo sobre la mesa
alargo mis piernas al infinito
toco los bordes oscurísimos de un vaso de plata
y tiemblan las figuras al pasar indolentes por los salones en el estrépito
de las luces

Tiéndeme tú ahora sobre los cabellos de las mujeres más preciosas
prohíbeme la ventaja de mí misma
la venta oficial al Duque o al Corsario
prohíbeme la venta de mí misma a mí misma
y que mi propio público aplauda las malogradas acrobacias que trenzan
mis pies

Son mis dedos
mis dedos elongados en una elipse haciendo rodar mis cavidades en
torno al universo
produce una comunicación de antenas omnívoras
en el canto de un pájaro
en el silencio
son mis dedos
tableteando mensajes a ocultas en una enorme máquina que dirige los
vuelos espaciales
hacia el vacío negro
hacia el vacío blanco
hacia lo que parece ser absoluto

pero ni ello puede ya evadir la muerte dentro del tiempo que es el tiempo
que es su tiempo
Tiéndeme tranquila
aprisiona mi vientre contra las tablas
dibuja con el compás el universo en la superficie de mi pecho
deja mis fuentes te nutran esta y cada una de las noches
que mis brazos hagan los arreglos florales del destino del hombre
que organice y nombre las cosas
que eleve las velas los mástiles
que prenda fuego a las iglesias

Tiéndeme enloquecida
vomitando la espuma a borbotones por esta boca
las correas alrededor de mis brazos
los ojos rebosantes en el pellejo de los tambores

Tiéndeme a tu lado
dentro de la espesura de tus labios
elevado al máximo entre los insignes sacerdotes y curanderos
con el estigma y las medallas
y la pobreza de que estoy hecha

Abro la puerta del espejo de agua que corre
de las señales místicas de la contraseña y la palabra secreta
devoro la vida por los hombros
sin humildad
sin pretextos piramidales
sin excusas presentes

Cuando hayas abandonado la escena del Banquete
arrojaré a los pies de las columnas
el feto el residuo de mis días.

EL CONSEJERO DA LA SEÑAL PARA QUE SE PROCEDA AL
REINICIO DE LOS SANTOS OFICIOS

Se ha acabado la noche aún cuando te hubiera dicho que me dañaras
se ha terminado
concluido
Esta vez el parque como cinto ajustando las avenidas

se extendía oscuro dentro de los ojos rodantes atentos
No se puede enunciar la sombra ni el nombre
ni nombre ni sombra
ni creencia
ni una atenta vigilia bajo cualquier árbol

La mano descuelga el receptor
y son los autos que pasan inmiscuidos en mi trayectoria sonrientes
sonriendo con sus mejillas niqueladas
Me sonrío imitándolos
metiendo la barbilla en el cuello azul
me sonrío porque es el aire
es el aire de la primavera un aire tenue que ayuda a mi cuerpo
        a empaparse de las sales es una primavera pronta
        a concluir en los fuegos del verano en las playas
        en la descomposición que trae el verano a las
        carnes crudas en las aguas en un canto solo
        único de la luz de esta ciudad medio al Sur de
        mi cuerpo donde tú has estado con impermanencia
        de aire como siempre un rumor se sangre un rumor
        de pasajes épicos y de persecuciones policíacas
        enloquecedoras como la luz dentro de las manos
        blancas cada vez más y más diestras en el oficio
        de las tabulaciones de los botones

las manos
        el consabido la consabida ceremonia del amor
        el consabido árbitro

El Banquete se abre
        la luz de la noche termina por mi mano extendida
        media muerta de un sueño pesado de una embriaguez
        presente
        y no da más
NO DA MÁS

        la tensión única de mi sentido la cuerda de cera
                la cuerda de los pescadores
no demás el mercurio
respira brevemente recomienza el día

SUEÑO

un gran párpado sobre la noche
sueño
tendido en las tablas bien cortadas bien organizadas de las mesas
y la luz se derrama como un juez oculto la luz que genera todo bien todo
mal
la luz y el útero en nupcias con el demonio
los autos y los animales silvestres han huido
yo me cruzo el pecho con un puñal a ocultas me cruzo el pecho
        con un hierro y un sable con unas tenazas de acero
        chispeantes me cruzo el pecho en el parque me
        someto a la búsqueda en el paseo o las avenidas
        del hombre me someto a las búsquedas registros
        minucioso de mi psique a los detectores y callo
nada hay que hacer
aunque nos roamos mutuamente sobre el asfalto
mi boca mi lengua es el aire que levanta las estaciones la
        primavera que ocurre que se van derritiendo
        dentro de nuestros dedos la primavera y el aire que
        sube
        enarbolando espirales de sueño el amor ahogado por
        la cotidiana labor del respirar y que se pinta una
        máscara
        blanca y es la luz en mis venas es la luz en mis ojos en
        tus
        ojos en los astros que hierven dentro de las cocinas
        mutiladas
        por las prisiones o raptadas por una estampida de
        arañas
        silvestres es la luz que cae que esgrime y suicida la
        noche.

REINA MARÍA RODRÍGUEZ

REINA MARÍA RODRÍGUEZ. (1952)

La gente de mi barrio. Dpto. de Actividades Culturales. Universidad de La Habana. La Habana, 1975. Cuando una mujer no duerme. Ed. UNEAC. La Habana, 1982. Para un cordero blanco. Casa de las Américas. La Habana, 1984. En la arena de Padua. Ed. Unión. Habana, 1992. *Páramos*, poesía. Premio Julián del Casal, 1993. *Poemas*, Plaquettes del Café Central de Barcelona, 1995. *Tiempo de temblar bajo los árboles*, Buenos Aires, 2003. *La foto del invernadero*, poesía. Premio de la Casa de las Américas 1998. Premio de la Crítica Cubana 2000. *Te daré de comer como a los pájaros*, prosa, Ed. Letras Cubanas, 2000. Premio de la Crítica Cubana 2001. *Como un extraño pájaro que viene del sur*, antología personal. Traducido al francés por Henri Deluy, editorial Fourbit, París, Francia. *Ellas escriben cartas de amor*, antología personal. Contemporáneos, Unión 1999. *Una muchacha loca como los pájaros*, antología personal. Ediciones Cooyoacán, México, 2003. *Violet Island y otros poemas*, antología personal, traducida al inglés por Kristin Dystrak, editorial Green Interger, EEUU 2004. *Cuba on the verge*, con introducción de William Kennedy y epílogo de Arthur Miller. Texto *The fair in te park* con fotos de Syvia Plachy. *La detención del tiempo*, poesía, Plaquette, EEUU. *La detención del tiempo*, poesía, segunda edición, con fotos y dos ensayos, bilingüe, editorial Factory School, 2006, EEUU. *Al menos, así lo veía a contraluz*, cuadernos de poesía cubana, colección Milhojas, Madrid, 1998. *Catch and release*, poesía, editorial Letras Cubanas, 2006. *Bosque negro* poesía, editorial Extramuros, febrero 2005. *El libro de las clientas*, poesía, editorial Letras Cubanas, 2005.

SÁBADO DE CENIZA

aquí no existe la propiedad privada
pero aún mis hijos detestan su familia:
los cojines gigantes del sofá
que no pueden tocarse
una tía soltera que sale misteriosamente
al mediodía
con su desconocido
y bueno
vuelve a esperar
las ventanas por donde no ven la altura
una abuela viuda de un muerto con amante
que nos compra el amor y los bistés.
el cofrecito de veinte pesos sin joyas familiares
una bisabuela inválida y dulce
como los tamarindos
las flores del piso
que no encuentran espacio para crecer
la falta de un perro
de un consuelo para los espíritus
que trasiegan la tranquilidad
de estos sábados
mordidas   llantos a domicilio
donde poco a poco
amándose   detestándose
cariñosamente
todos se olvidan

mientras los niños arañan la pared
donde pintan y vuelve la humedad
a convertirse en polvo.

CUANDO SE LEVANTAN LOS PUENTES

cuando se levantan los puentes
hay un canal helado que remontamos
con los ojos de hielo y las manos áun cálidas.
cuando se levantan
y los muertos salen a navegar

con aquella credulidad
y aquella inocencia
de no haber comprendido todavía
cuántas veces cometieron las hazañas
para que el agua helada pase otra vez
bajo la cúpula de San Isaac
bajo los arcos sagrados
donde está dios o el ojo de la vida
llevándose la gracia.
ya que nos hemos encontrado
ya que nos hemos quedado huérfanos
bajo esta cúpula que aspiramos sin comprender
apóyame la espalda
dame el poder de tu soledad
pruébame que eres dios
para que se abreve el tiempo de temblar
bajo los arcos.

LAS VIGAS

en el cuadrado que es una herradura
nos encontrábamos cada vez
en ese lugar donde las vigas
son más anchas.
debajo de nosotros hay losas
——dicen que son estables
y que reencarnaremos
sobre esta arquitectura mezclada.
ella anda hoy sólo con un arete en la oreja derecha
y él va cabizbajo.
laboriosamente las manos que hicieron estas casas
contra posibles derrumbes
no han albergado más que lo efímero.
él va con un arete en la oreja izquierda
y ella va cabizbaja.
observamos las vigas que soportan tanto peso.
mi vida está ladeada
los demás colocan travesaños.
apoyo el centro de la mano contra el muro
y el eco agita

la humedad el vicio de la herrumbre.
en qué sitio hacemos las paredes   los muros
las cosas personales?
en qué lugar quedamos presos de los hábitos
y la tradición sin ser alucinados?
bajamos del ring de las apuestas
de la escenografía de los mundos posibles
de la pasión por las ventanas mi vida está?
me acuesto sobre el piso caliente del verano
en diciembre   dónde estás?
se apuesta a los caballos   a la sal   a los
     hombres.
puedo contemplar las vigas que empiezan
a resentirse por el peso de los años
las vigas han de ser reforzadas.
las profundas pasiones que hacen ligaduras y
     arden
en el cuadrado del infierno
que es una herradura.

DEUDAS

hoy quisiera escribir lo que me falta
no gastar las horas
ni echar las palabras al abismo:
bajar a mis profundidades
sola y desnuda

qué pruebas puedo dar de mi mortalidad.

soy sencillamente fea
con pecas   sueños y dolores.
tengo dos hijos
otro que nacerá el próximo septiembre.
no soy buen negocio
——enseguida salgo embarazada——
soy el número 338 123 del carnet de identidad
sin foto ——los niños la rompieron——
ni sanción ——porque no poseo antecedentes
     penales

mayores ni menores——
trabajo como redactora de programas
un sueldo de 163 pesos
una literatura de carrera
muchos poemas sueltos
y amigos en cuatro categorías:
regulares   buenos   muy malos y tristes.
una casa ajena
un ventilador   un peine
una balalaica que me trajo mi hermano
el piano de los conciertos infantiles
una lupa para ver mejor la realidad
las fotos de Martí y Hemingway
reproducciones
libros que aún no me han robado
mapas ampliando la pared
cartas de antiguos amantes
un reloj   una mariposa azul   un corazón.

y muchas deudas
infinitas deudas con la vida.

ELLAS ESCRIBEN CARTAS DE AMOR

escriben hasta que se apague la luz
hasta que se acabe la llamita.
escriben en los baños   en   las oficinas
escondidas de los maestros y de las ratas.
escriben todavía sin descanso
para echar en el fondo de los baúles
cositas muertas   las letras pegadas al papel
la sofisticación de las palabras
que quisieron hacer
alguna travesía nunca exacta.
ellas escriben cartas de amor con preámbulos
papelitos puestos una y otra vez
de manera diferente.
lanzados desde el globo de la astucia
desde el hospital   desde el castillo
donde aparecen los sueños que no pudieron asirse.

con tanto temor como bajar de un pedestal húmedo
sonámbulas ellas escriben
sin otra técnica que un corazón ligeramente
    corrompido
por las feroces garras de los años
por la tinta azul petrificada en las noches de espera
ellas escriben para convencer a alguien
para convencer a una sola persona
que tal vez no ha venido
o se ha perdido definitivamente
entre la multitud.

SEÑALES

esta loma parece un cuadro de Van Gogh
donde la yerba crece al revés
y el río corre   inunda
las copas de los árboles.
el viento está cargado.
y yo   mirando los carros
que se despeñan hacia el mar
espero las señales de otros hombres
que la estrella más brillante caiga
y mi existencia no sea un límite
para comprenderla.

la gente se está moviendo en la oscuridad.
aquí todo parece en calma
aunque el sonido esté a punto de terminarse.
a cualquier hora   puede desaparecer
este paisaje y yo
sigo mirando el agua   trato de sentir
los radares   el cogemundo está revuelto
me descubren los cocuyos con sus reflectores
la noche está terrible
ignoro los peligros   la posibilidad
la fuga de tanta belleza hacia lo negro.
en el fondo de los ojos tengo visiones que me
                                  comunican
contigo   que no eres un ser

de otro planeta   sino un ínfimo humano
 que compartió
el último roce de las cañas bravas de los muslos.
dime   a dónde vamos a parar.

es el momento de partir
vamos a defender la única estrella.

UN PUNTO SORDO

los sábados por la noche
los jóvenes van al Sherezada
cuando tienen 7 pesos
bailan   toda la noche con música
pop   se besan   bajo las luces
mecánicas que un dedo invisible
hace cambiar.   el alcohol
que el barman prepara es tinta púrpura
y los huesos de ese negro traquean
al ritmo de la música.
tú sabes bailar   pero yo   tan tarde no
aprendí a mover la pelvis.
el aire acondicionado huele a pólvora
Marilín se suicidará próximamente recordando
cualquier amor   se entretienen   todos los
sábados las muchachas que no tienen un
gran amor para suicidarse   me estás
quemando con tu cigarro y de pronto me
parecía ser feliz   viene un fotógrafo
y nos hace la foto de la felicidad.

los sábados por la noche
los jóvenes van al Sherezada
hacen el amor en los pullman resbalan
por la cuerda floja y sin voluntad de
un cualquier amor que los impulsa a ser
exóticos   aburridos   pero jóvenes al fin.
en mi tiempo oía a los Beatles (ellos me los roban)
a esta hora pueden tocar
canciones que no aprendí   pero son

lugares y cosas extraviadas.
los Beatles saben que la vida es algo extraño y
conmovedor.
no empieces un baile que no terminarás
tu juventud ha volado con los pájaros.
intentaré moverme de este rincón sucio   de
este teatro loco   quiere poseerme.
si no tuviera pasado qué haría
estuviéramos viviendo lo que ya nos morimos ayer.
agotados no servimos para amarnos   limpios
sobre la alfombra mágica   tus ojos
tienen un demonio escondido en algún fondo
después escaparemos
aunque ese negro mueva bien los pies   al jazz
y la trompeta de los siemprevivos
dando vueltas alrededor de un punto sordo.

ZONA DE CONFIANZA

te quiero cuando voy a desprenderme
y la soledad me aplasta más que la gravedad
contra el sonido constante del avión
que a veces se hace irregular
para que tiemble en el abismo
no en el abismo del aire   sino
en su vertiginosa y profunda caída en el tiempo.
porque las noches son lagunas
en las que me asomo bocabajo
en un espejo cóncavo
en estos países donde los hombres
son malos y buenos ——como dicen los niños——
y uno no sabe quién es
porque en ninguno puede reconocerse.
es un terror el mundo sin el límite de mi cabeza
sin un lugar exacto para descansar
con los ojos cerrados
la tranquilidad de su paisaje.
te quiero   para no pensar en la muerte
y sólo sea esta una sucesión en el espacio
las pequeñas fugas de la luz.

para no creer en la soledad de la tierra
como una nave oscura vagando por lugares desiertos
porque si uno Piensa en la muerte
es porque cree en el olvido
y nunca voy a saber quién soy
si dejo la eternidad en los espejos
te quiero   para romper las ruinas circulares
de los días extraños y sentir
que tus ojos están en todas partes
esperándome   esperándome
porque uno se inventa unos ojos y apareces:
yo he visto tus ojos en las hormigas
 en una gota de lluvia y en el silencio.
tus ojos y mis ojos son una coordenada
del triángulo de la muerte
delatan la oscuridad
el pozo negro donde caigo
en una trampa de musgo
y no puede ser casual esta corrupción de la mirada.
te quiero porque fuera de aquí
la existencia no tiene misterios
y lo inesperado está solo en lo poseído.

EFRAÍN RODRÍGUEZ SANTANA

EFRAÍN RODRÍGUEZ SANTANA (1953)

El hacha de miel. Ministerio de Cultura. La Habana, 1980. *Vindicación de los mancebos.* Ed. Letras Cubanas, La Habana, 1983. *El zig-zag y la flecha.* Ed. UNEAC. La Habana, 1984. *Conversación sombría.* Eds. Unión. La Habana, 1991. *Otro día va a comenzar.* Ed. Verbum. Madrid, 2000 (Premio Internacional de Poesía Gastón Baquero). *Un país de agua.* Diputación de Cádiz, 2002. (Premio Centenario de Rafael Alberti). *Máquina final* (Brasil: Lumme Editor, 2009).

DESCONCIERTO MÁS AZUL

1

Vendados
Existe el fuego, entregándole al fuego ideales, cabezas luminosas.
Vendados los ojos entre el incienso en una torre de júbilo,
o vendados en el humo de los cementerios de papel.
Mi soprano en la cúspide intenta desvanecer la oscuridad reinante,
es el peligro de una canción que no se puede ver:
"Moriré con ese sueño, moriré con ese sueño".
Estoy en medio de la gran ronda de vendados que por el tacto de sus
        labios,
que por el olfato de sus muecas apenas saben que están perdidos,
resbalan sobre madera ruidosa y piedra,
ríen como si conocieran el glamoroso encuentro.
Ah, mi soprano de ojos brillantes, es la negrura, es la negrura...
Yo te quiero ver, yo no te quiero ver.
Nuestro olor de confección, masacrados en el fuego, atizados por la
        madre,
y prosigue el murmullo de la llave que tropieza penetrando.
Me gusta intuir, con tres dedos palpar flores, rostros;
mi cabeza, como si pudiera, se mueve consistiendo, desaprobando.
No me quiten lo que nunca sabré.

2

Las piedras del mundo
A Roxana Vieta Maggi

La esquina se nombra Edad Media, conversamos de los hijos...
los pomos de agua de color, sangre de cisne, estiércol de caballo,
y la fe de Elohím, el mentiroso, devolviendo
la memoria ansiosa a las cabezas de yeso.
Una oreja te escucha benigna.
Un ojo te observa penetrante.
Cómo no recordar la luz cegadora donde se funden
las ratas y los gestos famosos del embustero.
La esquina es una de las piedras del mundo.
Hay otra piedra abominable
donde parlotean los romanos poseídos.

Se murmura sobre el choque de las piedras en el aire todo,
qué vamos a hacer si prefieren a los violentos.
En la esquina los trapecistas despistan,
encolerizan con sus caídas serenas,
tan tiernos para aceptar, tan joviales proponen otra duda.
Ahora toco la guitarra, ahora acompaño a mi cantante preferida.
Mi amor y yo vivimos en la fila del pan benedictino.

3

Tu nombre, Arquero
Tú conoces mi vida, yo no conozco tu nombre, Arquero;
líbrame de la ilusión de lo que estás pensando,
no quiero comprar tu dulce frase vendida en el mercado:
"Vamos a volvernos locos, vamos a volvernos locos".
Tú conoces, enmarañadas, cabezas enmarañadas en el lago del piano,
tu boca abierta en el lago del piano convenciéndome.
He cumplido cien años, son vulnerables las flechas a mi corazón,
tengo miedo de los muertos, de los disfrazados
que no se percatan cómo flotan en tu prodigiosa agua otra vez.
Qué bien controlas la libertad, Arquero...
en mis papeles no aparecen los culpables hasta que tú no miras.
Los dioses cordiales se despiertan disparando sobre sus presas,
me muevo apresado por una cadena que se me olvida amándote...
Eres el Arquero que canta sobre carnes muy limpias
en el orden del lago apaciguado después del tiempo.
Nos sentimos muy cerca, somos dos extraños.

ENTRARON EN MI CASA

entraron en mi casa los destronados
y se bebieron silenciosamente las flores de los maceteros
conocieron por las palabras cifradas
que aún aquel recinto salvable no había sido debidamente confiscado
y que muchas de aquellas inscripciones no se avenían a códices y
        tradiciones
de ese reinado que el mar engullía.

más tarde después de haber registrado en los pergaminos

los signos fatales de la liberalidad recurrieron a la maña
reconocida de grabar con una cuchilla en el propio cerebro todo lo nuevo
      perseguible
descubrieron en el desván y en la chimenea embozada la seda roja
y las esmeraldas lujuriantes ¡oh qué horror, qué vergüenza!

escupieron sobre mi retrato y maldijeron mi ausencia
y el doble rostro que siempre me acompañó cuando era uno de ellos
pero de mí no se sabía nada desde que el viento cesó su intención
y el silencio apareció sobre las calles y los palacios.
enervados en su propia muerte de ser nada
prosiguieron su afanoso registro descubriendo las figurillas de mármol
negro y los relojes dislocados.

aquí uno de cabeza rapada que fungía como jefe
y que nunca pude conocer muy bien
llevose las manos a la frente se bamboleó teatralmente como si fuera a
      caer de fatiga
y emitió un leve quejido de rabia que erizó a la comitiva:
como era propio en estos casos
decidieron llorar mi muerte y hacer ceniza de mi casa.
cada uno de ellos buscó rincón dentro de mi osamenta
mientras las llamas trepaban por mis piernas
y comenzaba a olvidar el duro invierno
que no me abandonó jamás en todos los días de mi vida.

DISFRUTE DEL ESPEJO

Cuán lindos son tus amores, más que el vino,
el olor de tus amores sobre todas las cosas aromáticas.
CANTAR DE LOS CANTARES

I

En la penumbra azarosa, contraída,
viene a hablar con tus labios ese muñeco
que no te rehuye, no se escapa de ti.
En la gratificación del diálogo particular
toda palabra sobra, mas no su gemido,
él encadena la música de dos cuerdas,
el manantial de saliva, ciertas miradas

entrecortadas en el deleite.
Y no te basta con la premura, en el regodeo
del oficio el muñeco desbocado alza
su casquete dándote las gracias.
En la penumbra azarosa tú lames,
mientras tus dientes se regocijan con la lluvia
y los míos estallan sin sentirlos.

II

Tu cara gozosa comparte el sacrificio,
la mirada se nubla, distante, la mirada ciega.
Con alcanfor tu mano fina se encarga de aliviar
el primer aldabonazo sobre tu cuerpo.
¿Por dónde entrar primero? Ya entro,
una cristalería se estremece.
Tu lengua entona un idioma rescatado,
tu lengua entra y sale burlándose,
no te mueves, no, sí, te mueves, te mueves.
Mi vino y tu aceite se derraman sobre la luz,
ah, todo es silencio ahora, el azar recapitula.
La luna llena de tu espalda se inclina.

III

Irrumpe la secuencia,
tu cuerpo se está cayendo enamorado,
despacio busca la almohada, la miel fresca,
la cabeza de yeso del mandarín.
Tu lengua se endulza, humedece la cabeza,
ya los ojos sueñan, pero allá debajo
unos dedos como si fueran a volar
adoran tu concha, se hunden como uñas pintadas.
La gracia está en los labios: desfloran, imaginan,
esperan la razón y el cuerpo restituido del mandarín.
Cómo te mueves, amiga mía, qué danza brillante,
mientras entra y sale vertiginoso el mejor señor,
cuántos nombres mencionas, amiga mía.
Tu nata y la miel gotean desde la cabeza de yeso del mandarín.

IV

Tus ojos suplican que permanezca llamando
a seres perfectos para el disfrute del espejo.
Frente a él son cuatro el ideal,
los diestros ejecutantes del baile.
Empiezas a girar, con tu mano lo ciñes,
lo conduces de un lugar a otro, conversas,
escuchas rozándole atenta, le pides que te moje.
Te acomodas el hermoso hilarante
poco a poco para fijar mejor los detalles.
Adentro, amiga mía, ama con el espejo al alucinado,
confiésate, pídele más cantando a tu modo.
Son cuatro el ideal y vas cayendo sobre ellos,
husmeando sus olores, las pieles,
besando tu misma cara flamante,
penetrando cuerpos, caracoles, una boca dulce.

V

No se detiene entre piel y piel, la lengua.
Aire de oráculo, corneta dormida sobre el pie
y los dedos danzantes buscando agua.
La lengua tartamuda pide por señas la nata
en su punta que erosiona entre piel y piel.
Tu lengua traza el contorno del cuerpo sobre la sábana,
se precipita sobre el ojo oculto ensalivándolo,
qué pasará en ese lugar mientras una lámpara aparece desaparece,
qué palabra mía la enardecerá cuando se altere la cola del pez.
La mano de mi amiga viene a ayudar, se apoya y acaricia,
se mueve haciendo pan.
Tu lengua eriza a los caballos, más más más,
como si no fuera el comienzo por ese recinto impensado,
como si no se buscara oro también.

SUEÑO DE LESBIA

Para mi hijo Frank

A menudo, a intención tuya, he buscado
con el paciente espíritu de un cazador la forma.
G. Valerio Catulo

I

No abandonan el lunetario,
el ocio, Catulo, es funesto,
no se asientan en los columpios,
con el ocio te exaltas y te excitas.
Se columpian con ferocidad
y con esa fuerza caen en el agua.
Da la impresión que desean escapar. Pero no,
quieren huir de Nonio, el escrofuloso.
Mírenme bien porque será la última vez
——por esa frase moriría cualquier actor——.
¿Qué te ocurre, Catulo?
¿Qué esperas para morir?

II

Intrincado, muy intrincado, muy hondo,
cargados de emociones por la comida de mañana,
por la emoción de levantar la cuchara en público.
Es nuestro modo de aprobar la letanía en los ojos de Nonio,
la letanía en los ojos de Ana.
Saluda, saluda y jura en falso
recuerda, el ocio, antes que a ti,
perdió a reyes y florecientes ciudades.
Nuestra comida es el sueño, la algarabía de Moscú,
se hace difícil cantar en estos parajes,
pero cantamos ——ladramos, Safo. Aquí.
Aquí los violinistas están en las calles,
las escuelas de música han abierto sus puertas
y aprendemos ruso mientras comemos de todo.
Nuestra comida en el sueño.

III

El poeta ha descrito con bellas palabras,
la fidelidad en bellas palabras,
la felicidad no existe, nunca fui yo,
fluyendo ajena de mí y de todos,
como hilo de seda en la comisura de los labios.
¿Qué quiso decirnos, cuánto quiso aclararnos su temblor?
Mísero Catulo, si no te vas a morir, deja de hacer locuras
y lo que ves que se perdió, dalo por perdido.

IV

Un temblor como hilo de seda mancha las bragas,
lo que soñamos es la ardentía de él, el olor fétido,
el filo de la mancha en la tela, el sonido hedor del viento.
Nonio, el escrofuloso, solo en su recinto ordena.
¿Y por qué vamos a abandonar la política si es cantábile?
¿Y por qué dejar así como así el frío terrible de Moscú?
Apenas te he visto se me apaga la voz en la boca,
dulce estado, un fuego sutil corre por mis miembros,
me zumban con un sonido interior los oídos
y una doble noche se extiende sobre mis ojos.
El poeta ha descrito con bellas palabras,
su fidelidad no existe, nunca fui yo, no ve.
Los pedos, los pedos de la noche,
cuánto milagro el de una ciudad rodeada de mar.

V

Ya no es la noche, es el tránsito de mi silencio,
paseo por los jardines del sanatorio como uno más.
Desde cualquier otero el rizado del mar parece una tela gruesa,
tejí duro en aquellos años tormentosos.
Sufrí tanto que creo haberme ganado esta cúspide.
Mi amada Lesbia se perdió como un pájaro domesticado.
¿Me van a decir ahora lo que fue mejor?
¿Cuál el camino, en qué cama acostarse y con quién?
Por ti cambié demasiado, Lesbia querida, mi amor.
Lo que está más allá de mis ojos no existe.

ALBERTO RODRÍGUEZ TOSCA

ALBERTO RODRÍGUEZ TOSCA (1962-2015)

Todas las jaurías del rey. Ed. UNEAC. La Habana, 1988. *Otros poemas*. Ed. Unión. La Habana, 1992. *Cédula de extranjería*. Ed. El Rey Desnudo. Bogotá: 2016.

EL JUICIO INICIAL

TODO SERÁ rendir homenaje a los contrarios. Este es el reino, la corona tendida, y esta es la mano que va a trazar la última alabanza. (Infelices los conquistados, vamos a corear un estribillo que diga algo que alivie a los conquistados, pero que enardezca a los conquistadores.) Y a rodear la hora del triunfo, que es la hora de la derrota. Que es la alegría de alguien y la tristeza de alguien. El uno por el otro (y para); asistan a la ceremonia filial. Este es el ademán de los vecinos y el susurro de las mujeres. Los niños no vinieron. Los animales domésticos ——el perro, el gato o la mariposa—— no vinieron. Sólo los contrarios, pero la fiesta parece cada vez más propicia a la conciliación. Humanos, asistan a la primera noche común de la tierra de Dios. NADA HA SIDO nunca tan real como esta ceremonia del mundo en la que se disputa a quién pertenece la inmortalidad. Aquellas luces las dejamos para alumbrar la reunión. Véanse las manos, las palabras que se demoran en los labios y se accidentan en el aire. ¿Por qué resquicio escapan los espíritus acusados, las esencias vencidas? ¿Por qué agujeros de sus cuerpos se filtran vuestros cuerpos, huyendo de qué ideal agresión de los contrarios, tan sonrientes y tan tristes? Posterguemos la certidumbre para ningún crepúsculo: la tierra no gira si no lo comprobamos con nuestro propio y elegido mareo. Traición, humanos, desobedezcan, las palabras, los párpados, asistan a la perplejidad del comienzo. ESTA ES la parte de la nada que nos delimita la realidad y los augurios. Aquí se arriesga la vida. Alguien debe conocer nuestras coordenadas. Acaso nos busquen antes de perdernos. Hermano, demos pequeños gritos furiosos a ver.

EL LIBRO

No sólo yo escribí estos poemas. Los escribieron también mi madre, mi hermano y mis amigos. Yo sufrí por cada palabra que se negó a venir por su cuenta. Ellos sufrieron por lo que tuve que dedicarle a esas palabras. El tiempo que no es tuve con ellos para estar conmigo. El amor de ellos que estrujé entre los papeles que nunca me pagaron ese amor.

LOS COBARDES

Y si sobre los cobardes no se ha escrito nada se va a escribir ahora. Y se va a escribir por ejemplo que soy cobarde. Tan cobarde que ayer no lo pudiera haber escrito. Esto es un arranque de valor, un instante de relativa lucidez, y si me da vergüenza es por la cobardía de no haberlo gritado antes. Los engañé a todos. Les hice creer un cuento y era otro. Y si me da vergüenza es porque nunca me engañé yo mismo, siempre tuve conciencia de mis disfraces, con ellos evadí infinitos campos de batallas y seguí recibiendo las mismas ganancias que en la Victoria. Que nadie me perdone ni me diga lo que tengo que hacer (...) Lo peor de todo era escribirlo, y ya está escrito.

EL JUICIO FINAL
(Fragmento)

III

Jóvenes madres suplicando a los píes de hijos ancianos; en todos los tranvías viaja un soldado enfermo. Su misión es comprar la arena de un reloj en una tienda lejana como su provincia y borrosa como su criterio del mar. En medio de lo ya dicho y ordenado, siempre es un soldado que vuelve. La noche anterior sobre los mismos rieles los panes sudorosos supieron a clavel salpicado por la orina de Dios y más de un príncipe tuvo que mendigar y más de un mendigo tuvo que rebanar la cabeza de su padre. Pero esta noche el regreso constituye la perforación del laberinto principal y todos rodearán a la maquinaria amorosa que extraerá del fondo la caja de mármol con las señales verdaderas. Dibujaremos barcos y marineros imaginados. Y un marinero real y un puerto. Una mujer. Un hermano paralítico y una sirena. Y otra mujer y otra joroba. Y ese será el mapa del juego común, visto desde una torre sin campanas puesto a flotar sobre los riscos en que nadie se baña por segunda vez. Y esa será la reunión de los cuervos arrepentidos de haber picado los ojos a sus amos ese

         rostro fue mío
         esa mirada estuvo
         conmigo durante los días jubilosos de mi último
         descenso ese pico ensangrentado también
         fue mio pero nadie lo sabe digo
         lo que por ahora *estoy diciendo encima de los barcos hay una selva oscura y unos perros rabiosos tratando de inscribir la última palabra en el lomo de un ciervo...* La otra escena es un ciervo, tibio, inconquistable, sin más destino que su frágil llevar el mundo hasta la orilla.
Y esa será la hora en que nuevamente dibujaremos orillas y orquestas esperando. La tierra dictará y las olas confesarán su temor de pedir lo que piden, cuando llegan y nadie las atiende y regresan y vuelven a llegar, ese ciclo cansado e ignorado, que participa en el anuncio de otra concentración de espíritus en el cuerpo del tiempo. ¿El viento? ¿el centro? ¿entre el viento y el tiempo? Ningún juego ha sido prohibido. Ninguna constelación ha sido vedada a la mirilla del cazador solitario. Hay un fondo para cada signo bondadoso, para cada ciudad violada y

reconstruida hay un programa de discretas maniobras destinado a guiar la nueva versión del habitante que se olvida de sustituir la máscara en el momento preciso y siempre es descubierto por un doble entusiasta que en ese instante prefiere no ser otro. ¿Otro quiere ser alguien en la hora del peligro? Es que peligramos a toda hora. A toda hora alguien es otro: para no arriesgar la vida en vano son los dobles perpetuos. Nadie se pudo salvar nunca. Cuando alguien quiso volver al primer día del Juicio Final sus pulmones se llenaron de grasa y de gritos de otro. Cuando quiso gritar las paredes de la cueva le devolvieron el ámbito de su grito anterior. Cuando los fundadores y los caballos de ajedrez quisieron demorarse en su platea de antiguos homicidas, todas las niñas de su amor acudieron al puerto con escafandras de papel a suspirar por los siglos de ausencia. Así que nadie pudo nunca volver. Así los hombres asustaron al cielo, así los dioses persignaron al hombre. Ningún agujero blanco y redondo pudo guardar las partes mía y tuya del mar herido y resucitado. Todo amago de la lengua fue anterior a un silencio, posterior a un ruido de cadenas sobre la superficie de la primera luna corriente; de ahí que los jueces nos encontraran peleando entre dos gritos, mientras en otro punto del sueño los mismos semejantes ya habían gritado y callado por nosotros. Esto es un símbolo de algo, una sombra de alguien: quién los podrá reconocer entre tantos símbolos y sombras ofrecidos para soñar con ellos mismos. No le crean al viajero que regresa con las manos vacías y jura traer un mensaje del fin del mundo. Él también ha perdido un ojo en la ceremonia y quiere hacernos creer que va a morir precisamente de su ojo salvado. Ahora llegamos al momento en que se abre una puerta y aparece un fantasma alegre y desnudo con una mano tendida sobre el hombro de otro que pregunta *pasó algo en mi ausencia?*

    (Y ningún diálogo fue más transparente
    —Sí. Todo pasa en la ausencia del que pregunta.

La Habana, 1985-1986

AHORA QUE VUELVO Y NADIE HAY ESPERÁNDOME

ahora que vuelvo y nadie hay para explicarme
cada significado de volver, puedo volver.
Porque solo se vuelve si nadie hay; porque volver
es saberse volviendo con uno y para uno mismo,
y de pronto ni siquiera eso, sino volver, la vuelta,
sola, como una luna, recién caída al mar,
sin de *dónde* y sin *cuándo* y sin *por qué.*

PÍO E. SERRANO

PIO E. SERRANO (1941)

A propia sombra. Barcelona, 1978. *Cuaderno de viaje.* Madrid, 1981. *Segundo cuaderno de viaje.* Madrid, 1987. *Poemas.* Madrid, 1987. *Poesía reunida.* Madrid, 1987.

EXILIOS

Los largos viajes
sólo conducen al lugar común,
a la esquina terrible
en que te acechan los rostros conocidos,
al cuarto de estar
——el mismo siempre——
donde impecables evidencias
señalan las corrosivas decadencias de los sueños.
Se arriba sólo para conocer
——reconocer——
las manos furtivas que perpetúan un saludo,
la voz lastimosa de obituarios
que impregna las paredes y los gestos,
las páginas ruinosas del libro siempre abierto,
las congestionados rostros cotidianos.
Los largos viajes
conducen inexorablemente
al impasible espejo
que implacable te aguarda,
y que jamás sonríe.

EL VUELO

El viajero, sumiso,
se acomoda a los gestos programados;
reconoce, callado,
el color de las voces,
el volumen exacto de cada sonrisa
y la implacable simetría entre el espanto y la esperanza.
El viajero, obediente,
se ajusta el cinturón a la memoria
y deja de fumar sus pesadillas.
Responde, gentil, al mentido guiño
de la azafata cordial e indiferente.
Rugen (¿de ira?)
los motores
y el viajero, veloz,
inicia un vuelo
a los quietos rincones de la abuela,
a los sellados jardines de la infancia,

a los umbríos gestos que una vez,
tiempo remoto,
reflejaba,
pequeño,
ante,
un arroyo.

ISLA SIEMPRE PRESENTE

> *Ilesa, isla intacta*
> *bozal del mar nómada.*
> Mariano Brull
> *Tú que me decías que Yayabo no salía más*
> y las tías, presurosas,
> exactas, corrigen el punto sutil
> de un encaje en sucesivo estreno.

Desde todos los ángulos abiertos
Donde la rosa viajera sueña los caminos
Voces revueltas marcan un secreto designio
Y apunta la mirada tardía
El gesto ciego olvidado de su natural espacio.

> *Guantanamera, guajira guantanamera*
> penetra sinuosa en las más guardadas estancias
> y cubre las paredes y armarios,
> los espejos diestros y siniestros
> de un triste sudor,
> de una pobre mirada enferma y torva.
> Amenazaba entonces la guantanamera
> los celosos umbrales,
> las frágiles fronteras de la callada inocencia.

Isla siempre presente.
Presentimiento aislado, torpe
Palpitación empecinada de sombras.
Largo es el deseo, como esa melodía
Detenida en los portales, en la verja del patio
Interior perenne, salvado sólo en el instante
Mismo que la memoria pretende conocerte
Ajena y propia, distante en la inmediatez
Certera como un grito

Mortal como la vida misma, y sin embargo...

> *En Manzanillo se baila el son*
> y padre galopa las llanuras del Cauto
> en una neblina que larva vanamente el rostro,
> el ganado se agrupa y revuelve
> como la mala idea, como un presentimiento.

Suficientes no son los múltiples enmascaramientos.
La torcida palabra no bastará
Para callar las minerales fronteras.
Las secretas construcciones fueron sólo el recuerdo
De un pretérito instante,
de un momento dorado que no supo del tiempo.
Fueron sus estaciones la piel que te crecía
Y la mirada un gesto más, y el gesto la evocación de un sueño.

> *Y Yeyo baila bonito*
> sobre una plaza
> donde las palabras son abrasadas por el sol
> y trazan sus pies una figura,
> un signo, un fiel reclamo
> que se pierde y desdibuja junto al mar.

Isla siempre presente
Hábil como ninguna para callar la vigilia
Para segar los piélagos del sueño
Para decapitar la frágil sombra de un enigma
Callada permaneces porque no tienes respuestas
De ti conocí la soledad y la multitud amigada
En ti reposan mis mejores cadáveres
No digo ilusión, amor, espanto, paradójico espectro
Silencioso recuento mis inútiles signos, y aguardo
Sigiloso, mientras, el olvido
Imperceptiblemente desfigura tus líquidas fronteras.

> *Suena la flauta, Richard*
> y levanta una filigrana, una breve calzada,
> una esquina tan cierta como una pesadilla.
> Dibuja levemente los húmedos límites de una ciudad,
> la fundacional piedra
> por cada uno en su momento consagrada,
> y, escrupuloso. comienza a borrar la huella de los nombres,

el color de los perfiles, el trazo incierto de las voces.
La perdida palabra —el nombre exacto— no es más que un eco
que en silencio se viste y se desviste minucioso.

PAISAJE

Los vaqueros del Cauto
galopan la soledad del mediodía
apresando sus figuras
en el espejo del polvo.
Indiferentes, ensayan un rodeo interminable
en el que sólo serán espectadores
la amplitud del horizonte
y la resignada posibilidad de su memoria.

MEMORIA ELEGÍACA MIENTRAS ESCUCHO A GLENN MILLER

Para Armando Álvarez Bravo

Qué buenos muchachos éramos entonces
—lo que no quiere decir que fuéramos felices.
Escribo y no me reconozco,
palpo fragmentos, insolidaria imagen.
Con una muchacha entre los brazos
estrenábamos la imprecisa ilusión de la palabra
—cifra apócrifa—
y el deseo era un signo inventado
—oscuro silabario—
tierra prometida para un discurso apenas entrevisto
y la historia no era todavía
una pesadilla de la que tratáramos inútilmente de despertar
ni sus contradicciones mordieron todavía nuestros huesos.
El entusiasmo desconocía sus fronteras.
Era la historia una asignatura trasegada,
un texto de segunda mano,
muerta palabra, memoria seca, inocente retablo.
No era carne todavía ni sangre consagrada.
No era la historia biografía viva.
Qué jóvenes éramos entonces.
Moonlight Serenade parecía el espacio natural,

el tiempo prometido y siempre en la punta de los dedos,
la sosegada serenata bajo la luz de la luna artificial y fría. Imprudencia
    primera.
In the Mood buscaba su acomodo,
el melancólico reposo que invencionaba un gesto
y dejaba sólo el entorno necesario para fundar una precaria memoria
y todo parecía creado para abordar el *Pennsylvannia Six Five Thousand*
—esa misma y única muchacha que aún entonces tenía entre los brazos
y el borroso recuerdo de mí y del que fui
y del que siendo he ido lentamente dejando de ser—
ambos imaginados eternos pasajeros hacia un lugar sin
    nombre, pero de panorámica y cinemascópica felicidad.
En algún momento el *Chattanooga Choo choo*, sin embargo,
fue interrumpido por la sanguinolenta cabeza del estudiante Juan Borrel,
acribillada a balazos por la policía.
Era septiembre y mil novecientos cincuenta y siete.
Gira en mis brazos de nuevo y siempre aquella muchacha
—tersa como Kim Novak bate sus manos
y avanza en paso interminable hacia a mí que la aguardo,
aunque sospecho que nunca llegará; como Deborah Kerr
me abraza protectora, esa muchacha, humo y espuma en mi memoria;
destino de mi deseo, como a Marilyn Monroe deseo a esa muchacha.
Gira en mis brazos y fluye *Tuxedo Junction*
y he olvidado tu nombre y mi rostro de entonces ya no es más el mío.
¿Dónde perdí tu nombre y mi figura?
¿Cuándo comenzó el desconsuelo de este olvido?
¿Sobre qué piel quedó la mía?
¿Bajo qué piel se esconde ahora?
¿En qué memoria se perdió la fugaz memoria mía?
Qué jóvenes éramos entonces, y qué desmemoriados.
Sopla interminable Glenn Miller sobre un triste proyecto de existencia,
barre con su sonoro aliento la mustia capa de los días
y vuelve a mis brazos de perdido rostro la chica de olvidado nombre.
Irrecuperable la mirada de entonces
—poco diestros fuimos en el ejercicio que nos preserva del olvido.
Ante mí, de nuevo, la sangre derramada de Juan Borrell,
frontera espesa, inocencia fragmentada.
Para entonces no conocíamos los umbrales de la historia y sus
    decapitaciones.
Gira en mis brazos la muchacha de siempre,
la misma y única,
presiento que en ella estaban la vida, la historia y la memoria.
Qué poco sabíamos entonces.

The String of Pearls nos envuelve y ata,
nos instala en un espacio mejor que nuestra imagen.
Soñábamos y el sonido no era furia todavía
——lo que no quiere decir que fuéramos felices.
¿Qué puede la palabra, esta desangrada grafía,
contra la pérfida ruina, desolación ingrata,
del tiempo y la imperfecta memoria que constante la asedia vanamente?
La ilusión fue nuestra medida
y no bastaron el sueño virgen tenuemente arropado en tecnicolor
ni el perentorio soplo feliz de Glenn Miller
condenado a apagarse en treinta y tres perecederas revoluciones.
Lástima grande que no fuera verdad tanta felicidad imaginada
        inútilmente.
Era otro el soplo que nos abrasaría
y la muchacha, única y siempre idéntica a sí misma, y Juan Borrel
con su sangre exacta, fechada e historiada,
se funden, se confunden, se abrazan y aniquilan, se borran
al compás de esta música, sellada pasta negra que la guarda,
que levemente traza un rostro y fija una memoria sobre la terca
constancia de un oscuro surco.

HIJO PRÓDIGO

Será la alegría serena del regreso.
Detenerse, al fin, en el umbral del mediodía azul
y en el amplio patio de arecas y albahacas
descansar.
Aguardar la ordenada caída de la tarde,
y dejar sangrar, entonces,
levemente, la memoria,
y, metódicamente,
iniciar el lento ritual de despedida.

NUEVA ORLEANS

Baja silencioso el río
 y sube un tranvía hasta una mansión callada,
un sitio umbrío y conocido en un lejano sueño.
Incertidumbre. En Bourbon Street se derrite una sonrisa negra
que sabe más por lo que calla
que por su rítmico entusiasmo.
toca el frenesí la casa de Faulkner
(Escribo no del amor, sino del deseo,
de derrotas en que nadie pierde nada de valor,
de victorias sin esperanzas
y, lo que es peor, sin piedad ni compasión).
Alguien abre una ventana
sobre el río que sereno desciende
hacia un mar que se extiende
y con sus olas lame
la habanera muralla que protege a la ciudad del tiempo.

SALGO A LA CALLE Y BUSCO LA BELLEZA

Et la beauté devient toujours plus
difficile, c'etait d'abord le geste quotidien
E. M. RILKE

Salgo a la calle una vez más,
bajo los escalones de mi casa para salir a la calle
y, una vez más, para salir a la calle, doy los buenos días al portero amable,
y bajo a la calle para andar y subir hasta mis ojos,
y andar, y desde mis ojos nuevamente dejar que la memoria
me transcurra en el paisaje quieto de mi calle.
Cruzo las vigiladas fronteras del desasosiego
y me asomo al desdeñado encanto de mis plazas interiores.
Llego a la avenida y ya estoy en el parque con sus hojas secas
y me instalo en secretar corredores, perdido el entusiasmo.
Tropiezo con la reducida palabra
cada vez más fragmentada y sola,
lamidos sus márgenes de silencio,
No me complace lo que ven mis ojos.

LA POESÍA DE LAS DOS
ORILLAS
CUBA (1959-1993)

ANTOLOGÍA

Selección y prólogo de León de la Hoz

Poesía
Libertarias/Prodhufi

La poesía de las dos orillas. Cuba (1959-1993).
1ª edición. Ed. Libertarias / Prodhufi. Madrid, 1994.

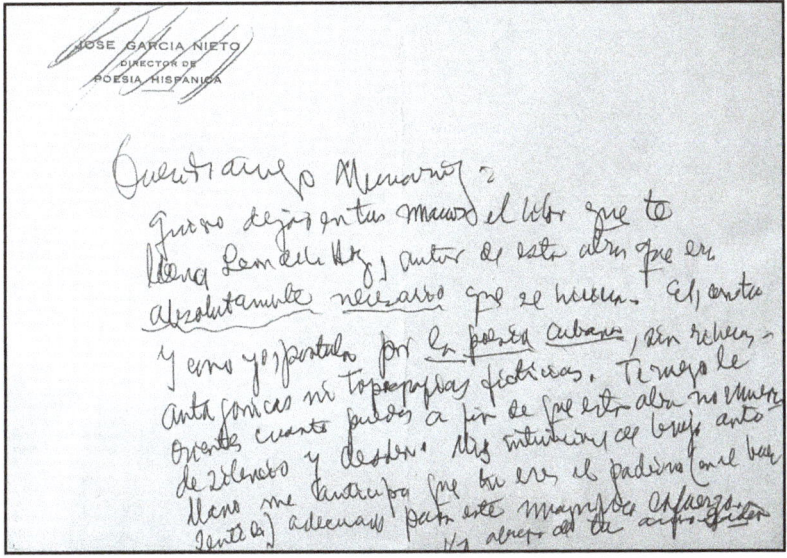

Fotocopia de la carta de Gastón Baquero a Jesús Munarriz, Director de la editorial Hiperión. Abajo la transcripción.

Querido amigo Munarriz:
Quiero dejar en tus manos el libro que te lleva León de la Hoz, autor de esta obra que era <u>absolutamente</u> <u>necesario</u> que se hiciera. Él, como tú y como yo, postula por<u> la poesía</u> cubana, sin riberas antagónicas ni topografías ficticias. Te ruego le orientes como puedas a fin de que esta obra no muera de silencio y desdén. Mi intuición de brujo antillano me anticipa que tú eres el padrino (en el buen sentido) adecuado para este magnífico esfuerzo.
Un abrazo de tu amigo Gastón.

Este libro se terminó de imprimir el día
21 de septiembre de 2018.

León de la Hoz

**CUERPO
DIVINAMENTE
HUMANO**

Prólogo de César López
Dibujos de Roberto Fabelo

BETANIA

LEÓN DE LA HOZ

LA SEMANA
MÁS LARGA

2ª Edición

BETANIA

LEÓN DE LA HOZ

VIDAS
DE
GULLIVER

BETANIA

LEÓN DE LA HOZ

Los indignados españoles
DEL 15M A PODEMOS

SABEMOS
EL CAMINO
DE VUELTA

BETANIA

editoria **BETANIA**

Apartado de Correos 50.767
Madrid 28080 España
E-mail: editorialbetania@gmail.com
http://ebetania.wordpress.com

Catálogo Colección Antologías

- *Poetas cubanos en Nueva York* de Felipe Lázaro. Prólogo de José Olivio Jiménez. 1988.

- *Poetas cubanos en España* de Felipe Lázaro. Prólogo de Alfonso López Gradolí. 1988.

- *Antología Breve: Poetas cubanas en Nueva York / A Brief Anthology: Cuban Women Poets in New York* de Felipe Lázaro. Prólogo de Perla Rozencvaig. 1991. **Edición blingüe: Español-Inglés.**

- *Trayecto contiguo (Última poesía): Francisco de Asís Antón Sánchez, Pilar Aznar, Jesús Cánovas Martínez, Juan José Cantón y Cantón, Manuel Cortés Castañeda, Sol Otto Oliván, Amparo Pérez Gutiérrez, Javier Sánchez Menéndez y José Manuel Sevilla Pacho.* Prólogo de Sagrario Galán, 1993.

- *Literatura revolucionaria hispanoamericana (Antología crítica),* de Mirza L. González. 1994.

- *Poesía cubana: La Isla Entera (Antología),* de Felipe Lázaro y Bladimir Zamora Céspedes, 1995.

- *Herejías elegidas (Antología poética),* de Raúl Rivero. Introducción de Felipe Lázaro. Prefacio y Prólogo de José Prats Sariol. 1998 y 2003 (**2ª edición).**

- *Presencia negra: teatro cubano de la diáspora(Antología crítica),* de Armando González-Pérez. Prólogo de José A. Escarpanter. Prefacio de Kenya C. Dworkin y Méndez. 1999.

- *El grito y otros poemas (Antología poética),* de José Mario. Prólogo de Nelson Simón González. 2000.

- *Nada llega tarde (Antología poética),* de José Ángel Buesa. Selección e introducción de Victoria Pereira y Pablo Valladolid. Prólogo de Carilda Oliver Labra. Prefacio de Pepe Domingo Castaño. 2001.

- *Fatiga ser dos sombras (Antología poética),* de Ángel Escobar. Selección y prólogo de Efraín Rodríguez Santana. 2001.

- *Al pie de la memoria. Antología de poetas cubanos muertos en el exilio (1959-2002),* de Felipe Lázaro. Prólogo de Manuel Díaz Martínez. 2003.

- *Autorretrato con música y sin marco (Antología poética)*, de Gaetano Longo. Prólogo de Manuel Díaz Martínez. Traducciones de Jorge de Arco, Emilio Coco, Justo Jorge Padrón y César Toro Montalvo. 2003.

- *Un andar solitario* (Antología poética) de Wolfgang Borchert. Traducción de Jorge de Arco, 2003. **Edición bilingüe: Alemán-Español.**

- *Fecha de caducidad (Antología poética, 1974-2004)* de Felipe Lázaro. Prólogo de Efraín Rodríguez Santana. Prefacio de Gaetano Longo, 2004.

- *Indómitas al sol: cinco poetas cubanas de Nueva York (Magali Alabau, Alina Galliano, Lourdes Gil, Maya Islas e Iraida Iturralde),* de Felipe Lázaro. Prólogo de Odette Alonso Yodú. Trabajos de Elena M Martínez, Perla Rozencvaig y Mabel Cuesta. 2011.

- *Bojeo de la isla infinita (Antología de 6 poetas cubanos)* de Sergio García Zamora, Ihosvany Hernández González, Sonia Díaz Corrales, Juan Carlos Recio Martínez, Arístides Vega Chapú y Félix Anesio. Introducción y selección de Arístides Vega Chapú. 2013.

- *Antología de la Poesía en Cuba (1800-1959)* de Carlos Manuel Taracido, 2016.

- *Tiempo de exilio. Antología poética, 1974-2014* de Felipe Lázaro, 2º edición. Prólogo de Francis Sánchez. Prefacio de Margarita García Alonso, 2016.

- *Sus mejores poesías,* de José Ángel Buesa. Selección e introducción de Carlos Manuel Taracido, 2017.

- *Para después / Per il Domani.* Antología hispano-italiana, de Alfredo Pérez Alencart, 2018.

- *La poesía de las dos orillas. Cuba (1959-1993).* 2ª edición. Introducción, Selección y Prólogo de León de la Hoz, 2018.